Era uma vez no século XXI

Era uma vez no século XXI

Sara Fidélis

Diretor-presidente:
Jorge Yunes

Gerente editorial:
Luiza Del Monaco

Editora:
Gabriela Ghetti

Assistentes editoriais:
Júlia Tourinho, Mariana Silvestre

Suporte editorial:
Nádila Sousa, Fabiana Signorini

Estagiária editorial:
Emily Macedo

Coordenadora de arte:
Juliana Ida

Gerente de marketing:
Renata Bueno

Analistas de marketing:
Flávio Lima, Juliane Cardoso

Estagiárias de marketing:
Carolina Falvo, Mariana Iazzetti

Direitos autorais:
Leila Andrade

Gerente comercial:
Cláudio Varela

Coordenadora comercial:
Vivian Pessoa

Era uma vez no século XXI
© Sara Fidélis, 2022
© Companhia Editora Nacional, 2023

Todos os direitos reservados. Nenhuma parte desta obra pode ser reproduzida ou transmitida por qualquer forma ou meio eletrônico, inclusive fotocópia, gravação ou sistema de armazenagem e recuperação de informação sem o prévio e expresso consentimento da editora.

1ª edição — São Paulo

Preparação de texto:
Alba Milena

Revisão:
Lorrane Fortunato, Fernanda Costa, Bruna Fontes

Diagramação:
Isadora Theodoro Rodrigues, Valquíria Chagas, Vitor Castrillo

Ilustração e projeto de capa:
Isadora Zeferino

NACIONAL

Rua Gomes de Carvalho, 1306 - 11º andar - Vila Olímpia
São Paulo - SP - 04547-005 - Brasil - Tel.: (11) 2799-7799
editoranacional.com.br - atendimento@grupoibep.com.br

Prefácio

Era uma vez, num reino muito distante, um príncipe encantado, belo e muito honrado: Alexandros Stephen Louis III.

Era uma vez, na nossa realidade e na grande cidade de São Paulo, uma jovem sonhadora e apaixonada: Maria Eduarda Cintra. Duda não acredita muito na magia fora das páginas; a vida dela não é exatamente um sonho de princesa, mas ela não deixa os percalços do dia a dia tirarem a sua esperança e capacidade de sonhar com o "felizes para sempre". Ela tem certeza de que a maior magia que existe na vida real é o amor da amizade; o resto, apenas nos contos de fadas.

Agora, querido leitor, para você que já se identificou um pouquinho com a Duda, a Sara Fidélis me contou que ela foi inspirada em cada um de vocês: românticos, sonhadores e apaixonados por uma linda história de amor.

Nas páginas a seguir, Maria Eduarda contará a história dela, mas também contará um pouquinho da história de cada leitor que, ao embarcar nesta viagem, com certeza reconhecerá em Duda muito de si, dos seus sonhos, dos seus medos e da esperança em sempre fazer um final feliz a cada capítulo da vida.

E é isso que traz para *Era uma vez no século XXI*, a característica extraordinária de sentir que estamos lendo o diário de uma grande amiga em vez de um livro.

Alex, o nosso príncipe num cavalo preto, tem tudo o que amamos encontrar nos mocinhos dos nossos romances preferidos; exatamente o que se espera de um verdadeiro cavalheiro, ele é charmoso, educado, gentil, forte, bonito e... engraçado. Ah sim, querido leitor, prepare-se para se apaixonar por um mocinho que transborda coragem e cavalheirismo como um autêntico príncipe do início do século XIX, mas que se atrapalhará um bocado e te fará dar boas risadas ao viver uma situação bastante inusitada: cair de paraquedas dois séculos no futuro.

Esse casal separado pela diferença de... apenas uns duzentos anos (risos) te levará das gargalhadas à emoção, arrancará suspiros com cenas apaixonadas e sensuais, te conduzirá por uma aventura irresistível em busca do final feliz dos contos de fadas e te lembrará que, para uma história de amor dar certo, muitas vezes só precisamos acreditar na magia da vida.

Sara Fidélis se arrisca em um "novo gênero" e acerta ao inovar numa comédia romântica com realismo fantástico que, ao terminar a leitura, te deixará ávido por mais um final feliz escrito por ela.

Babi A. Sette, autora de *Não me esqueças,*
Senhorita Aurora e *Lágrimas de amor e café*

Capítulo 1

Duda

As portas da livraria estão fechadas há horas. Apaguei as luzes e apenas uma lâmpada no centro ilumina as compridas fileiras de estantes altas e abarrotadas de livros. Estou sozinha e o silêncio é quase palpável, mas o que seria assustador para alguns me traz apenas conforto.

Na verdade, desde criança é assim. Fui enviada muito jovem para um abrigo, quando minha mãe faleceu e, desde que aprendi a ler, meu refúgio, minha esperança e meu conforto vêm dos livros.

As badaladas do relógio antigo sobre o portal que divide o ambiente indicam que são dez horas da noite.

Prometi a Adelaide que organizaria toda a seção de romance e suspense da livraria antes de sair, às oito. Ou seja, duas horas atrás.

O problema é que, a cada livro de romance que pego, uma nova onda de distração me engolfa e logo estou debruçada sobre as páginas amareladas, absorvendo os sentimentos contidos nelas e sonhando acordada com príncipes, contos de fadas e amores eternos. Ansiando por felicidade real.

"Quando o príncipe Alexandre a tomou nos braços, suas almas fundiram-se em uma só. O que eles sentiam ia muito além de carne, de toque. Era essência, ser."
— *O desígnio do príncipe. Vol. 4.*

Suspiro mais uma vez ao terminar o capítulo do novo livro de Lady Queen, uma das minhas autoras favoritas. Eu sei que vivo sonhando acordada, mas a verdade é que a vida real não me ajuda. É árdua, difícil e nada atraente, então me resta sonhar com um final feliz. Isso me motiva a prosseguir.

Meu celular toca, me distraindo por um instante.

— Oi... — atendo, vendo o nome de Cátia na tela.

— Já está vindo para casa, Duda? Coloquei comida para a Efigênia, mas nós duas ficamos preocupadas com sua demora.

Cátia é um amor. É minha vizinha, minha amiga íntima e, por sorte, adora minha gata temperamental: sempre está disposta a servir uma tigela de leite quando ela salta do parapeito do meu apartamento para o da casa em que Cátia vive com a mãe.

Como moro sozinha, minha casa e minha vida não existiriam sem Cátia e Pedro, meus melhores amigos nesse mundo. Além de Efigênia, claro.

— Estou na livraria ainda, fiquei para arrumar umas estantes e acabei me distraindo.

Ouço sua risada, sinal de que me entende bem.

— Devia se mudar de uma vez, colocar uma cama entre seus príncipes e piratas. Não acha que aos dezenove anos já deveria ter ficado mais realista?

— Muito engraçado, Cá... Estou saindo agora mesmo.

Encerramos a ligação, e coloco o exemplar que lia na prateleira mais alta; devido a minha estatura — que não ajuda —, preciso subir até o último degrau para alcançar.

O livro de capa dura, cinza e com as laterais das páginas douradas é lindo, mas o príncipe Alexandre III é muito mais, ao menos na minha cabeça, onde ele existe em todos os detalhes, assim como faço sempre que me deparo com um personagem tão realista e cativante.

Desço a escada que me levou até o topo da estante e sigo para conferir se tranquei bem todas as portas.

Na minha mente, Vossa Alteza, o príncipe Alexandre III, de um reino muito distante, é o homem mais lindo do mundo todo. Seus olhos claros brilham refletindo uma cor quase dourada quando o sol incide sobre eles, durante suas cavalgadas matinais. Seus cabelos são escuros e bem penteados, um pouco mais compridos do que o usual. Ele é forte e másculo, sem deixar de ser cavalheiro e nobre. Não é um troglodita, mas um homem que sabe ouvir, admirar e agir nos momentos certos. Dança muitíssimo bem e está ansioso para se casar e desfrutar dos prazeres do amor. *Igualzinho aos homens que conheço.*

Eu suspiro deliciada quando ele beija sua amada donzela, me colocando no lugar da jovem lady que conquistou seu coração.

Sim. Estou divagando outra vez e, enquanto morro de amores por um personagem fictício — parabéns, Maria Eduarda, você é patética! —, só vai ficando cada vez mais tarde.

A livraria é antiga e fica em um beco sem saída, no centro de São Paulo. Vendemos edições novas e usadas, não que ultimamente tenha vendido muita coisa, seja nova ou antiga; a verdade é que, com as grandes livrarias on-line e os preços altamente competitivos, a coisa vai de mal a pior.

Tranco a porta e confiro a maçaneta três vezes até me convencer de que realmente está fechada. Não que muitas pessoas pensem em roubar livros antigos, mas a ideia, equivocada, de uma caixa registradora abarrotada pode ser bem atraente.

Olho para a rua, constatando minha triste situação.

Já acordaram e tiveram um dia perfeito? Aquele em que tudo é incrível, o sol brilha, as pessoas sorriem, você sai plena em seu vestido novo e seus sapatos que não machucam os pés. O clima está tão agradável que não há suor, nem frio. E você não anda, nem mesmo desfila, seus pés praticamente flutuam pelo ar e não há um único motivo para se sentir menos que radiante.

Bom, isso nunca aconteceu comigo.

Coloco minha mochila pequena sobre os ombros e enrolo meus cabelos castanhos em um coque, vestindo o gorro preto sobre eles em seguida. Abro o guarda-chuva me perguntando pela milésima vez como o tempo nessa cidade pode ser tão louco.

Quando saí de casa sentia frio e vesti roupas apropriadas ao clima. Horas depois o sol estava a pino e derreti por algum tempo, feito uma condenada. Mais tarde as coisas começaram a mudar, o céu azul foi escurecendo e as nuvens ficando mais carregadas. Mas agora? Isso é uma tempestade! Vou chegar em casa ensopada.

Meu suéter azul não vai ser páreo para o frio da noite, e com certeza a cola dos meus tênis não aguenta mais uma seleção das melhores enxurradas.

A luz de um poste pisca sobre minha cabeça. Ótima hora para a energia falhar, sem ninguém na rua e eu desacompanhada.

Aperto o passo. Moro a três quadras do trabalho, logo que o beco termina e a avenida começa, mas vivendo nessa cidade desde sempre, me acostumei a evitar certos horários e locais isolados.

Hoje, no entanto, estou descumprindo minhas regras.

Fico aliviada por não ter trazido comigo o livro — e o príncipe Alexandre — para casa, este aguaceiro teria destruído o exemplar. E se pensar bem, é um milagre que, com meu azar, não tenha sido essa a minha decisão.

Um raio ilumina o céu e aperto o cabo do guarda-chuva. Tenho pavor desses negócios irrompendo no céu e mais ainda dos estrondos que chegam logo depois.

Pulo uma poça d'água, apenas para afundar o pé em outra e sinto minha meia encharcar. Que droga!

Estou tão desesperada para chegar no meu apartamento — principalmente porque tenho quase certeza de que deixei a janela aberta e deve estar molhando tudo por lá — que demoro a ouvir os passos atrás de mim.

Só entendo que estou sendo seguida quando ouço o splash de outra poça e olho sobre o ombro para confirmar.

Um homem me acompanha, não muito longe. Percebo que veste uma jaqueta preta e caminha de cabeça baixa, com as duas mãos nos bolsos.

Ando mais rápido, mas seus passos também aceleram, e de repente sinto que ele planeja alguma coisa ruim.

Sussurro uma prece, pedindo a Deus que seja apenas um roubo, porque diferente dos homens, que em momentos como este preocupam-se apenas com seus pertences, para nós, mulheres, os riscos vão muito além.

Um homem temeria pelo celular no bolso ou pelos trocados na carteira; eu temo pela violação do meu corpo. Odeio o modo como essas situações me fazem perceber o quanto sou frágil fisicamente e impotente.

Confirmando minhas suspeitas, o bandido também corre, e bem mais rápido que eu.

Ele agarra minha bolsa no mesmo instante em que outro raio cai, iluminando tudo.

Vejo claramente suas feições medonhas, o brilho do metal em sua mão e um cavalo.

Espera. Um cavalo?

Alexandros – 1807

Os privilégios da aristocracia costumam ser, de fato, admiráveis.

Quando o príncipe herdeiro comemora um ano a mais de vida, é esperado um baile em sua honra, os convidados mais magníficos de vários reinos, muito vinho, presentes caros. E, se o futuro monarca for azarado, uma noiva belíssima para destruir sua liberdade.

Ontem tive tudo isso, no dia em que completei 23 anos, é verdade, mas hoje, como sequência nas festividades do meu aniversário, meu velho pai me preparou uma caçada.

Claro que o rei Adrian, o Astuto, não poderia saber que a manhã de 12 de novembro amanheceria chuvosa no reino de Brahvendell. Nem mesmo que continuaria assim pelo resto do dia. E menos ainda poderia prever que o cavalo de meu irmão, o jovem príncipe Henri, se perderia na floresta e que eu passaria a noite subsequente à do meu natalício em uma busca incessante pelo animal desaparecido.

— Alexandros! Acho que o vi seguir por entre aquelas árvores. — Ouço Henri me chamar; ele está pouco atrás de mim e molhado da cabeça aos pés. O garoto vai adoecer deste modo.

— Estás certo disso?

— Não — ele responde, não ajudando.

— Vou adentrar a floresta. Espere por mim aqui, Henri.

Instigo Intempérie, meu cavalo, para ir adiante, mesmo que a chuva dificulte minha visão.

Quando entro na floresta, as copas frondosas das árvores acabam por me dar certa cobertura contra a chuva, diminuindo um pouco o impacto dela sobre meu rosto e me ajudando a enxergar melhor.

Avisto o cavalo do outro lado, bastante agitado.

Sigo em sua direção, cauteloso em razão do lamaçal. E então ouço o barulho de cascos.

— Arthur? — chamo por meu outro irmão, imaginando que tenha vindo ajudar.

Olho para o lado a tempo de ver a flecha, que atinge, certeira, meu ombro.

Um ganido de dor me escapa, e vejo quando o homem vil arma seu arco para me atingir outra vez. *Ele tenciona me matar!*

Apesar da dor que me rasga a carne, reúno forças para segurar as rédeas e manter-me sobre o lombo do cavalo, enquanto o incentivo a correr para longe do inimigo.

O assassino está em meu encalço, ouço sua risada mórbida quase em minha nuca, as garras da morte me alcançam, mas me recuso a ceder à dor excruciante e aceitar meu destino. Há algo diferente no ar, uma energia estranha que eriça todos os pelos do meu corpo.

Um raio clareia tudo quando cai no exato ponto para o qual avanço, cavalgando. Sinto um choque por meu corpo e sei que fui atingido.

As pessoas morrem ao serem atravessadas por raios, mas estranhamente ainda estou com os pensamentos em ordem e pareço ser eu a atravessá-lo.

A luz é muito forte e me cega; agarro-me ao pescoço de Intempérie enquanto torço para que a morte não me leve por qualquer um de seus meios.

A luminosidade se esvai e o barulho do trovão ressoa.

Fecho os olhos e os abro outra vez, piscando, adaptando-me ao ambiente lúgubre. Diante de mim há um rapaz bastante curvilíneo, segurando uma espécie de alforje enquanto um batedor tenta roubá-lo, empunhando uma faca.

— Em nome do rei, largue isso, seu larápio! Ou sofrerá as consequências na forma de uma mão arrancada ou até mesmo o enforcamento.

Não sei como reúno forças para autuá-lo, mas que tipo de soberano serei se me isentar de responsabilidade ao ver um crime ocorrendo em minhas terras e bem debaixo de meus olhos?

O ladrão, assustado, corre na direção oposta, e observo seu trajeto, me dando conta de que não estou mais na floresta e de que não reconheço a paisagem estranha.

A chuva torrencial ainda oculta os detalhes do lugar, mas posso ver construções que deixariam nosso construtor-chefe acordado por meses, sonhando de olhos abertos.

Onde diabos vim parar?

— Senhor, ordeno que me diga agora mesmo para onde me trouxe!

Perco a razão antes de ouvir a resposta do homenzinho, que me olha de um jeito bem esquisito.

Capítulo 2
Duda

Por alguns instantes, observo atônita o rapaz caído no chão. Ele despencou do cavalo e é impossível avaliar a gravidade da sua condição. Hesito antes de me aproximar, mas sei que preciso fazer alguma coisa.

Não posso levá-lo até o hospital, mas também não posso deixar o homem desmaiado em um beco no meio da noite, não depois de ter sido salva por ele.

Pedro, meu melhor amigo no mundo todo, atende minha ligação no segundo toque, e peço que corra para me ajudar.

Como somos vizinhos, ele não demora muito a chegar. E, agora, estamos os dois encarando meu salvador desacordado.

A chuva não parou, tampouco diminuiu, estamos os dois, eu e Pedro, em pé, pingando, e o rapaz, estatelado no chão, encharcado.

— Ele é um gato, hein, Duda? — O olhar de Pedro se volta para mim, um sorrisinho brincando nos lábios. — Por que tem uma flecha no ombro dele?

Reviro os olhos como se todos os dias eu encontrasse por aí um espécime como esse, com uma flecha espetada no corpo.

— O que vamos fazer? Será que devemos tirar a flecha? — pergunto, desviando-me da primeira observação.

— Sério? Não sabe que não pode mexer na pessoa acidentada?

— Tem razão. Seu curso de primeiros socorros serviu de alguma coisa, então. Aprendeu como não socorrer a vítima.

Pedro ignora meu comentário mordaz.

— Teve algum baile a fantasia aqui perto? Aposto que estava tão bêbado que se flechou. Caramba, Duda, vai mesmo fingir que não reparou nesses músculos, na pele maravilhosa e nessa boca perfeita?

É a minha vez de sorrir.

— Você viu as roupas dele? — digo, referindo-me à calça de couro, às botas e aos bordados dourados no colete. — Claro que reparei, ele parece um príncipe encantado.

— Eu com certeza estou encantado... — Pedro atira uma mecha dos cabelos claros para trás. Ele mesmo se parece com um príncipe da Disney: alto, loiro e com os olhos claros, como na maioria dos desenhos. — Já chamou a ambulância? Porque eu não gosto da ideia de continuar nessa chuva horrorosa. E, apesar de parecer não ser nada grave, é um ferimento e inspira cuidados.

— Vou chamar...

Pego o celular, mas antes que faça a chamada, os olhos do rapaz se abrem e focam nos meus.

Paraliso meus movimentos, sentindo o ar me faltar ao encarar de volta o mais incrível par de olhos escuros que já vi. São negros como a noite e possuem o brilho das estrelas.

Pedro se debruça sobre ele e estala os dedos.

— Tudo bem aí?

O rapaz arrasta-se no chão, tomando distância, e ouvimos um gemido de dor, seguido por uma expressão de pavor.

— Afaste-se de mim, em nome do rei! — fala, a voz soando grave como uma trovoada.

— Ele é meio esquisito, Duda — Pedro diz, com uma careta. — É bonitão, mas, agora que acordou, acho melhor deixar ele aí.

Meu amigo parece assustado com a recepção do outro, e me encara aguardando minha resposta.

— Qual é o seu nome? — pergunto, enquanto o homem me encara com curiosidade.

— Sua alteza real, o príncipe Alexandros Stephen Louis III, herdeiro do trono de Brahvendell.

Pisco, tentando assimilar a coincidência. Mais cedo estava fascinada por um príncipe Alexandre e agora me aparece do nada um cara que se diz príncipe e que se chama Alexandros.

Pedro arregala os olhos e, como era de se esperar, começa a rir descontroladamente.

— A erva é da boa...

O tal príncipe nos encara, sério, e por sua expressão não parece nada contente sendo alvo de zombaria.

— Rir de um príncipe não é de bom tom, rapaz! Saiba que muitos já morreram por muito menos — fala, piorando a crise de riso de Pedro.

Ele agora ri ainda mais e perde as forças, se sentando na calçada. Eu também não consigo me manter muito séria.

— Prazer, Alexandros — respondo, sem saber muito bem como agir. Não sei se ele está brincando ou se bateu a cabeça com força quando caiu. — Sou Maria Eduarda Cintra, daqui mesmo. Precisa se levantar, vamos te ajudar. Seu ombro está machucado e temos que ir a um hospital, porque se retirar a flecha vai sangrar muito.

Minhas palavras acabam por fazê-lo lembrar-se da dor, porque de repente ele fita o ombro e parece notar a mancha nas roupas. Ignorando o ferimento, ele começa a olhar ao redor, como se procurasse por algo.

— Meu cavalo! Onde está?

— O Pedro amarrou ali no poste. Relaxa.

— Deduzo que este rapaz sem bons modos seja Pedro, mas não vejo o local ao qual se refere.

— O poste... — Aponto para o lugar em que o cavalo está preso.

Percebo que seus olhos se abrem um pouco mais e ele olha para todos os lados, em um frenesi bizarro. Segurando o ombro com a mão direita, o homem se levanta, desesperado.

— O que... Você é um bruxo?

Pedro a essa altura está deitado no chão molhado e, a cada nova fala do homem, mais risada ele dá.

— Se eu sou um bruxo? — pergunto, sem compreender de onde ele tirou essa ideia. — Não entendi muito bem o que quer saber.

— Saiba que aqui — ele para e respira, depois fita os próprios pés, apavorado —, neste reino, nunca tivemos provas de que de fato as bruxarias existam. Como aprisionaram a estrela no topo daquela coluna comprida?

Olho para onde ele aponta e franzo o cenho. Será que isso está mesmo acontecendo?

— Aquilo é uma lâmpada. Em um poste.

Alexandros me ignora completamente.

— Este lugar... Onde eu estou? Esse chão preto! Eu estava na floresta e então alguém me atingiu.

— Não tem florestas por aqui — Pedro fala, parecendo mais calmo. — Duda, sei que ele tem essa pegada de príncipe e esse rostinho bonito, mas é birutinha, amiga. Liga pra ambulância agora, ou vamos embora.

— Ele me salvou, Pedro. Não posso deixar o coitado aqui no meio da chuva...

Pedro suspira, mas, antes que diga algo, Alexandros interrompe:

— Serão recompensados pelo rei por seus préstimos. Ajudem-me a encontrar uma curandeira e darei um presente a cada um. Um bom cavalo, ou um saco de moedas.

— Não disse? Deixa ele aí... — Pedro insiste.

Não quero abandoná-lo. Pedro não o viu surgir em meio a um raio e não foi salvo por ele.

— Rapaz, impedi que o larápio te roubasse. Será uma retribuição — ele segue, refletindo meu pensamento.

— Pode, por favor, parar de me chamar de rapaz? — peço, começando a me sentir indignada com o tratamento.

— Prefere senhor?

Tudo bem que não sou lá uma princesa de contos de fadas, mas, por favor, sou bem feminina.

— Eu sou uma moça, não um homem!

Levo a mão até a minha touca e a retiro, soltando meus cabelos, como se isso fosse mudar algo.

— És uma lady! — exclama, espantado e com a boca aberta.

Estreito os olhos na direção dele.

— Não sei por que acharia que não — Pedro comenta, voltando a achar graça em tudo.

— Você também é uma lady? — Ele se volta para Pedro, esquadrinhando o corpo dele sob as roupas de frio.

— Mais ou menos... — meu amigo diz, e o outro parece ainda mais confuso.

— Mas nunca vi tal coisa! Uma lady usando calças e cobrindo seus cabelos.

— Eu não sou bem o que chamariam de lady, mas sou mulher, se é o que quer dizer — explico, ignorando a fala um tanto quanto machista.

— Entendo. É uma cortesã. — Assente em meio a uma careta de dor.

— Não! — respondo, percebendo como me interpretou. — Não sou cortesã, mas não sou o que chamariam de lady nesse seu linguajar estranho, porque não sou da nobreza.

— Ah, uma criada, compreendo.

Abro a boca para questioná-lo, mas desisto.

— Meu ombro dói muito. Vai infeccionar e morrerei em terras desconhecidas... Podem avisar meu pai, por obséquio? Digam a meu irmão, Arthur, que ele será um rei magnânimo e peça que jure vingança por minha morte.

— Mas vai morrer do quê? — Pedro se adianta, levantando-se. — Essa ferida aí? Meu filho, olha o drama. A ambulância está chegando e não é nada que uns pontinhos não resolvam.

Realmente, em poucos instantes ouço o barulho da sirene chegando e é então que as coisas ficam caóticas.

O homem corre na direção do cavalo e o desamarra com rapidez, monta com mais velocidade que eu esperaria de alguém que foi ferido, e sai em disparada na direção oposta à ambulância.

A luz fraca do sol entra pelo vão da cortina surrada e toca meu rosto. Fecho os olhos, rejeitando a claridade. As lembranças voltam, e me recordo do rapaz, o príncipe Alexandros de algum lugar. Lembro do seu ombro ferido, de Pedro rindo até ter dor de barriga, e do homem fugindo em seu cavalo.

Lembro de como ele apareceu no meio de um raio, me salvando de um assalto. Um sonho.

É isso. Por mais reais que sejam as lembranças, não existe a menor possibilidade de que aquilo tenha mesmo acontecido.

Sento-me na cama, mais desperta, e vejo Efigênia se espreguiçar também, saltando para o chão em seguida.

Busco meu celular sob o travesseiro e constato que está mesmo na minha hora.

Caminho até a janela e a abro, para ver se entra um pouco de ar no meu quarto. Moro em um pequeno apartamento, minúsculo na verdade, mas é o que posso pagar.

— Duda, está aí?

Ouço a voz de Cátia na porta e confiro minha imagem no pequeno espelho na parede, antes de correr para abrir a porta.

Quando destranco a tramela antiga e abro uma fresta, Efigênia passa como um foguete por mim e desaparece.

— Logo ela volta... — Cátia comenta, observando minha gata sumir. — Amiga do céu, isso precisa ser limpo com urgência.

Olho ao redor, me entristecendo com a bagunça.

— Eu sei. Mas só no fim de semana vou ter tempo.

Cátia já está prendendo suas trancinhas em um coque, com a habilidade que sempre me impressiona. Ela é uma mulher espetacular, a pele escura e o corpo magro como de uma modelo — sem precisar de dieta ou academia. Está sempre com fios coloridos trançados aos seus próprios cabelos e cada semana surge com cores novas.

Hoje ela está usando mechas avermelhadas.

— Vou dar um jeitinho nessa casa pra você.

— Não precisa disso. Vou me vestir pra ir trabalhar, vai falando comigo daí...

Deixo-a na sala e corro para o quarto.

— Você chegou tarde ontem.

Tento me lembrar de como voltei para casa, mas a única coisa que me recordo é do sonho. Depois de me desculpar com os paramédicos na ambulância, Pedro e eu voltamos andando.

A realidade e o sonho estão misturados de uma maneira que não consigo mais identificá-los.

— É... Muito trabalho — respondo apenas.

— Trabalho ou romances? Você precisa parar de ler esses livros na hora de vir embora. Sempre perde a hora.

O que Cátia diz chama minha atenção.

— Cá... acha que fico muito no mundo da lua? Assim, o suficiente para, quem sabe, confundir ficção com realidade?

Ouço sua risada de onde estou, agora calçando meus tênis.

— Você vive mais lá do que aqui.

— Eu trabalho lá — respondo. Meu único banheiro fica no quarto, então corro para escovar os dentes, mas ainda escuto bem sua resposta.

— Não estou falando da livraria, Duda. Mas do reino de Tão, Tão Distante.

Sorrio ao ouvi-la.

Termino de escovar os dentes e seco a boca. Volto para a sala vestindo a camiseta do uniforme pela cabeça.

— Acha que eu poderia sonhar com um príncipe que veio me resgatar?

Ela ergue a sobrancelha bem desenhada.

— Não é o que faz todo dia?

— Quero dizer sonhar mesmo, dormindo. Mas algo muito real.

— Quando desejamos muito uma outra realidade, isso pode acontecer. Você pensa tanto nisso, sabe, desde criança pelo que me contou... Lê tanto sobre esses contos de fadas e seus romances de época que pode ter ficado no seu subconsciente. Muito normal.

A essa altura, Cátia está com a vassoura nas mãos e um saco de lixo perto dos pés.

— Amiga, não precisa fazer isso.

— Não custa, Duda. Eu te ajudo aqui e no fim de semana vai em uma balada comigo, pra compensar o bolo que me deu no meu aniversário. E eu nem estou falando de um bolo de verdade.

Faço uma careta, já pensando em que desculpa vou inventar dessa vez.

— Vamos ver — respondo, procurando minha bolsa.

Avisto-a sobre o sofá, toda molhada, e, desanimada, pego-a com as pontas dos dedos.

— Devia ter posto pra secar — Cátia, a voz da razão, fala.

— É? E onde eu faria isso aqui? — Penso por um momento. — Ontem estava chovendo muito, né?

Ela assente.

— A chuva molhou todo seu tapete.

— Preciso arrumar isso. Mas não posso pagar ainda, estou economizando, e se eu pedir uma reforma pro seu Osvaldo, ele vai me colocar na rua.

— Dona Adelaide não pode adiantar uma grana? — Cátia indaga, mesmo que imagine a resposta.

— De que jeito? A livraria vai de mal a pior e nem sei o que vai ser de mim se ela fechar. Você sabe, desde que completei 18 anos estou aqui e preciso continuar pagando meu aluguel pra ter um teto.

— Fé, Duda. Vai dar certo, eu levo o tapete para secar lá em casa.

Assinto, enquanto faço o melhor que posso com um pano de prato e minha bolsa úmida.

— Já vai?

— Vou, fica com a chave que pego com você quando voltar.

Saio rápido, não querendo chegar atrasada e evitando pensar no sonho. A cada instante que passa ele parece mais e mais real e Pedro é o único que pode confirmar, mas desisto só de pensar em como ele vai rir de mim se eu perguntar.

Caminho apressada pelas ruas estreitas e, perdida em meus delírios, mal percebo quando chego à livraria. Adelaide já chegou e colocou a placa de aberto do lado de fora.

Passo pela porta e vejo que há um único cliente. As coisas não vão nada bem.

— Duda! Bom dia! Escuta, preciso dar uma saidinha. Pode colocar o lixo para fora e tomar conta das coisas até eu voltar?

— Bom dia, Adelaide. Claro, vai lá.

Observo-a sair e não posso deixar de me preocupar. Ela já é uma senhora e trabalhou com os livros a vida toda, por conta própria. No momento em que devia garantir sua aposentadoria, ou um conforto para a velhice, as coisas desandaram.

Coloco minha bolsa atrás do balcão e caminho até onde um senhor analisa as prateleiras de engenharia hidráulica com atenção.

— Oi, tudo bem? Está procurando por algo específico?

O homem se vira com um sorriso na minha direção. Seus olhos azuis parecem contentes, seus cabelos são brancos, mas sua postura faz com que pareça mais jovem.

— Quero algo sobre engenharia hidráulica. Entende do assunto, amiguinha?

Não hesito em dizer a verdade. Aprendi que antes uma livreira esforçada que uma que finge saber tudo e não tem ideia do que está falando.

— Não entendo, mas posso pesquisar pro senhor. Me dê um momento que vou encontrar um bom livro.

Deixo-o analisando os títulos e faço uma busca no Google antes de voltar com algumas sugestões.

— Que tal um desses? — pergunto, mostrando as opções.

— Gostei, vou levar todos. Você serve café aqui, amiguinha?

Sorrio diante do modo como ele fala comigo.

— Infelizmente, não.

Ele faz um gesto com a mão, mostrando que não é um problema.

— E sua chefe? Não está?

Seus olhos parecem procurar por ela e me pego sorrindo outra vez. Acho que Adelaide tem um admirador.

— Deu uma saidinha...

Finalizo a venda para o senhor, e depois que ele sai, aproveito o ambiente vazio para recolher o lixo do banheiro e os papéis sob o caixa.

Há um amontoado de sacos pretos de lixo ao lado da livraria, onde a rua toda despeja suas tralhas, e é para lá que também levo a nossa.

— Milady!

— Ah! — Um grito me escapa e o saco cai no chão com um estrondo.

Assustada, olho atrás das latas e me deparo com ninguém mais, ninguém menos que o príncipe encantado, sentado no chão. Os cabelos pretos desalinhados caem sobre o rosto.

— Desculpe assustá-la.

Os olhos dele estão opacos, seu rosto pálido e os lábios roxos. Seu colete está aberto e parte da camisa desapareceu.

— Ai, meu Deus! Isso é mesmo real, quer dizer, você! Você apareceu do nada aqui e agora de novo.

— Precisa me ajudar — ele sussurra, a voz arrastada. — Não acho que tenha muito tempo de vida.

— Você fugiu dos médicos. Está ferido e provavelmente pegou uma gripe.

— A senhorita chamou uma máquina muito estranha que gritava e piscava! Estão tentando me matar e, de repente, me vejo perdido nesse lugar que tem coisas inconcebíveis e não entendo nada, e eu...

O homem parece prestes a ter uma crise de pânico, pelo jeito, eu sou a mais calma nesta situação.

Abaixo-me até ficar da sua altura, e fito seus olhos assustados.

— Fique calmo. Vou te ajudar, tá bom? Primeiro, vamos ver esse seu braço. Como está?

Ele desvia os olhos para o ferimento.

— Arranquei a flecha e por isso sangrei muito, fiz um torniquete com um pedaço da minha camisa.

— Certo. Vamos entrar, eu vou chamar um médico para te ver aqui mesmo e vou ficar com você.

— Sem a máquina que pisca e grita?

— Prometo — respondo, como se ele fosse uma criança. — Onde está o cavalo?

— Amarrei na coluna comprida. Fiquei feliz em ver que libertaram a estrela.

Olho para o lado e avisto o cavalo preto a alguns postes de distância. Acho graça no comentário que ele faz e prefiro não contar que os postes só ficam acesos à noite.

— Certo. Então vem, depois cuidamos dele.

Ajudo o tal príncipe a se levantar e ele se apoia em mim. Juntos, entramos na livraria e vejo seus olhos vagarem por todo canto.

Prefiro passar longe do computador e das coisas que possam assustá-lo, ainda mais enquanto seguir nesse delírio.

Por sorte, Adelaide sempre achou que uma livraria precisava de um sofá, então, o levo até o móvel.

— Sente-se aqui. Vou chamar um médico e conseguir uma roupa seca pra você.

Viro-me na direção do balcão, mas ele me detém, segurando minha mão.

— Milady... estou imensamente grato por tua ajuda. Poderias me dar a honra de saber teu nome?

Suas palavras poderiam me fazer desmaiar ali mesmo, não fosse o fato de que ele fica mais pálido a cada instante.

— É Duda — respondo, lembrando que já disse meu nome a ele ontem. — Não precisa me chamar de milady. Só Duda mesmo.

— Lady Duda — ele repete. — Podes não ser uma dama de berço, mas teu coração é nobre.

Ai, Deus. É errado suspirar por um cara que pensa ser da realeza?

— Fica aí, príncipe, já volto.

Afastando-me, envio uma mensagem para Pedro pedindo socorro. E ele logo me liga de volta.

— Que foi? — pergunta, ansioso.

— O príncipe estava aqui, do lado de fora da livraria.

— Mas que... E agora? Ele disse por que fugiu?

Olho para Alexandros, que parece ter desmaiado ou dormido. Torço pela segunda opção.

— Ficou com medo da máquina que pisca e grita.

— Meu Deus do céu! É pior do que pensamos.

— Ele parece achar que veio do passado, beeem passado. Mas escuta, a questão agora é que preciso de um médico, ele não pode ir ao hospital ou vai fugir de novo. Sua mãe ainda trabalha para o doutor Cláudio? Eu vou pagar. Pode ver se consegue que ele venha aqui?

Pedro fica quieto por um instante.

— Tá bom, vou ver o que consigo.

— E roupas. Traga alguma coisa para ele vestir, porque está todo molhado. Acho que vocês são quase do mesmo tamanho.

— Então a academia tem me ajudado — graceja. — Tá bom, Dudinha. Já apareço aí.

Pedro chega em pouco mais de vinte minutos, acompanhado pelo médico. O que é muito rápido para os padrões da nossa cidade.

— Obrigada por vir tão rápido!

O médico me cumprimenta com um gesto.

— Tudo pelo filho da Dalva — responde, referindo-se à mãe do Pedro. — Onde está o rapaz?

— Pedro te explicou a situação? Ele acha que veio do passado, que é um príncipe de um reino distante. É bem grave, mas preferi mantê-lo aqui, porque ontem chamamos a ambulância e ele fugiu assustado.

— Pedro me disse que era um machucado no ombro. — O homem franze o cenho.

— E é. As alucinações, podemos resolver depois. O ombro é que pode infeccionar e, como já está fraco...

O médico assente, compreendendo, e caminha até o sofá.

— Tudo bem? Eu vou examinar seu ombro. — O doutor apoia a mão no braço dele, acordando-o com cautela.

Alexandros primeiro olha para mim e, quando sorrio, parece se acalmar.

— Fez um bom trabalho com o torniquete. Vou limpar a ferida, dar alguns pontos e te receitar um antibiótico e ferro, para repor o que perdeu. Precisa de repouso, dormir um pouco e de um bom prato de comida.

Vou anotando tudo mentalmente e já calculando o quanto vai me custar. Todo o dinheiro que venho economizando para arrumar o telhado, pelo visto.

E ainda tem a consulta em domicílio.

O médico trabalha com rapidez e eficiência, enquanto Pedro e eu acompanhamos tudo com atenção.

Adelaide volta pouco antes de a consulta terminar e nos encara sem entender nada.

— Pode me explicar o que está acontecendo?

Arrasto-a para a pequena cozinha da livraria. Como não encontro um meio fácil de explicar, disparo a contar tudo que aconteceu e só paro no final de toda a história.

— Quer dizer que ele pensa que é um príncipe? De verdade?

Assinto.

— Duda, por que, em nome de Deus, você acha que é responsabilidade sua? Você já tem preocupações demais.

— Ele me salvou. Sei que não posso cuidar dele e que essa confusão mental que ele está só complica mais as coisas, mas preciso ajudar enquanto se recupera do ombro. Não posso levar ele para a minha casa.

Ela me encara, compreensiva, mas apenas até entender aonde quero chegar.

— De jeito nenhum! E se ele for um ladrão? Não vou deixar que fique aqui.

— Ele não é ladrão, Dê. — Jogo baixo usando o apelido dela; Adelaide odeia que a chamem de senhora, e se tem algo que a faz se sentir jovem, é o apelido. — Ele me salvou de um assalto, eu poderia estar morta em uma vala! Ser apenas mais uma estatística nessa cidade. O que seria de você sem mim? Quem organizaria essa livraria por gênero e autor?

Ela suspira, cansada.

— Duas noites, apenas duas noites. E você arruma um colchão e a comida, e se ele me roubar vou descontar do seu salário.

Capítulo 3

Duda

O médico não cobrou a consulta. Pedro jura que ele está a fim da mãe dele e que fez isso para ganhar uns pontos. Já eu, não tenho do que reclamar, porque pude manter meu dinheiro quase intacto, exceto pelos remédios. A reforma do telhado continua de pé.

Adelaide, por outro lado, não parece feliz com o novo morador; olha desconfiada para ele o tempo todo e meneia a cabeça de vez em quando, mas não diz nada.

— Alexandros, precisa engolir esse comprimido, ele vai fazer a febre ceder — digo, entregando a ele o remédio e um copo com água.

— Magia outra vez? — pergunta, me olhando com desconfiança. — Nunca acreditei que realmente existisse mágica, mas diante de tudo isso...

— Não é mágica, apenas ciência.

Ele franze o cenho, mas não me parece em condições de questionar muita coisa. Apenas engole o comprimido e bebe a água por cima.

— O que exatamente é esse lugar? Parece uma biblioteca privada, mas não estamos em um castelo ou mansão — indaga, curioso.

— Ah, os livros aqui são vendidos. Adelaide os vende para clientes interessados, e eu atendo as pessoas, indicando uma boa leitura.

Ele assente, parecendo compreender.

— Uma livraria, então. Há algumas nas grandes cidades de onde venho. Mas onde estão as pessoas? Não vi ninguém ainda.

Para alguém que se considera à beira da morte, ele é muito perspicaz.

— É, as coisas não andam muito bem.

— Compreendo. Então, milady não mora aqui?

Faço um gesto, negando.

— Não, mas não moro longe. Agora me escute, precisa trocar suas roupas. Meu amigo Pedro conseguiu algumas peças. Estão limpas e secas, apesar de serem bem diferentes das que está vestindo.

Observo a calça preta e justa em suas pernas fortes, as botas de couro, a camisa branca e larga. Alexandros parece realmente um príncipe de contos de fadas em cada detalhe.

Será que estava atuando em uma peça quando se feriu?

— Você se sente bem o bastante para ir se vestir? Eu trouxe sapatos limpos, também — informo, desviando meus olhos antes que ele perceba o quanto estou curiosa.

Ele concorda, e indico a porta do banheiro.

Um pouco depois, ele sai de lá usando calças de moletom e uma camiseta branca, apontando para o próprio corpo.

— Que espécie de andrajos são esses? — pergunta, olhando o próprio corpo com evidente curiosidade. — Alguém da minha estirpe jamais se vestiria com tamanho descaso.

— É moletom. São roupas muito comuns aqui... neste *reino*.

— Comum não é algo aceitável, lady Duda. Não tem um único bordado! Essa roupa é muito estranha e nada digna de um príncipe.

Apesar de contestar, Alexandros se atira no sofá outra vez, agora deitando-se e fechando os olhos em seguida.

— Milady... — Ele cobre o rosto com o próprio braço. — Não estou bem o bastante para manter uma conversa coesa, mas, quando despertar, se eu despertar, vou precisar de muitas informações sobre este reino. Vi coisas naquele cômodo que não saberia nem descrever. Pode dar algo para Intempérie? Meu cavalo está certamente desfalecendo de fome.

Minha boca se transforma em uma linha rígida enquanto o vejo mergulhar quase que imediatamente em um sono perturbado.

— Duda, venha aqui...

Caminho até o balcão de onde Adelaide observa nossa interação e sei, pela sua expressão, o que vai dizer, antes mesmo que comece.

— Esse homem não está bem — ela observa em tom de voz baixo. — Não é só o ferimento, as coisas que ele diz não fazem sentido, entende?

— Eu sei disso.

— Sabe? — Adelaide parece me sondar com seus olhos astutos e, ao franzir o cenho, as pequenas rugas ao redor de seus olhos verdes se acentuam.

— Claro que sei, só estou retribuindo um favor.

Ela não diz mais nada, mas sinto que ainda não a convenci.

— Vamos fechar mais cedo — fala. — Não tem nenhum cliente mesmo, e o pobrezinho precisa se recuperar. Principalmente para dar o fora daqui logo. — Suas mãos se mexem rápido sobre o balcão, reorganizando papéis que estavam todos em seus devidos lugares. — Só espero que não seja mesmo uma pessoa de má índole, estou velha para lidar com tantas emoções, menina. Mas agora me diga, o que vamos fazer com seu amigo?

Observo-o dormindo tranquilamente no sofá, todo desajeitado.

— Minha amiga tem um colchão inflável. Vou buscar e aproveito para trazer o jantar para ele. Acha que precisa de algo mais?

— Acho que não. Traz uma toalha, ele pode tomar um banho aí mesmo.

— Certo. Fica aqui até eu voltar?

Adelaide concorda.

— Ele pediu para eu alimentar o cavalo.

— Que cavalo? — Ela olha ao redor, confusa.

— Está amarrado em um poste na rua. O que um cavalo come?

— Feno? — Ela dá de ombros.

— E onde é que eu vou arrumar feno, Adelaide?

Ela tem o desplante de rir da minha cara.

— Comem maçãs nos desenhos.

— Isso! Vou trazer maçãs.

Eu me apresso em sair, fazendo, mentalmente, a lista do que preciso.

Quando chego na porta de casa, vejo Cátia sentada no chão agarrada à Efigênia.

Entro em casa e as duas me seguem. Começo a contar tudo que aconteceu de maneira desenfreada e provavelmente bem inacreditável, mas Cátia parece empolgada ao ouvir minha descrição do ocorrido e prontamente me ajuda a reunir o necessário em uma mala.

Busca correndo o colchão e a bomba, enquanto encontro lençóis, toalha, sabonete e pasta de dentes, além de uma das minhas marmitas congeladas para o jantar dele.

Cátia me deixa usar a máquina de lavar roupas e leva com ela as peças de Alexandros, sujas de sangue, de chuva e sabe-se lá do que mais, para limpar.

Encho a tigela de Efigênia com leite fresco, para o caso de demorar a voltar, pego as últimas duas maçãs na geladeira e retorno com minha mochila para a livraria.

Depois de uma breve pausa para comprar uma escova de dentes, sigo meu caminho. Logo que passo pela porta, Adelaide suspira aliviada e leva a mão ao peito.

— Que bom que chegou — ela diz, dramática. — Ele já acordou, acredita? Acho que a febre cedeu e isso lhe deu disposição. Mas agora o bendito príncipe está tentando estragar nossa cafeteira.

— Como assim? — pergunto, procurando-o com os olhos.

— Vai lá ver. Eu não quis discutir, porque não sei o que ele poderia fazer comigo, velha como estou... — diz, o tom de quem já viveu muita coisa e sem disposição para lidar com fortes emoções.

Balanço a cabeça, rejeitando as neuras dela. Adelaide é nova, tem pouco mais de sessenta anos, mas vive fazendo comentários sobre sua idade avançada.

Passo pelo banheiro antes e penduro a toalha dele, coloco os itens de higiene dentro do box e, na bancada, outro par de roupas limpas que Pedro trouxe.

Depois, entro no pequeno cômodo que usamos como cozinha e me deparo com uma cena absurda.

Sobre a mesa, vejo uns vinte e cinco ou trinta copos de café. Na pia, as cápsulas usadas se acumulam e, diante da cafeteira, um Alexandros muito sorridente cantarola.

— Lady Duda, retornaste! — ele interrompe a canção ao me ver. — Veja só isso. Lady Adelaide providenciou-me uma xícara de café. Confesso que fiquei deveras assustado com este apetrecho mágico que libera o líquido, satisfazendo assim os desejos de um homem! Mas então ela me disse que não é mágica, e sim, ciência!

Apesar do susto, não deixo de sorrir com a reação dele.

— E você decidiu fazer todo o nosso café? Nunca bebeu antes?

— Já experimentei, deveras. Mas nunca foi tão docemente amargo! Estou tentando compreender o mecanismo utilizado aqui, para quem sabe reproduzir em Brahvendell. Lá ele vem em um bule de porcelana e uma criada o despeja em uma xícara. Não sei bem como ela prepara, mas, em absoluto, não temos um maquinário como este.

Ele aperta o botão novamente e me brinda com outro sorriso.

— Fascinante!

— Bom, príncipe, já que está empolgado com nossa ciência, quero que me diga o que acha do chuveiro. Você está precisando de um banho e depois de comida para se manter de pé.

Ele me olha animado. Em vez de assustado, como estava a princípio, agora parece cada vez mais empolgado com as novidades.

— Depois podemos conversar? Quero saber tudo sobre seu reino! E então preciso encontrar um meio de voltar para casa. Deu comida ao Intempérie?

— Claro, dei maçãs. Venha comigo. — Coloco a mão no ombro dele, conduzindo-o para fora.

Abro a porta do banheiro, ao lado da cozinha, e o levo até o chuveiro.

— Onde fica a banheira? — pergunta, os olhos vagueando.

— Não temos uma. Para tomar um banho, basta que gire essa alavanca e a água vai cair por ali, pelos pequenos furinhos. Vou te mostrar.

Abro o chuveiro e Alexandros pula para trás ao ver a água cair.

— Em nome do rei! O que é isto? Está saindo vapor! Essa engenhoca produz água fervida. Por isso lady Adelaide não precisa de outros criados além de você.

Mais essa.

— A água é quente, mas não está fervendo — explico. — Vou te deixar sozinho, aí você tira suas roupas e entra aí debaixo, o sabonete está aqui e a toalha naquele gancho.

Ele assente, ainda encarando os buracos do chuveiro.

— E onde me sento dentro da caixa transparente?

— Não se senta. Você entra na caixa de vidro e o banho é de pé.

A careta dele seria hilária, se não estivesse mesmo começando a me preocupar.

— Nunca ouvi tal coisa. O banho deveria ser um momento relaxante, não há necessidade de ficar de pé, à espreita, ninguém nos ataca enquanto estamos despidos, seria desonroso. Ao menos não o fazem quando não se está em guerra.

— Não estamos em guerra — respondo. — Aqui não usamos banheiras no dia a dia, apesar de algumas famílias mais ricas terem em suas casas. Quando terminar, coloquei outra troca de roupas limpas ali sobre a bancada, então pode se vestir que te espero lá fora. Se precisar fazer suas necessidades, você pode usar o vaso. — Mostro o sanitário, apontando com o dedo.

Caminho na direção da porta, mas sua voz me detém.

— Milady, não tenho um lacaio?

Prefiro não responder a isso e finjo não ter ouvido. Ou ele é muito fingido, ou a coisa toda com a crença de ser um príncipe é muito séria, porque ele se atenta aos mínimos detalhes.

Quando saio do banheiro, encontro Adelaide já com a bolsa no ombro, pronta para ir embora.

— Duda, vou para casa e volto de manhã. Não fique aqui com ele, mostre como esquentar o jantar e vá para casa. Pode ser perigoso...

— Não vou ficar, vou só esperar ele comer e vou embora — falo, tentando tranquilizá-la, mesmo que não veja ameaça alguma nele. — Talvez seja uma boa ideia procurar na internet algum anúncio de desaparecimento?

— É uma ótima ideia. Se ele se machucou, bateu a cabeça e não voltou pra casa, alguém deve estar o procurando. E, por falar em pesquisa, andei dando uma olhada em algumas coisas para tentarmos salvar a livraria. Fiz uma lista com as ideias que consegui na internet e queria que desse uma olhada, seu olhar jovem pode ser mais crítico e pontual.

Ela me estende um papel e passo os olhos pelos tópicos escritos nele.

1 - Rifa literária

2 - Promoção de queima de estoque

3 - Maria Eduarda passar a trabalhar vestida de livro

4 - Sarau de poesias
5 - Propaganda nos jornais

O desânimo me domina. Algumas ideias não são ruins, mas precisam ser trabalhadas, e outras — como eu me vestir de livro — são péssimas.

— Precisamos fazer alguma coisa. O que acha das opções? — insiste ao me ver calada. — Quantos clientes você atendeu hoje?

Mordo o canto interno da boca, afinal, sei bem que ela tem razão. Hoje, desde que abrimos, atendi um único cliente, o velhinho que veio cedo. É como se a livraria não existisse.

— Tudo bem, concordo que alguma coisa precisa ser feita, mas vou levar sua lista para casa comigo, estudar a melhor maneira de colocar suas ideias em prática e amanhã discutimos. Pode ser?

Ela concorda com um gesto, sorrindo, e eu a acompanho até a porta, que tranco em seguida.

Corro para o computador, o pensamento voltado para o príncipe, mas com as informações que tenho não consigo encontrar nada. Digito:

> Alexandros desaparecido
> Homem vestido de príncipe desaparece

A busca, infelizmente, não dá resultados e quando dou por mim, Alexandros já saiu do banho.

— Se sente melhor, Alexandros?

Ele franze os lábios, mas não responde.

— O que foi?

— Vossa Alteza. Não podes se dirigir a mim assim tão levianamente.

Ai, Deus! Onde eu fui me meter?

— Claro — respondo, evitando contrariar. — Perdão, Vossa Majestade. — Oculto o riso para que ele não veja.

— Vossa Alteza. Majestade é meu pai — ele repete, e parece me achar um pouco lerda.

— Ah, certo. Me desculpe.

Ele assente e sorri, e quase desmaio.

Esse sorriso provavelmente é o que confere a ele o título de príncipe. Ele se mostra educado e lindo quase sempre, mas é arrogante e prepotente outras vezes, dissipando a névoa de contos de fadas. Mas quando sorri, quase me ajoelho e faço reverência.

Estou verdadeiramente curiosa sobre ele e sobre quem realmente é. É incrível que não apenas suas histórias retratem uma vida fictícia, mas que seu comportamento faça jus a ela. Sei que o que ele diz não faz o menor sentido, mas também fica cada vez mais claro que Alexandros acredita no que fala.

— Está perdoada, milady. Não conhece os traquejos sociais de meu reino. Podemos conversar?

Assinto e deixo o balcão, seguindo-o até o sofá.

— Não quero parecer desesperado — ele continua a falar —, afinal um príncipe nunca deve demonstrar fraqueza, compreende? Mas estou bastante confuso. Pode me dizer onde estou? Por que aqui as coisas são tão diferentes?

Fito seus olhos escuros, brilhantes e atordoados, tão lindos como ele todo, e tolamente me pergunto o que Alexandros deve achar de mim.

— Posso te explicar as coisas, mas não vai desmaiar de novo? — pergunto, focando no que importa agora.

— Não desmaiei, apenas precisei fechar os olhos para descansar um pouco. — Sua expressão endurece instantaneamente.

Claro, e fez isso despencando do cavalo.

— Pois bem. Você está em São Paulo, no Brasil.

Ele nega com um gesto.

— Nunca ouvi falar. Fica muito longe de Brahvendell?

— Nunca ouvi falar — repito suas palavras. — Nós estamos no ano de 2022 e você parece acreditar que veio do passado.

— Vim de 1807!

— Exato — concordo, porque o que mais posso fazer? — Por isso não reconhece nossa tecnologia, nem todas as coisas que temos e que atribuiu magia a elas.

Os olhos dele agora estão muito abertos e observo enquanto joga o corpo para trás, recostando-se no sofá.

— Dois mil e vinte e dois anos! Como isso é possível? Milady... — Ele se vira para mim e captura minhas mãos, fazendo com que uma corrente elétrica passe por nós, ou ao menos por todo meu corpo. — Precisa me ajudar e, por favor, acredite em mim. Não sei como, nem por qual motivo, mas viajei no tempo e no espaço!

Ele parece tão sincero, mas ainda que não acredite nele — ele fala português! —, também sei que não está mentindo.

Alexandros realmente acredita ser quem diz.

— E como posso te ajudar?

— Não faço ideia — responde. — Sei de duas coisas: preciso descobrir como vim parar aqui e então tentar voltar. Meu pobre irmão, Henri, estava comigo na floresta quando fui atacado. Pelo que sei, pode estar morto. E já que estou aqui... Não sei de lugar melhor para minha pesquisa que dentro de uma biblioteca.

— Livraria.

— Isso. Vou ler todos estes livros e tentar encontrar um precedente. Talvez alguém tenha viajado no tempo antes de mim.

Não sei se é um bom momento para contar a ele sobre a internet e o quanto é mais fácil pesquisar pelo computador. Talvez ele já tenha absorvido informações demais para um único dia.

— Olha, Adelaide concordou que ficasse aqui por dois dias. Depois disso...

Ele assente com seriedade. Seu olhar firme e determinado.

— Então tenho dois dias.

— Certo. Pode começar se quiser, vou preparar seu jantar.

— És uma criada muito eficiente. Lady Adelaide tem sorte por tê-la.

Em algum momento vou precisar explicar a ele essa coisa de criados, mas não estou com cabeça, então apenas sorrio e sigo para a cozinha.

Ligo o micro-ondas velho e coloco a marmita que trouxe para descongelar. O cronômetro marca quinze minutos.

Volto para onde deixei o príncipe e o encontro concentrado em uma leitura, tão imerso que não nota quando me aproximo.

— Encontrou alguma coisa? — questiono.

Ele ergue o rosto ao me ouvir.

— Um ou dois livros que não passam de ficção.

— Então o que está lendo com tanta atenção?

— História. Sabia que em 1875 um homem chamado Graham Bell vai inventar um aparelho que permitirá a alguém falar com outra pessoa que esteja longe? Irá se chamar *télefone* — fala, acentuando o primeiro e.

— Sim, eu sabia. Isso *aconteceu* em 1875 e na verdade o aparelho já evoluiu muito de lá para cá. E se fala telefone.

— Telefone... Claro, já foi criado e foi isso que usou para chamar o médico.

— Sim, um celular é um telefone mais avançado.

— Celular... Fascinante!

— Pois é. Seu jantar está descongelando e vim avisar que vou para casa, mas antes preciso encher seu colchão.

— Claro! Vou ajudá-la a fazer o colchão. — Graças a Deus ele não pergunta sobre a comida estar congelada.

Agradeço a ajuda com um aceno, apesar de não entender bem o que ele está pensando, e retorno para perto do sofá, onde há espaço para preparar a cama improvisada.

Retiro de dentro da caixa o colchão inflável e o estico no chão, antes de pegar a bombinha.

— E onde estão? — ele pergunta.

— Onde estão o quê?

— As penas.

Desvio o olhar para ele, tentando entender de onde saiu esse assunto estranho, mas Alexandros parece mesmo procurar por alguma coisa.

— Que penas?

— Para o enchimento do colchão.

Sua resposta me arranca uma risada.

— Ah. Não precisamos de penas, isso aqui na minha mão se chama bomba.

Ele arregala os olhos e dá vários passos para trás.

— Não esse tipo de bomba — eu me apresso em explicar. — Ela bombeia o ar para dentro dessa capa, que se enche, formando assim seu colchão.

— Um colchão de ar? Isso é deveras interessante — diz, voltando a se aproximar. — Magnífico o que esses duzentos e poucos anos fizeram. Talvez seja meu mundo e não somente o tempo, mas estou fascinado por tudo aqui.

— O novo costuma ser fascinante... — concordo.

— Sim, quase tudo, mas ainda prefiro minhas roupas.

Acabo sorrindo outra vez e então, como se uma lâmpada se acendesse em meu cérebro, a ideia toma forma.

— Sabe, Vossa Alteza — aproveito para trabalhar o ego do homem —, coloquei suas roupas para lavar e amanhã posso trazer de volta. Do mesmo modo como está fascinado pelo meu mundo, as pessoas aqui são apaixonadas pelo passado e ainda mais pela realeza. O que acha de se vestir e ficar por aqui conversando com os clientes de lady Adelaide? Se fizer isso, com certeza poderá ficar aqui o tempo que precisar.

— Só preciso me vestir e falar com os súditos?

— Isso! — Sorrio. — Só vai precisar ser você mesmo.

Capítulo 4

Duda

A ideia surgiu de repente, mas depois que se instalou, não consigo mais pensar em outra coisa, começo a imaginar como poderia dar certo e o que mais poderia ser feito para atrair as pessoas.

Então surge o plano perfeito. Vou transformar Alexandros no príncipe Alexandre, como em um cosplay! Pego o primeiro volume da série escrita por Lady Queen e coloco na bolsa, vou reler e anotar as características do personagem, como falas e trejeitos.

Depois, termino de encher o colchão com uma ajuda considerável dos músculos do príncipe, e me preparo para sair, pegando minhas coisas e o molho de chaves.

— Amanhã Adelaide deve chegar antes de mim, eu chego às nove. Então se não quiser que ela te pegue dormindo, acorde antes das oito.

Ele aquiesce, as mãos cruzadas nas costas, em uma pose bem altiva para o moletom surrado que está vestindo.

— Bom, é isso. Até amanhã, Vossa Alteza.

Sem dizer nada, Alexandros me acompanha até a porta, mas quando a abro, ele sai antes de mim e me espera do lado de fora.

— Que foi? — Nunca se sabe o que pode estar na cabeça desse homem.

— Já anoiteceu, milady, e essas ruas do seu reino são muito perigosas. — Ele aponta com a mão para o caminho. — Vou acompanhá-la até em casa já que não possuo uma carruagem.

— Não tem necessidade disso — retruco. — Moro a três quadras daqui.

— Foi o suficiente para que o punguista a perseguisse. Não levaremos mais que cinco minutos com Intempérie.

Ah, não. Ele não pode estar sugerindo...

— Não vou montar no seu cavalo.

— Por que não? — questiona. — É mais rápido, e ele está precisando se exercitar.

— De jeito nenhum.

Alexandros dá de ombros e faz uma mesura que traz uma mecha de seus cabelos escuros para frente do rosto.

— Tudo bem. Será um prazer acompanhá-la nessa caminhada. A noite está plácida e as estrelas... Voltaram para as colunas! — Ele fita os postes com terror nos olhos. — Oh, céus! Seu reino é cruel com aquelas que iluminam e dissipam a escuridão.

— Não são estrelas nas colunas. É a eletricidade.

— Mas...

— Não são estrelas, fique tranquilo. Entendeu? — insisto, ainda parada no lugar.

— Milady jurou. Não há razão para colocar em dúvida sua honra. Vamos?

Suspiro, rendida, e tranco a porta antes de alcançá-lo. O problema é que Alexandros ainda não viu São Paulo como ela é: caos, barulho e trânsito. Ficou a noite toda no beco silencioso e pouco movimentando, que além de tudo desemboca numa rua sem saída.

— Então, lady Duda — ele fala, me tirando dos devaneios. — Creio que seja imprescindível conhecê-la melhor. A senhorita tem conquistado minha confiança e se tornou a única... amiga, creio eu, de que disponho neste reino. Posso chamá-la de senhorita? Ou a milady contraiu matrimônio?

— Com 19 anos? — pergunto, sorrindo.

— Viúva, então? — Ele me oferece o braço e com alguma relutância, aceito.

— Não! — respondo, bastante indignada. Ele me acha velha? — Não me casei, nem tenho namorado.

— Namorado?

— Pretendente, alteza.

Ele meneia a cabeça e abre o sorriso que me faria atirar o lencinho no chão e desmaiar, caso fosse de Brahvendell — ou se o lugar existisse, claro.

— Acho difícil crer que não estejam os nobres cavalheiros lamuriando-se aos seus pés, em busca de sua atenção. — Aponta ao me encarar. — És uma dama cuja beleza rivaliza com o brilho do sol e não poderia ocultar seus atributos dos meros mortais, nem que se empenhasse nessa façanha. Aposto que foi cortejada inúmeras vezes.

— Ahn, obrigada... — respondo, enquanto sinto meu rosto se aquecer e atravessamos a primeira esquina, cada vez mais próximos da avenida.

— Não tem que agradecer por dizer-lhe a verdade. A senhorita tem olhos da cor do mel, que são deveras encantadores, e cabelos que parecem seda, milady.

Ele fala como se apenas constatasse fatos e meu coração bate desenfreado. Talvez Adelaide tenha razão ao dizer que ele é perigoso, mas não do modo como pensa.

— Se usasse vestidos — continua, convencido do que diz —, todos saberiam que és uma dama, uma linda dama.

— As damas deste... reino usam calças e vestidos. Podemos vestir o que quisermos. Isso não é uma maneira de me fingir de homem, se é o que pensa.

Ele para observando as placas, bem intrigado, mas não questiona sobre o que significam.

— Verdade? Fico feliz em saber disso, que a libertação chegou para o seu sexo, porque minha mãe... Pobre rainha Cícera, usa amontoados de tecidos todos os dias, inclusive no forte calor que faz em Brahvendell.

— E você? Quantos anos tem, Vossa Alteza? — Me obrigo a não perguntar mais sobre a mãe dele, para não dar muita corda à imaginação dele.

— Fiz 23 anos dois dias atrás. Nasci em 11 de novembro de 1784, e a senhorita?

— Eu... Aparentemente tenho 19 anos, mas não sei o dia exato em que nasci — respondo, mas me esforço para mudar de assunto antes que ele me questione. — Seu aniversário foi há dois dias, deve ter havido comemoração... — sugiro, esperando que ele volte a falar.

— Estava em meio a uma caçada que meu pai, rei Adrian, o Astuto, organizou em comemoração ao meu natalício. E foi quando alguém atentou contra minha vida, flechando meu ombro.

— Sinto muito.

Alexandros coloca sua mão livre sobre a minha e a aperta, em um gesto de agradecimento, mas quando nossos olhos se cruzam, sinto novamente uma fagulha, dessa vez ainda mais intensa, como se antes fosse apenas o calor de uma chama e agora me queimasse de fato.

— Não sinta. Fiquei entristecido ao me ver longe de casa, perdido em um mundo totalmente desconhecido e, principalmente, preocupado com meu irmãozinho, que também estava na floresta. Mas agora vejo que tem algo bom em minha vinda para cá. — A expressão dele é um misto do que alega sentir, metade preocupação e a outra metade aceitação. — Pude conhecer a ciência do seu reino, e tudo que vou aprender aqui me ajudará a ser um rei melhor para o meu povo.

É tão agradável conversar com ele que, por um momento, decido esquecer que tudo só existe na cabeça dele. *Talvez eu goste de me torturar com fantasias? Talvez.*

— Então você é o herdeiro de seu pai. E tem quantos irmãos? — Seguimos de braços dados, os barulhos da avenida movimentada chegam até nós, mas Alexandros não parece notar.

— Sim, sou o herdeiro de meu pai — responde, e escondo um sorriso. — Tenho dois irmãos mais novos. Arthur, que é apenas dois anos mais moço que eu, e Henri, que é ainda um garoto.

— E sua mãe?

— A grande rainha de Brahvendell. — Ele abre um sorriso ao falar dela. — Cícera é seu nome. Mamãe é doce e gentil e trata a todos no reino como iguais. Até mesmo os criados, como você.

E ele tinha que estragar o encanto.

Seja lá quem Alexandros realmente for, o fato é que essa mania de superioridade o acompanhou até na confusão mental.

— E a senhorita, tem irmãos?

— Não.

— Filha única, então. E seus pais?

— Não tenho.

Alexandros me olha curioso, percebendo a mudança em meu humor.

— Sinto que a ofendi... — Sempre perspicaz, seu semblante agora é sério e seus olhos negros me interrogam. — Devo me desculpar por algo?

— Não é nada.

Ele para de andar e coloca as mãos sobre meus ombros, girando-me de frente para ele.

— O que houve, milady? — Seus olhos parecem tensos e o modo como me analisa faz com que pareça realmente preocupado.

— Você me confunde, sabe? — Quase bato o pé no chão, de tão frustrada. — É gentil e educado, mas às vezes é tão arrogante e machista! Além disso, não é legal ficar me chamando de criada, eu sou uma *funcionária* da Adelaide, porque ela paga meu salário.

Ele parece ainda mais confuso que eu.

— Mas é exatamente o que os criados são. Remunerados. Não aceito escravizados, nosso povo de Brahvendell nunca apoiou o regime escravagista, inclusive guerreamos com o reino de Andus para libertação de seus escravizados — completa, o peito inflado de orgulho.

— Fico feliz em saber disso, mas não sou *sua* criada. Adelaide me paga e sou funcionária apenas dela. Para você, sou apenas uma conhecida, que não é da realeza.

Alexandros absorve minhas palavras em silêncio, mas ainda não terminei.

— E você pode até ser um príncipe, mas não é *meu* príncipe. Aqui nós vivemos uma república, não uma monarquia. E, aliás, não estou velha para me casar! Na verdade, as mulheres aqui se casam bem mais velhas.

Ele coloca as duas mãos para trás, nas costas, libertando meu braço, e volta a caminhar. Olho de lado para ele, tentando entender se o chateei, mas Alexandros parece estar refletindo.

— Alex — ele diz, depois de um tempo —, meus pais e irmãos, e também meus amigos mais próximos me chamam assim. Me desculpe se impus uma questão hierárquica que não faz parte do seu mundo. Somos amigos, certo?

Encaro-o, tentando entender por que continuo levando a sério, por que estou discutindo nossa relação? Mesmo assim, assinto.

— Ótimo. Então pode me chamar de Alex. E se eu agir novamente com prepotência e arrogância, peço, por obséquio, que, como minha amiga, lembre-me de que aqui não sou príncipe de ninguém, sou apenas um plebeu.

— Farei isso. — Sorrio ao me imaginar chamando Alex de plebeu.

— Perfeito. Agora me conte sobre sua... — Sem concluir sua fala, Alexandros sai correndo, e noto, apavorada, que chegamos à avenida.

— Alexandros! Volte aqui!

— Por rei Adrian de Brahvendell! Olhe só para aquilo, milady! Uma carruagem gigante e... tem umas cinquenta pessoas dentro dela! VAMOS!

— Mas eu moro bem aqui — insisto, ao ver que ele se dirige ao ônibus que está parado no ponto.

O motorista buzina para que ele saia da frente, repetidamente. Alexandros começa a rir e ainda acena com empolgação para o homem; ele chega a dar um pulinho, contente. A mão vai direto à cabeça, por conta do movimento, como se estivesse impedindo a coroa de cair.

— Veja! Tem um sino na carruagem! — Ele se abaixa na altura dos pneus. — Onde estão os cavalos?

Já posso pressentir o atropelamento quando o vejo deitar-se e começar a se arrastar para debaixo do ônibus.

Levo a mão aos cabelos, surpreendida com o rumo das coisas, e vejo as pessoas abrirem as janelas do ônibus e me encararem, aguardando uma atitude da minha parte.

— Alex! Levanta já daí! — Corro para a rua. — Me perdoe, ele nunca viu um ônibus! — grito como pedido de desculpas ao motorista. — Ele pode passar por cima de você! — Alexandros apenas me olha, sem entender meu alarde.

— Mas nem tem cavalos!

Agarro sua camisa e o arrasto de volta para a calçada. Ele me segue, mas mal me ouve, olhando ao redor, completamente fascinado.

— Ficou louco? *Como se ele já não fosse!?*

— Onde estamos? Olha tudo isso! Tantas luzes coloridas e várias máquinas que gritam, mas essas não piscam! E elas andam tão rápido que parecem voar. É tudo deveras magnífico.

— São carros, e eu sabia que não devia ter permitido que saísse da livraria.

— Carros? Há tanto aqui para aprender! Ainda bem que me sugeriu ficar mais uns dias, não que eu saiba como partir, mas o aprendizado será excelente.

— Vai, não é mesmo? Mas agora sossegue aqui na calçada. Já chegamos, eu moro bem aqui. Acha que consegue voltar?

Alexandros olha para o prédio e sua boca se abre.
— É como um castelo muito estreito!
E ele nem viu por dentro.
— Chamamos de prédio.
— Eu... consigo voltar, claro — responde o que perguntei. — Tenho excelentíssimo senso de direção.
Mas ainda olha para cima.
— Perfeito. Aqui estão as chaves... — Entrego a ele o molho, que tilinta ao pousar em sua mão e atrai sua atenção. — Obrigada por me acompanhar e... até amanhã, Vossa Alteza.
— Alex — corrige.
— Isso, Alex. Pode me prometer uma coisa? — peço, lembrando do que disse sobre juramentos um pouco mais cedo. — Não se desvie do caminho, não tente entrar embaixo dos ônibus e não tente compreender as invenções do meu reino hoje, tudo bem? Se fizer isso, amanhã, depois que a livraria fechar, juro te mostrar algumas coisas e encontrar material para que aprenda tudo que mudou da sua época pra cá. Pode jurar, Alex?
— Eu juro. — Ele toma minha mão na sua, e com delicadeza, a beija. — Boa noite, lady Duda. — Ele se abaixa em uma reverência e, quando se levanta, nossos olhos se cruzam por um instante e me pego sorrindo, como a boba que sou.
— Boa noite.
— Tenha ótimos sonhos.
Alex me dá as costas e retoma seu caminho.
Não posso deixar de pensar que a possibilidade de sonhar com ele é imensa e que meu coração está correndo sérios riscos.
Observo-o se afastar e, apenas depois de não enxergar mais sua silhueta, entro no prédio, nervosa em deixá-lo desacompanhado pelas ruas. A única coisa que me acalma é saber que seu senso de honra e o valor que dá aos juramentos devem impedir que se desvie do caminho.
Subo as escadas — nosso elevador parou de funcionar há quase um ano — e faço uma retrospectiva de tudo que aconteceu nos últimos dias e penso em como minha vida sempre tranquila e previsível virou essa loucura.
Abro a porta do apartamento e sinto meu celular vibrar antes mesmo de colocar os dois pés no batente. Seguro o aparelho com uma das mãos e vejo que há uma nova mensagem de Pedro.

"Já chegou? Que tal uma pizza?"

Meu estômago ronca, em concordância.

"Acabei de entrar, pode vir, e grita à Cátia quando chegar"

Corro para o chuveiro e tomo um banho apressado. Eu me enrolo na toalha e saio para o quarto, vestindo minhas roupas com pressa, quando ouço as batidas na porta ao ritmo de "Jingle Bells".

— Vai derrubar a porta! E ainda é novembro, deixa as canções natalinas para o próximo mês... — Abro a porta dando passagem para ele e Cátia, que vem logo atrás.

— Conta tudo! — Pedro se senta e cruza os braços. Ele me encara com a sobrancelha, perfeitamente desenhada, erguida.

Cátia se ajoelha no sofá ao lado dele, também esperando em expectativa.

— Contar o que, exatamente? Porque você já viu Alexandros... e já sabe que ele está na livraria.

Abro o aplicativo de delivery para escolher nossa comida, como se não tivesse nada a esconder.

— Amiga, eu ri mais com esse príncipe em dez minutos do que no ano todo. Alimente meu bom humor com as histórias.

— Espera! — Cátia enrola os cabelos em um coque. — Por que só eu não conheço *o encantado* ainda? Como ele é, Pedro? Essa daí só suspira e não diz nada de concreto.

— Ei! Eu não estou suspirando não — respondo, indignada. Suspiro, mas não diante dos outros.

— Quer saber como ele é? — Pedro ignora minha queixa. — Como se Orlando Bloom se fundisse ao príncipe Caspian, de Nárnia.

Começo a rir com a explicação, chocada em como é verdadeira. Cátia abre a boca, surpresa.

— Tão gato assim? Orlando Bloom como Legolas ou como Will Turner?

— Turner — Pedro responde e emenda com um assovio.

— Duda! — A essa altura, Cátia já está de pé. — Você tá muito ferrada! Um homem lindo desses, que acha que é um príncipe! É a sua perdição. Mas lembre que ele está confuso, amiga.

— Calabresa? — Como ninguém responde, finalizo o pedido por conta própria, incluindo um refrigerante. — Relaxa, ele não me deixa esquecer. Agora há pouco se enfiou embaixo de um ônibus para ver onde estavam os cavalos...

Pedro desata a rir, e Cátia olha dele para mim, tentando entender se é mesmo verdade.

— O que foi? Eu disse que ele pensa que veio do passado.

— E até quando o *da coroa* vai ficar na livraria? — Ela finalmente se acalma e volta para o sofá.

— Então, em teoria, até amanhã, mas tive uma ideia pra ele ficar um pouco mais.

Os dois se entreolham e depois me encaram.

— E por que você iria querer que ele ficasse mais? — Pedro atira a franja loira para trás. — Pensei que soubesse que ele precisa de cuidados, que está confuso.

— E entendo. Acontece que a Adelaide quer salvar a livraria e me deu uma lista de ideias que é um completo caos. Uma pior que a outra, ou melhor, algumas não são tão ruins, mas estão mal trabalhadas.

— E onde *o monarca* entra nessa? — Cátia questiona, e Pedro acena, dando apoio à brincadeira.

— Dá pra pararem com os apelidinhos? — Como os dois apenas sorriem, continuo: — Então, uma das ideias da Adelaide é que eu me vista de livro para trabalhar. Já pensaram nisso?

Pedro não segura a gargalhada, que assusta até a pobre Efigênia, que, sorrateira, se deitou aos pés dele.

— Ai, amiga! Você vai ser *coroada a rainha do mico*... — Ele e Cátia desatam a rir de novo. — Você adora os livros, não queria morar neles? Aí sua chance.

— É, é... muito engraçado. — Ando até a mochila e pego o livro que inspirou minha ideia. — Agora vejam isso, este é o quarto livro da história que conta as aventuras do príncipe Alexandre, da Lady Queen. Agora olhem a ilustração. Não lembra alguém que você conhece, Pedro?

Tomando o livro das minhas mãos, Pedro encara a imagem com os olhos arregalados e a mão sobre o peito.

— Que bizarro — comenta. — O personagem se chama Alexandre, é um príncipe e é igualzinho ao *da coroa*. Exceto pelos olhos.

— Pois é! Posso escapar dessa ideia da Adelaide de me vestir de livro, usando o Alex. Ele já tem a fantasia e tudo, aí o colocamos na porta como um cosplay do príncipe Alexandre. A saga da Lady Queen tem milhares de leitores, todos os volumes anteriores se tornaram best-sellers e o atual é o mais vendido do país pelas últimas quatro semanas. Vão surgir mulheres de todo canto da cidade para tirar uma foto com ele e, por consequência, vão conhecer a livraria.

— Olha, pode dar certo. A mulherada ama as histórias dessa autora — Pedro concorda. — Você o chamou de Alex?

— Aí seguimos um dos tópicos da Adelaide, que é colocar os livros em promoção — continuo ignorando totalmente a pergunta. — Assim as pessoas vão entrar por causa do cosplay, mas vão acabar comprando.

— E ele vai topar? — Cátia ainda procura brechas no plano. Ela é muito sensata, *quase sempre*.

— Já aceitou. Eu disse que, se fizesse, poderia ficar lá mais uns dias.

— E a Adelaide? — Ela parte para o outro possível furo.

— Ainda não conversamos, mas ela vai aceitar. A ideia é boa e vai salvar o negócio dela e o meu emprego.

— É uma ótima ideia, na verdade. — Cátia abre um sorriso, finalmente convencida.

— Eu posso ajudar. — Pedro fica de pé, gesticulando com empolgação. — Vou até lá e faço um vídeo sobre a livraria inovadora e o cosplay. Se eu postar aquele rostinho dele nos meus stories, vai ter fila em minutos!

— É, eu sei. Você é um influencer e tanto, e, como é maravilhoso, sei que vai fazer isso por nós, pobres, que não podemos te pagar para usar sua rede de 250 mil seguidores a nosso favor. E pode marcar os outros influencers, seus parceiros.

Ele me manda um beijo, mas não resisto: pulo no pescoço dele e dou um beijo estalado em sua testa.

— Ishiii, já chega. Não me confunde, Duda.

— Eu também quero ajudar. O que posso fazer? — Cátia bate palmas, empolgada.

— Já sei! — Pedro me obriga a soltá-lo e sobe no sofá, fazendo a maior cena para nos contar. — Você pode fazer seus bolinhos e cupcakes e montar uma tenda beeem fofa, lá na porta, muito rosa. Deve conseguir arrecadar uma grana com eles e vai tudo pra caixinha da livraria.

— Ótima ideia! Vai ser um grande evento. — A algazarra de Cátia, gritando e aplaudindo, quase me ensurdece, mas estou tão agitada quanto eles. — E, Duda, por que vocês não encomendam mais do livro que tem o sósia do seu Alexandros? Certeza que vai vender pra caramba.

— Vocês são demais. — Corro para a mochila outra vez, agora pegando minha agenda velha para anotar tudo. — Sabem de uma coisa? Como só eu nessa equipe sou obrigada a trabalhar, os dois estão convocados como voluntários na organização do nosso evento.

— Folgada... A gente dá a mão, quer o braço...

A campainha toca e me impede de responder o comentário engraçadinho de Pedro. Levanto para buscar a pizza e, depois de paga, comemos juntos, rindo e confabulando sobre nossos planos.

Cátia acaba dormindo no sofá e Efigênia se enrosca nela. Pedro me ajuda com os talheres e os pratos e depois se despede, prometendo aparecer amanhã e ajudar no que for preciso.

Apago a luz da sala ao trancar a porta, e coloco um cobertor sobre minha amiga. Não tenho coragem de acordá-la, então envio uma mensagem para Joana, sua mãe, avisando que ela dormiu aqui.

Deito em minha cama, levando *O desígnio do príncipe* comigo, e com isso demoro a adormecer.

"Um atentado como aquele poderia lhe ceifar a vida, mas o astuto príncipe sabia reconhecer uma armadilha. Bastava agora descobrir quem ordenara o ataque e, então, punir os culpados."

Apesar de ter parado a leitura em um momento instigante — o príncipe Alexandre foi vítima de uma emboscada e agora precisava descobrir quem armou para ele, sendo os principais suspeitos membros de sua própria família —, fecho o livro e deixo para amanhã. Minha mente ferve com as ideias e com tudo que precisamos preparar. Ainda que seja muito trabalho, estou animada, consigo visualizar uma luz neste túnel escuro.

Quando estou prestes a adormecer, naquele limbo entre realidade e sonho, a primeira visão que tenho é de Alex: olhos escuros, cabelos pretos e o sorriso sexy que atormentaria qualquer sono.

Capítulo 5

Alexandros

O curto trajeto da residência de lady Duda até a livraria foi deveras impressionante. Prometi não me deixar levar pela curiosidade quanto aos artefatos cheios de magia ou ciência que cruzassem meu percurso e assim o fiz, mesmo que tenha custado uma força de vontade sobre-humana.

Ainda que esteja obcecado por descobrir mais sobre as luzes nos postes, já que compreendo agora que não são realmente estrelas, não posso faltar com o que prometi.

Os cheiros, o brilho e os sons, tudo serve para banquetear meus sentidos.

Quando paro diante da porta da livraria, vislumbro um buraco no chão, coberto por uma grade que permite entrever apenas escuridão. Abaixo-me para ficar da altura dele e coloco o ouvido mais perto.

Não ouço nada, mas sinto um ar quente que sai do chão e que exala um odor fétido. *Que diabos é isso?*

Crio uma teoria e meus dedos tocam a grade, em um gesto espontâneo, ansiando descobrir se estou correto em minhas suspeitas, mas paraliso meus movimentos, recordando-me outra vez da promessa que fiz.

Por Deus! É tão difícil me ater ao juramento quando tudo ao meu redor me instiga a fazer o contrário.

Pego as chaves que me foram entregues, erguendo-me do chão espanando minhas roupas, numa tentativa de me livrar de qualquer eventual sujeira, e abro a porta da livraria, antes que seja seduzido por esse mundo de possibilidades.

Por um instante me lembro do meu irmão Arthur, constantemente ansioso por descobrir formas de melhorar a vida do nosso povo, sempre afoito pelas invenções e descobertas feitas pelo nosso mago, Garone, que não tem nenhum real poder, mas muita força de vontade. Meu irmão, com certeza, adoraria este lugar e teria uma imensa dificuldade em se readaptar a Brahvendell quando retornasse; na verdade, a quem estou enganando? Arthur jamais retornaria.

Mas ele não tem o peso e a responsabilidade que tenho sobre os ombros como futuro rei.

Estou divagando sobre isso quando me recordo que uma refeição espera por mim na cozinha, porém o desânimo me consome ao perceber que não há vinho e nem um só criado para me servir. Logo a tristeza passa, pois percebo que lady Duda deixou tudo preparado em um prato e que basta comer.

A comida não está muito quente, mas ainda assim é agradável ao paladar. Os talheres são parecidos com os que usamos em meu reino e não enfrento dificuldade com eles.

Depois de terminar minha refeição, retiro os sapatos estranhos que usei o dia todo. Não me deixaram uma só vela e, incrivelmente, não há luzes acesas aqui dentro, mas a claridade que vem da rua ilumina o bastante para que eu consiga me localizar.

Deito-me no colchão que Duda preparou e sinto meu corpo afundar. Viro de um lado para outro e por fim desisto, não é nada confortável dormir sobre ar, já devia ter suspeitado. Afinal, não nascemos para flutuar.

Também não careço de conforto, sei bem que não conseguirei pregar os olhos.

Relembrando os últimos acontecimentos, espanto-me com o quanto a vida pode mudar de uma hora para a outra. Afinal, ainda ontem, acreditava estar à beira da morte e agora me sinto quase restaurado. Esse mundo é mesmo espetacular e dei uma sorte tremenda em me deparar justamente com ela ao chegar aqui. Lady Duda.

Uma donzela que sozinha conseguiu ajudar-me em meus infortúnios, resolveu todas as situações, inclusive provendo abrigo, um médico, comida e roupas. Lembro-me de seu pedido de ajudar com os clientes de lady Adelaide, em uma tentativa de salvar seu negócio.

Tão forte e guerreira, lutando para ajudar todos ao seu redor, até mesmo a mim, de quem não sabe nada. Recordo-me de que disse não ter pais ou irmãos, sozinha nesse mundo e ainda assim tão cheia de bons sentimentos para partilhar. É incrível o quanto suas feições gentis e belas, seus olhos dourados e cativantes, sua aparência delicada, contam pouco sobre sua força interior. Linda e admirável, de fato.

Fecho os olhos e me vem à mente sua expressão quando a deixei diante de sua casa, naquele momento algo diferente se passou entre nós e por um instante, se não houvesse as responsabilidades e as preocupações que carrego comigo, poderia ter me aproximado mais, apoiado sua cintura com as mãos e talvez...

Balanço a cabeça, espantando os pensamentos. O fato é que as responsabilidades existem e, mesmo que eu esteja em outro reino e muitos anos no futuro, elas não desaparecerão.

Então, o rosto de Henri, meu irmão, volta aos meus pensamentos, e uma onda de preocupação me acomete ao lembrar que ignoro se está vivo, morto, ou se foi feito prisioneiro de algum desditoso homem. Isso acaba com a minha paz, é impossível conciliar o sono sem ter notícias de meu irmão.

— Alex... — Ouço uma voz suave que adentra meus ouvidos e me chama de volta à realidade. — Alex, precisa acordar.

Acordar? Abro os olhos e me deparo com um grupo de pessoas diante de mim. Reconheço Duda, seus olhos da cor do mais puro mel me encaram, com ares de preocupação.

— Milady... — Foco os olhos nos outros e reconheço seu amigo, o que me emprestou as vestes, Pedro.

O cavalheiro me fita com algo muito semelhante a fascínio, o que ainda é um pouco diferente para mim, mas não me atrevo a questionar seus motivos.

— Ah, que bom que acordou — Duda diz, e volto a olhar para ela. — Fiquei com medo de que tivesse piorado do ferimento.

Sua voz macia e preocupada faz com que me lembre do machucado, e ergo a manga da blusa que estou usando para observar o ferimento.

— Os pontos estão secos, me sinto renovado — declaro sorrindo.

— A noite de sono te fez bem — ela observa, também abrindo um sorriso.

— Sono? De modo algum. Não dormi, porque as divagações e receios envolvendo a vida de meu jovem irmão não me permitiram ter paz. E a senhorita? Por que retornaste tão cedo?

— Hum, já que não dormiu, por que não se levantou mais cedo? Eu disse que viria às nove, Adelaide chegou tem uma hora, mas não quis te acordar, mal sabia ela que você só estava descansando os olhos. — Ela aponta a boa senhora, que já assumiu o posto atrás de sua mesa de trabalho.

Olho ao redor e percebo que a luz do dia penetrou pelas janelas, dissipando as sombras da noite.

Talvez eu tenha dormido um pouco, afinal.

Tento me levantar do colchão, mas noto então que tem uma moça inclinada sobre mim. As mãos nos próprios joelhos e o rosto bem perto do meu, analisando-me descaradamente. Ela tem a pele negra e os olhos amendoados e expressivos; não reconheço a donzela, mas deve me conhecer, porque me encara, boquiaberta e com evidente interesse.

Apesar de seus modos nada civilizados, são seus cabelos que chamam minha atenção. Diversas tranças emolduram seu rosto, entremeadas de fios pretos e vermelhos...

Duda percebe o modo com que encaro sua acompanhante.

— Essa é minha amiga, a Cátia. — Graças a Deus a moça parece perceber a situação constrangedora e se levanta. — Ela vai nos ajudar a preparar um evento aqui na livraria. Cátia, esse é o Alex.

Franzo o cenho diante do apelido.

Deveras estou me adaptando ao ritmo deste lugar e já compreendi que Duda é minha amiga e que podemos nos tratar por nossos nomes, mas não posso permitir tamanha intimidade da parte de desconhecidos completos.

— Sua alteza... — Cátia segura um vestido imaginário, já que está usando calças, e se curva em uma reverência bastante aceitável.

Abro um sorriso, feliz porque alguém compreende como as coisas devem ser.

— Muito prazer, senhorita Cátia. Pode se levantar — autorizo, fazendo o mesmo.

Cambaleio um pouco sobre o colchão, mas logo consigo pisar em terra firme. A donzela de cabelos trançados se ergue do chão, mas não deixo de notar o risinho em seus lábios.

As jovens ladies estão sempre rindo para mim, ou de mim?

— Eu trouxe suas roupas — Duda volta a falar. — Se quiser se vestir no banheiro, nós vamos nos sentar ali — aponta — e combinar tudo para a divulgação do evento.

— Obrigado, Duda. — Pego o alforje com as roupas, e me sinto muito melhor ao reconhecer minha calça. — Retornarei em instantes.

Rumo para o banheiro, planejando me trocar sem demora, ainda que não tenha um lacaio. Fico satisfeito ao encontrar minha camisa e meu colete costurados, são muito mais elegantes que a indumentária estranha a que fui submetido anteriormente. Minhas botas também foram lavadas, não há mais sinal de lama nelas.

Antes de me vestir, noto de soslaio o círculo branco preso ao chão, que Duda explicou se tratar da fossa, para que eu faça minhas necessidades.

Decido encarar o buraco estranho e deixar a natureza trabalhar.

Duda

Sentamos à mesa entre as estantes, no terceiro corredor, esperando por Alexandros.

Adelaide assumiu o caixa e o atendimento aos clientes, assim, com a ajuda de Cátia e Pedro, consigo preparar tudo para tirar a ideia do papel e tornar realidade.

Apesar de relutante quanto à presença de Alex na livraria por mais tempo, ela concordou em fazer dele nosso cosplay e deixá-lo ficar mais uns dias. É uma ótima jogada, tenho certeza, e, por isso mesmo, Adelaide permitiu que me concentrasse no plano, ao menos por hoje.

— Eu acho que dois dias são suficientes para preparar tudo. O que acham?

Pedro concorda com um gesto de cabeça que faz com que seus cabelos loiros caiam um pouco sobre os olhos claros. Ele está mordendo a ponta da caneta, como sempre faz quando está pensando.

— Acho que vamos conseguir arrumar tudo. Até porque, não é como se estivéssemos nadando em dinheiro pra fazer um megaevento, vamos ter que nos virar com o que temos — diz, e completa com um sorrisinho. — Por sorte, o príncipe tem muito a oferecer. Vocês viram aqueles braços? — sussurra, malicioso. — E, gente, o olhar dele, tão mandão e poderoso.

— Vocês estavam rindo do Alex, isso sim — respondo.

— Rindo sim, porque é engraçado que ele pense que é um príncipe. Mas, apesar de não bater bem da cachola, não deixa de dar um calor... — Pedro continua, se abanando.

Pego a borracha que está sobre a mesa e atiro na cabeça dele.

— Para com essa paixonite! Não se esqueça de que concordamos que isso não seria sensato — lembro, aos dois, as palavras que me disseram anteriormente.

Cátia agita o indicador em frente ao meu rosto, negando.

— Concordamos que não seria sensato pra *você*. Porque *você* ama contos de fadas e pode se envolver emocionalmente, já que vive comparando o monarca aí com o do livro! — ela exclama e atira os cabelos para trás. — Mas *eu* poderia muito bem aproveitar o corpo principesco dele sem me apaixonar. Não sei se os dois notaram, mas quando o acordamos, uma parte preciosa do rapaz já estava bem desperta...

— E acha mesmo que não foi a primeira coisa que percebi? — Pedro sorri para ela com cumplicidade.

— Xiiiu — falo, fazendo um gesto para que se calem. — Ninguém vai aproveitar nada. E deixem o Alex em paz, ouviram? Não quero que fiquem encarando o... cetro real.

Os dois começam a rir, mas Cátia olha para Pedro, que ergue a sobrancelha, me encarando com ar de desafio.

— Parece que tem alguém com ciúmes, Cá — brinca —, nossa Dudinha está marcando território.

— Não é nada disso, é que... — Não concluo a frase porque sou interrompida pela chegada de Alex.

— Milady, preciso de ajuda.

Ergo os olhos e encontro sua expressão aflita. Suas mãos estão nas costas e ele parece nervoso.

— Perdoe-me por isso, mas podemos falar a sós por um momento?

Aquiesço e me levanto, afastando-me com ele alguns passos.

— O que houve? — pergunto, ao ver que ele parece preocupado demais para falar.

— Bom, estou envergonhado — admite. — Preferia que uma espada traspassasse minha carne neste instante a ter que indagá-la a esse respeito, mas não encontro outra maneira de resolver meu impasse.

— Fala logo que já estou imaginando dezenas de tragédias.

— Disseste-me que usasse aquela fossa branca para fazer minhas necessidades, mas não encontro um recipiente, um balde, para me desfazer dos... dejetos depois que concluir a tarefa.

Tento colocar sua frase em ordem na minha mente, traduzir o que ele tenta me dizer.

— Um balde? Para se desfazer?

Alex apenas assente, em silêncio, seus olhos fitam os pés descalços e ele parece fazer o possível para não olhar para mim.

Sempre ouço a expressão "seria engraçado se não fosse trágico" e ela traduz meus sentimentos nesse instante, então me esforço para permanecer séria, não posso rir de tudo que ele fala. Não é legal.

— Tem uma caixinha em cima do vaso, com uma espécie de botão. É só apertar e vai ver a mágica acontecer — explico, procurando um modo de fazer com que ele entenda a funcionalidade da descarga, sem que eu precise ir mostrar.

— Estás a me dizer que, se eu apertar este botão, subitamente a água irá surgir e levar embora toda a sujeira?

Faço uma careta involuntária ao ouvir a referência velada ao cocô.

— Isso mesmo, só apertar o botão — afirmo, fingindo naturalidade.

Alex me saúda com uma espécie de reverência, inclinando-se em uma mesura. Ele retorna ao banheiro, e eu volto para onde meus amigos esperam, cheios de curiosidade.

— E então? — Cátia questiona, com um risinho já brotando nos lábios. — Qual foi a de agora?

— Hum, nada. Ele disse que já está vindo. — Por algum motivo, não me sinto confortável quando riem dele e prefiro não dar munição.

Instantes depois ouvimos a voz de Alex vinda da porta do banheiro.

— Vou refrescar-me com um banho — grita, colocando apenas a cabeça para fora.

Adelaide está com uma cliente, que por milagre apareceu pouco antes, e apenas olha por sobre o ombro para ele e, em seguida, me fita em desespero.

Não é muito legal ter um homem gritando em alto e bom som no meio de uma livraria que vai tomar banho.

Realmente, instantes depois, Alex retorna até nós com um sorriso nos lábios e certo brilho no olhar. Noto que seus cabelos estão molhados e ele cheira a sabonete. Com suas roupas formais — porque fiz questão de costurar a manga da camisa e do colete quando cheguei em casa —, ele consegue ficar mais insuportavelmente bonito.

Ele apenas acena para mim em agradecimento e mantém em segredo seu impasse com a nova descoberta da descarga e o problema com a higienização.

— Gostaria de saber — ele arrasta uma cadeira e se senta ao lado de Cátia — o que esperam exatamente que eu faça nessa grande festividade?

Pedro me olha de lado, achando graça, e então volta os olhos para Alex.

— Não é tão grande assim. Vou divulgar o evento para as pessoas na internet, a Cátia vai trazer bolinhos, tortas e cupcakes para vender e arrecadar dinheiro. Você e a Duda vão lidar com as pessoas que vierem. — Pedro dá de ombros. — Sabe, usar seu charme, sorrir e conversar com as... donzelas.

Alex não parece se importar com o tom de brincadeira de Pedro.

— Ah, isso. — Ele assente, confiante. — Posso lidar bem com as donzelas. Perdoe-me por perguntar, mas disse que divulgará o evento na *internet*; é um reino constituído por donzelas que gostam de ler?

Cátia me encara com os olhos arregalados, e suspiro. Não sei se é um bom momento, mas Alexandros precisa entender o que é a internet.

— Na verdade — começo a falar, e minhas mãos se movem junto, como se os gestos fossem de algum modo facilitar a explicação —, a internet... Bom, nunca precisei dar uma explicação sobre isso.

Olho meus amigos, em busca de uma saída, mas nenhum deles parece disposto a contribuir. Cátia dá de ombros, deixando a bomba comigo, e Pedro se recosta na cadeira, achando graça em tudo.

— É uma rede tecnológica, que liga os computadores, como aquele sobre o balcão, está vendo? — Aponto para onde Adelaide está trabalhando e, como ele assente, continuo a falar. — Eles se ligam de forma que as pessoas podem encontrar informações mais facilmente, podem pesquisar coisas e se divertir também, conversar umas com as outras.

Alexandros olha para mim, confuso. Deve ser muito difícil não se lembrar de nada.

— Encontrar informações e fazer pesquisas — ele repete. — Como nos livros? — Seu cenho franzido é a prova de que não está conseguindo assimilar a coisa toda.

— Isso, é mais ou menos como se você tivesse todos os livros do mundo dentro de uma máquina. Você pesquisa sobre qualquer assunto, entende?

Aliás, qualquer assunto *neste mundo* — completo, pressentindo que ele vá querer pesquisar sobre Brahvendell.

— Por exemplo, se eu quiser saber o que houve no ano de 1900, basta perguntar à internet?

— Você digita as letras no teclado e o computador encontra as informações.

Ele concorda e então olha para meus amigos, abrindo um sorrisinho discreto. Posso perceber como está impressionado pelo modo como seus olhos brilham e suas mãos batucam na mesa.

— Como um oráculo? — questiona. — Temos uma virgem fantástica lá no reino, ela advinha tudo — Alex fala, demonstrando sua admiração e chocando a todos nós. — Ela me disse que um dia eu cavalgaria para reinos distantes e vejam só onde estou! Também acertou quando disse que lady Blossom estava tendo um caso extraconjugal. Pobre lorde Blossom, só acreditou quando o bebê nasceu, porque a semelhança com nosso cavalariço... Era inegável.

— Hum... — Olho de Cátia para Pedro, que agora parecem mais preocupados e menos engraçadinhos. — Mais ou menos isso, mas ele não precisa de visões. Ou de ser virgem.

— Pode me mostrar? — pede, tentando soar casual.

— Claro, logo que terminarmos aqui vou mostrar como funciona.

Alex concorda e então arruma a coluna, voltando ao porte majestoso. Pedro começa a anotar alguma coisa no celular e vejo que os olhos de Alex estão fixos sobre o aparelho, cada vez mais interessado nas funcionalidades.

— Então, alteza... — Pedro apoia as mãos com o celular na mesa. — Acha que vai ser interessante o evento?

O príncipe passa a mão pelos cabelos molhados e os retira de sobre os olhos, em um gesto cheio de charme. Tento muito não apoiar o queixo na mão e ficar babando.

— Será deveras fascinante. Serei cortês com os súditos e me dedicarei a entreter as damas.

Pedro concorda, sorrindo com a resposta.

— Isso mesmo. Um verdadeiro príncipe, exatamente como agiria em um dia de baile no seu castelo.

— Exato. — Alexandros se levanta, olhando ao redor. Ele fita as estantes e o espaço como um todo. — Então prefiro que meu trono fique sobre um degrau que lhe confira destaque.

Capítulo 6

Duda

Após convencermos Alexandros de que um trono não é algo fácil de conseguir, Cátia e Pedro vão embora.

— Então, milady... — ele começa a falar, mas quando ergo os olhos Alex volta à informalidade. — Duda. Preciso confidenciar uma coisa e questionar a respeito de outra.

— E o que seria? — pergunto, fechando o caderno no qual estava fazendo anotações sobre o evento.

Alex apoia as mãos sobre a mesa, e o movimento faz com que as mangas de sua camisa se colem aos braços. Deixo escapar um leve suspiro.

— Quando retornei de sua residência ontem à noite, antes de entrar na livraria, eu...

Concentro-me no que ele está dizendo, esquecendo por um momento sua aparência, que fica o tempo todo me distraindo.

— Alex, você prometeu que não ia se desviar do caminho. O que você fez?

— Nada! Sou um homem de palavra. Mas não posso negar que fiquei tentado. Quando parei aqui em frente, avistei no chão um buraco, com uma grade que o cobria, e acabei reclinando-me sobre ele a fim de enxergar o que ocultava.

Franzo o cenho ao ouvir sua confissão.

— O bueiro?

— Imagino que seja. Fiquei curioso a respeito do que é, a grade se assemelha muito às que utilizamos nas prisões em Brahvendell e até mesmo o odor que vem do chão... devo dizer que é parecido com o ar fétido das prisões.

— Então?

— É isso, não é? Os prisioneiros do reino de São Paulo vivem no subsolo?

Recosto-me na cadeira e esfrego o rosto com as mãos, tentando clarear os pensamentos. Os absurdos são tantos e tão frequentes que não consigo entender como uma pessoa bate a cabeça e cria toda uma vida e histórias tão surreais.

— Não é isso. Nós temos prisões, Alex, como vocês em Brahvendell, e elas ficam na altura do solo mesmo. Aquilo é uma entrada para o esgoto...

— Que esgoto?

— Sabe quando foi ao banheiro mais cedo e usou a descarga? O botão que aciona a água.

Ele aquiesce, com os olhos estreitos, tentando compreender.

— Então, a descarga leva a sujeira para o esgoto, onde aquela água é tratada. Embaixo dos nossos pés está o caminho, digamos assim, para o local onde é feito o tratamento.

Alex abre e fecha a boca, e então sorri.

— Por Deus! Vocês não atiram os dejetos na rua e eles não ficam enterrados abaixo da fossa, digo, banheiro. Ah, milady, preciso aprender sobre isso. Minha mãe vai adorar essa descoberta!

— Se chama saneamento básico — respondo, rindo da empolgação dele.

— Preciso ir embora, mas antes vou descobrir mais sobre isso. E sobre todo o resto.

Seus olhos estão brilhantes e cheios de curiosidade, ele parece uma criança descobrindo o mundo. A não ser pelos músculos.

— Vamos descobrir o que houve com você. Prometo que vou ajudar e, assim que passar o evento, vamos nos concentrar nisso até entendermos sua situação.

— Vai me ajudar? — Ele aperta minha mão de volta e sinto aquela onda de prazer traiçoeiro se concentrar em minha barriga. As malditas e tão faladas borboletas no estômago.

— Prometo, Alex.

Depois disso, trabalho o dia todo na programação do evento, conferindo pedidos e separando os livros para organizar as estantes de promoção.

Com uma rápida ligação na distribuidora, consigo o envio de vários exemplares de *O desígnio do príncipe* para a livraria, em consignação. O que é ótimo, já que assim pagaremos apenas pelo que for vendido, e o que não for poderá ser devolvido a eles sem nenhum custo.

Estou anotando os títulos que separei para entrar em promoção quando Adelaide se aproxima de mim e de Alexandros, que está entretido lendo o primeiro volume da história do príncipe Alexandre, para, segundo ele, ser mais verossímil.

— Querida, já tratei do Fred — diz, referindo-se a sua carpa de estimação —, fechei o caixa e estou indo para casa. — E é só quando ela diz isso que percebo que já está na hora de fechar.

— Pode ir, Dê. Logo eu vou embora também.

— Não quer me acompanhar? — questiona, discretamente gesticulando para indicar Alex. Ela ainda não confia nele.

Alex, que até então estava distraído, ergue os olhos e a encara com seriedade, balançando a cabeça em concordância.

— Lady Adelaide está corretíssima. Temo por sua reputação, caso a encontrem nestes aposentos, a sós com um cavalheiro. Sabe como são ferinas as línguas e não quero causar nenhum infortúnio.

Não consigo evitar um sorriso, porque é engraçado, mas também porque é tão fofo o modo como ele se preocupa com minha ida para casa ou com o que podem pensar de mim.

— Minha reputação — repito, ainda achando graça. Se ele soubesse como minha reputação anda limpa, pura e sem mancha alguma, inclusive necessitando de alguém que possa sujá-la, nem que seja um pouquinho. — Alex, não corro esse risco.

— Como não? Disse que nunca se casou e também não está comprometida. Minha mãe sempre diz que o mundo é injusto, pois os cavalheiros podem fazer o que bem entendem, mas, infelizmente, uma única mácula na reputação ilibada de uma jovem e estará para sempre destruída perante a sociedade.

— Hum, talvez você deva ficar, Duda. — Adelaide o encara com os olhos estreitos. — Alguém precisa ensinar a majestade aí que as mulheres fazem o que bem querem.

Ignoro o comentário irritado dela e fito Alex outra vez.

Já aceitei que não adianta contrariá-lo; se eu quiser que me entenda, preciso agir como se tudo que sai de sua boca fosse verdade e só depois ajudá-lo a descobrir o que realmente houve.

— Alex, você se lembra de que conversamos sobre eu não ser da alta sociedade? As mesmas regras não se aplicam às criadas — falo, me lembrando das centenas de romances de época que já li. — Não esperam o mesmo de nós e não somos julgadas da mesma forma que as ladies da corte.

Ele aquiesce, a boca comprimida em uma linha rígida, como se isso o desagradasse.

— A natureza de seu nascimento pode tê-la desfavorecido, lady Duda, mas pode estar certa de que, aos meus olhos, é mais nobre que todas as princesas que conheci, e dou minha palavra de que sua honra estará a salvo comigo.

Agora até Adelaide perde a voz e o encara com os olhos esbugalhados.

— Se puder ficar um pouco mais — ele diz, alheio ao espanto da minha patroa e às sensações que suas gentilezas me causam —, gostaria muito de conhecer a internet.

Sinto a mão de Adelaide sobre meu ombro e viro o rosto para olhar para ela, que está de pé atrás de mim.

— Filha, eu vou indo — diz, de modo carinhoso —, meu cérebro não consegue lidar com tanta baboseira.

Solto uma risada ao ouvir o comentário, e Alex continua nos olhando, atento à conversa, mas duvido muito que tenha compreendido o significado da palavra baboseira.

Quando ela sai e ouvimos o clique da porta se fechando, levanto-me e deixo os papéis sobre a mesa.

— Vem, vou te mostrar tudo.

Ando até o balcão com Alex em meu encalço.

Noto outra vez, com um olhar disfarçado, como ele fica ainda mais bonito usando suas próprias roupas. Mexo o mouse do computador e a seta aparece na tela, nem é de última geração, mas é o bastante para que Alex abra a boca em espanto.

— Pela benevolência do Todo Poderoso! — exclama ao ver a tela se acender.

— Então — falo, ignorando sua expressão aboalhada —, você posiciona a setinha aqui e clica com esse botão para começar a escrever — explico, com a página do Google aberta. — E, aqui — indico —, você digita sua pesquisa ou qualquer coisa que queira procurar.

Bato com a mão sobre o teclado para dar ênfase, e Alexandros desvia os olhos para a peça preta. Sem pensar duas vezes, ele o ergue nas mãos, levando até mais perto dos olhos.

— É o alfabeto completo! Está tudo aqui. Veja! Até mesmo os numerais.

Sorrio com suas exclamações exaltadas.

— Sim, agora vamos fazer um teste. O que você gostaria de pesquisar?

— Como voltar a Brahvendell.

— Vamos nos concentrar em coisas desse mundo primeiro, certo? Porque o computador não... viaja no tempo — esclareço, mal acreditando em minhas próprias palavras.

— Hum, certo. Tenho tantas dúvidas — assume. — Não sei nem por onde começar.

— Vou dar um exemplo. Vamos supor que você queira sair amanhã e não saiba ainda se vai fazer frio ou calor.

Digito, *temperatura em São Paulo nesta quarta-feira*, e logo aparece a previsão no tempo na tela.

— Viu? Pesquisei a temperatura para amanhã e já sei que pode chover à tarde, mas que a maior parte do dia fará sol.

— Impossível! Como essa caixa pode saber disso? — Ele tenta erguer o monitor nas mãos, mas o seguro, impedindo que faça uma bagunça com os fios e ainda desligue tudo.

— É assim que funciona. — Dou de ombros.

— Então esta caixa possui dons mágicos e posso questionar qualquer coisa a ela?

Suspiro. A linha que divide magia de ciência definitivamente não existe para Alexandros.

— Isso — concordo, porque não consigo pensar em outra forma de fazer com que ele entenda.

— Caixa — ele diz, a voz solene —, pesquise por coelhos nesta região.

Ergo as sobrancelhas até quase fazê-las colarem no couro cabeludo. Observo a pose altiva dele, o peito estufado, e faço quase uma acrobacia com a boca para não gargalhar.

— Tem que digitar aqui — lembro a ele, mostrando o teclado outra vez. — E por que você quer saber sobre coelhos?

— Como por quê? — questiona, procurando letra por letra no teclado e batendo em cada uma delas com muita força. — Para termos uma refeição adequada, é evidente.

— Não! — exclamo, entre surpresa e estarrecida, e coloco as mãos sobre as dele, impedindo-o de prosseguir. — Não vamos comer coelhos! Vou pedir um jantar pra você, tá bom?

Alex segura minhas mãos entre as suas e me encara com ternura. Sinto o ar ficar preso em minha garganta, como tem acontecido sempre que ele me toca.

Ai, como eu estou encrencada.

— Não precisa se preocupar — diz, a voz suave —, não quero que gaste seus ordenados comigo, mesmo que pretenda retribuir toda sua gentileza depois.

Como se fosse algo completamente natural — em que mundo, meu Pai Celestial? —, Alexandros enfia a mão dentro do aquário e captura Fred rapidamente.

Abro a boca e emito um grito quando a água espirra sobre o teclado e minha mão.

— O que é isso, Alex? Coloca o Fred de volta! — grito, apavorada, o clima se esvaindo completamente. — Ele vai morrer!

— Onde posso assá-lo? Teria algumas batatas? — Seu tom é casual.

Abro a mão dele, onde Fred se debate, coitadinho, e pego o peixe, colocando-o de volta no aquário.

Coloco as mãos na cintura e encaro Alexandros, furiosa.

— Você não pode comer o Fred! Ele é da família, é a carpa de estimação da Adelaide, tá? Credo, parece doido — falo, constatando o óbvio.

— Eu? — Ele aponta para si mesmo, indignado. — Peixes são refeição, sabia, Duda? Vai dizer que aqui além de não comerem coelhos, também não comem peixes?

— Alex, pelo amor de Deus, só não saia comendo nada por aqui, tá? Pergunte antes — digo, temendo que uma hora ele acabe tomando desinfetante.

Ele parece constrangido com meu ataque e sai de trás do balcão.

— Tudo bem, peço que me perdoe. Não fui educado em tocar nas coisas que não me pertencem sem que me fossem ofertadas.

Vejo o pesar em seus olhos e meu coração se aperta, porque ele não tem culpa, afinal, Fred é mesmo um peixe.

— Vou pedir comida e te explicar algumas coisas.

Desligo o computador antes de pegar o celular e abrir o aplicativo para fazer o pedido. Como Alex parece com fome, peço dois hambúrgueres duplos, com batata frita e refrigerante e gasto meus *ordenados*, quase inexistentes, para pagar por tudo.

Então caminho até o sofá e me sento, Alex vem logo depois e se senta ao meu lado, parecendo constrangido com o que houve e também frustrado.

— Olha — tento começar a deixar as coisas mais claras —, aqui você não precisa caçar para comer. Temos... vendas e feiras — penso nos nomes mais antigos que conheço —, onde compramos comida. Pela internet também podemos pedir e os vendedores trazem até aqui. Logo o rapaz vai chegar com o nosso jantar.

Ele balança a cabeça, concordando, mas não diz nada.

— O que foi? — pergunto, cutucando seu ombro com o indicador.

Ele me olha rapidamente, depois volta a encarar o chão.

— Sinto-me um tolo em seu reino. Não entendo as coisas e noto as pessoas rindo de mim, de tudo que falo, seus amigos, inclusive. Mas não tenho culpa se conheço o mundo de uma outra forma. Estou frustrado, Duda! Tudo é estranho aqui e me coloco em situações que, diante dos seus olhos e dos outros, são anormais.

— É compreensível, Alex, você é novo aqui, todo mundo tem dificuldades diante das novidades, eu mesma demoro algum tempo para assimilar as novas tecnologias, e elas surgem quase todos os dias.

— Não acredito nisso — ele diz, e noto o brilho de admiração em seu olhar quando me fita. Há tanto calor ali que é difícil manter a atenção no que ele diz em vez de me perder completamente na escuridão de seus olhos. — A senhorita sempre tem uma resposta para as minhas perguntas e é tão inteligente que saberia lidar com qualquer situação.

— Obrigada. — Fico lisonjeada. — Mas eu moro aqui, convivi com tudo isso a vida toda, então é natural que eu lide bem com as coisas com que você tem dificuldade. Me coloque na corte do seu pai, tenho certeza de que farei tudo errado e passarei muita vergonha — comento, rindo ao imaginar a cena, mesmo que seja criada pela mente dele.

Alex nega, também sorrindo.

— Serias perfeita, estou certo disso, como és aqui.

— Quem sabe um dia vou te visitar?

— Posso imaginar perfeitamente. Meus irmãos a adorariam, mas preciso preveni-la de que Henri é uma peste, apronta com os criados, inferniza minha mãe e as damas da corte e sorri feito um anjinho para evitar as reprimendas de nosso pai.

— Seu irmão mais novo... — digo, lembrando-me do que ele já disse sobre a família.

— Sim. Arthur é ótimo comigo e com nossos pais, mas não com as donzelas. Muitas delas, quando o conhecem, são donzelas, mas não vão embora na mesma... situação.

— Entendo. — Rio ao ouvir seus comentários.

— Não entende. Sei que as moças não compreendem muito sobre isso, mas quando se casar vai entender.

Pobre príncipe. Não conhece nada do século XXI.

— Se um dia conseguirmos descobrir como ir de um mundo para o outro e puder me visitar, não se deixe levar pelas conversas sedutoras de Arthur.

— Então seu irmão é do tipo libertino — comento, usando o termo dos romances de época.

Alex balança a cabeça, concordando, mas antes que continue suas histórias familiares, ouço a buzina da moto, anunciando que nosso jantar chegou.

— Já volto.

Pego as sacolas do motoboy e noto que está ficando tarde. Agradeço e retorno para o sofá, determinada a comer e ir embora.

— Bom, Alex, vamos esquecer a bagunça de seus irmãos por um momento — digo, fazendo suspense diante dele. — Vou te apresentar agora a algo que nunca vai esquecer.

Seus olhos acompanham meus movimentos enquanto abro as sacolas, não sei se pela fome ou por curiosidade.

Entrego uma bandeja a ele, depois de jogar sal nas batatas e abrir o papel que cobre o hambúrguer.

— O que exatamente é isso? — ele me interroga, olhando com desconfiança.

— É um lanche. Tem carne, queijo, tomate, ovo e um pão envolvendo tudo.

Alex sorri e balança a cabeça, em um gesto afirmativo.

— É um sanduíche — diz, ainda olhando o hambúrguer de modo estranho.

— Isso!

— Por que disse que eu nunca esqueceria? Já comi sanduíches, Duda.

Seu sorriso é cheio de ironia e acabo rindo junto.

— Tudo bem, sabichão, mas não estava falando disso.

Abro as latas de refrigerante e vejo seus olhos se abrirem mais, com o barulho do gás. Ofereço uma a ele, que pega com suspeita.

— Isso, meu príncipe — faço uma reverência de forma irônica —, se chama refrigerante, e é uma bebida muito apreciada por aqui.

Com a sobrancelha erguida e seus olhos pretos fascinantes me encarando com desconfiança, Alex leva a abertura da lata à boca, me imitando, e bebe um gole do líquido.

É instantâneo. Ele engasga e afasta a lata, olhando assustado para ela.

— Tem bolhas dentro disso! Elas estão explodindo na minha boca!

Por sua cara de espanto, deduzo que não gostou muito.

— Odiou? — Estou achando muito engraçada a cara dele, mas Alex não parece incomodado com isso agora.

Ainda cismado, ele toma outro gole.

— É adocicado e... bastante saboroso.

Dessa vez não há tosse ou susto, apesar de seus olhos ainda apresentarem certa curiosidade.

— Imagino que, apesar de popular, não seja uma bebida muito saudável — conclui, por fim.

Surpreendo-me com o quanto ele é perspicaz, deve ter um caminhão de açúcar dentro de uma latinha dessas. Prefiro não saber a quantidade certa, afinal, a ignorância pode ser uma dádiva.

— E por que diz isso? — questiono, mordendo um pedaço do meu hambúrguer.

— Não pode vir nada de bom de algo que explode em qualquer parte do corpo humano, milady. É uma lei universal.

Tenho que cobrir a boca para não cuspir a comida, mas não deixo de concordar com ele.

— Realmente — digo, depois de engolir a comida. — Então não quer mais?

Alex responde tomando outro longo gole.

— Sou um homem corajoso, Duda.

Capítulo 7

Duda

Finalmente nosso evento chegou. O dia amanheceu ensolarado, mas não de um jeito insuportável, o que a meu ver só pode ser indício de boa sorte.

Com o tempo louco que faz nessa cidade, poderia muito bem cair uma tempestade, alagar vários bairros, transformar o trânsito — já absurdo — em engarrafamentos e destruir nossos planos.

Porém, ao contrário de meus temores, a manhã está perfeita. Viro a esquina, com Pedro ao meu lado, entrando no beco que conduz à livraria, e carregando meu copo grande de café para me ajudar a despertar.

Franzo o cenho quando uma garota passa esbarrando em mim, apressada. Ela se vira pedindo desculpas e noto uma coroa dourada sobre seus cabelos. Aceno dizendo que está tudo bem quando vejo mais um grupo de meninas passar por nós, conversando e rindo. É gente demais para o beco pouco movimentado.

Olho para Pedro e ele apenas aponta com o dedo para a calçada e logo avisto outras pessoas, mulheres em sua maioria, usando coroas, e tudo fica claro. Mas ainda que seja óbvio, é surreal.

— Será que esse pessoal...

— Estão aqui pelo príncipe, claro — Pedro responde.

Ele caminha ao meu lado, carregando algumas sacolas com os pacotes de marcadores de livros que organizamos durante a noite.

Eu queria entregar um a um, sem gastar muito tempo nisso, mas Pedro insistiu em fazer kits, saquinhos fechados com cinco marcadores em cada e amarrados com um lacinho de cetim.

— Não te disse que meu post sobre o evento tinha sido um sucesso?

Paro, observando o tamanho da fila, que vai desde a esquina até a porta da livraria. E, definitivamente, isso é muito mais sucesso do que imaginei.

— Falou, mas não pensei que o sucesso seria tão grande.

— Está subestimando o poder daqueles olhos e do sorrisinho.

Equilibro-me nos saltinhos dos sapatos que ele me fez calçar, e tento não parecer constrangida ao ver todas as pessoas me olhando. Não sei se me tornei alvo do interesse por causa do vestido rosa super-rodado na altura dos joelhos e com um enorme laço na lateral, ou se é por causa de Pedro.

— Não subestimo nada, mas no seu post não dava pra ver isso. Só pensei... Não sei, acho que estava com medo de que fosse um fracasso.

Um trio de garotas se aproxima de nós, cheias de sorrisos para ele.

— Oi, Pê. Podemos tirar uma foto?

Ele sorri para elas e faz caras e bocas para cada selfie, enquanto me distancio um pouco para dar privacidade.

— Vamos te marcar nos stories — a mais alta das três fala.

Elas acenam se despedindo, e continuamos a andar.

Daqui já posso ver a barraca que a Cá montou do lado de fora. Ela veio mais cedo para preparar tudo.

— Lógico que deu pra ver.

— Quê? — Eu me viro, encarando Pedro, que me olha daquele jeito cheio de falsa inocência. — Como assim? Deu pra ver o quê? — pergunto.

Somos interrompidos outra vez pelas seguidoras dele. Depois de outra leva de selfies, ele volta a falar.

— Filmei o príncipe. Durante nosso papo antes de ontem, quando discutimos o evento, lembra?

— Não lembro de te ver filmando. — Ergo as sobrancelhas, puxando pela memória.

Quando chegamos na entrada, jogo um beijo para Cátia e sorrio para as primeiras pessoas da fila, pedindo que aguardem.

Rapidamente destranco a porta e Pedro e eu entramos. Nunca demorei tanto da avenida até a livraria.

— Aqui... — ele diz, virando o celular para que eu veja, logo que tranco a porta atrás de nós.

Na tela, Pedro abre o *reels* que fez. Alexandros está no centro do vídeo, discursando sobre como falaria com os súditos e sorriria para as donzelas.

— Caramba! Como... Por que eu não vi isso no seu Instagram?

Ele dá de ombros como se não fosse nada de mais.

— Pedro...

— Posso ter te bloqueado temporariamente. Não queria você implicando comigo e meu marketing ousado.

— Ousado, quanto?

— Talvez tenha feito alguns memes...

— Que tipo de memes? — pergunto, ainda diante da porta.

É quando vejo Adelaide se aproximar toda sorridente, vindo da cozinha.

— Meninos, vamos abrir! Olha quanta gente lá fora esperando.

Faço um gesto apontando para meus olhos e depois para Pedro, mostrando que estou de olho nas suas bagunças.

— Vamos, Dê — respondo, deixando isso de lado por enquanto. — Cadê o Alex?

— Na cozinha. Preparei um café, ele merece — ela responde. — Mas é Vossa Alteza, Duda. Vamos encenar junto com ele. E, menino — ela fala com Pedro —, obrigada por conseguir o trono, ficou lindo!

Olho para onde ela aponta e vejo um trono no exato lugar em que Alex disse que o queria.

Abro a boca para perguntar, mas Pedro faz um gesto de desdém com as mãos, me deixando curiosa, e corre para tirar uma foto no trono.

Adelaide caminha para trás do caixa, ligando o computador.

— Alex... Vossa Altezaaa... — chamo, seguindo para a cozinha, ansiosa também para abrirmos as portas — Está pronto?

Paro na entrada. Ele está sentado em uma das cadeiras, com uma xícara de café nas mãos. Seus cabelos negros estão perfeitamente penteados para trás e a barba por fazer atribui um charme todo especial.

Ele está usando uma casaca preta sobre a camisa, e os botões dourados estão fechados, conferindo a ele o aspecto de realeza que vemos nos filmes antigos.

— Bom dia, milady.

Meu Deus do céu. Se ele sorrir assim para as garotas lá fora, vamos ter desmaios e lencinhos atirados ao chão. Ou calcinhas, caso ele se torne o próximo Wando. Tudo é possível com um sorriso desses.

— Bom dia...

Alex se levanta. *O príncipe* se levanta, porque neste momento ele não pode ser descrito de outra forma.

Deixando a xícara sobre a mesa, ele caminha até mim e segura minha mão com a sua, que está coberta por luvas brancas; seus olhos se perdem dentro dos meus, causando aquele frisson que tenho todas as vezes que ele se aproxima demais.

Tão lentamente que me faz prender a respiração para gravar cada instante, ele beija minha mão com seus lábios.

— Deslumbrante, Duda. Simplesmente perfeita...

Seus olhos vagueiam por meu rosto, provavelmente porque nunca me viu usando maquiagem antes, e então ele desce o olhar por meu corpo. Alex não me olha de um jeito indecente, é um olhar de admiração.

A insinuação de um sorriso faz com que seus lábios se ergam apenas um pouquinho de um dos lados.

— Ah, isso... Pedro achou que seria bom que eu usasse um vestido — respondo, olhando para a saia rodada e o corpete justo. — Você sabe, mais como uma...

— Princesa — ele interrompe. Por um momento, seus olhos transmitem tanto calor que chego a corar e a, quem sabe, acreditar em contos de fadas mais uma vez.

— Duda? — A voz de Pedro me alcança. — O que você está... Ah! Meu Deus! Você está uma delí... formidável, príncipe.

Alex desvia os olhos para o meu amigo, que de repente está ao meu lado.

— Agradeço, milorde. Pelos galanteios e pelas vestes, me sinto muito melhor dentro delas.

— Perfeito! — Pedro responde, unindo as mãos e admirando o príncipe descaradamente.

— Para com isso... — sibilo.

— O quê? — pergunta, um sorrisinho debochado nos lábios. — Eu consegui as roupas na loja de fantasia de uma amiga, tenho o direito de admirar, Duda. Para de ser egoísta — brinca, rindo da minha cara de boba. — Agora vamos, temos que libertar as donzelas.

Alex aquiesce e solta a minha mão.

Durante cada segundo que ele a segurou, senti seu contato como se, mesmo com as luvas, seu toque enviasse pequenas centelhas pelo meu corpo. Agora sinto um desejo absurdo de agarrar a mão dele outra vez. Estou pateticamente encrencada.

— Ele pensa que é um príncipe! — falo baixinho, lembrando por que não posso me apaixonar.

Pedro ergue a sobrancelha bem desenhada, muito mais bonita do que a minha, preciso dizer.

— Eu ouvi isso.

Ele me dá as costas e deixa a cozinha. Alex e eu seguimos logo atrás.

Sigo direto até a porta e finalmente a abro. Olho para a enorme fila a minha frente e sorrio, tentando parecer mais confiante do que estou.

— Bom dia, pessoal — falo, o mais alto que posso. Sinto algo sendo colocado sobre meus cabelos e vejo Pedro ao meu lado, pondo uma coroa sobre a própria cabeça, e entendo que fez o mesmo comigo. — Vamos liberar a entrada para quinze pessoas por vez, para que possam conhecer o nobre príncipe Alexandre, tirarem suas fotos e, também, caminharem por nosso espaço.

Uma salva de palmas se segue às minhas palavras, e arqueio as sobrancelhas, chocada. Pedro assente, mostrando que estou indo bem, enquanto acena para as meninas na fila, já que a maioria parece ter vindo tanto por ele quanto por Alex.

— Vocês também podem comprar o quarto volume da série, assim como os outros, na livraria. Aqui ao lado, temos a barraca do banquete real. —

Aponto para onde Cátia sorri, agitando as mãos para que as pessoas a vejam. Como se ninguém estivesse vendo a barraca toda decorada de rosa e enfeitada com balões dourados. — Estamos vendendo bolinhos, tortas e cupcakes, e o dinheiro será usado para salvar a livraria. Obrigada por virem.

Deixamos as garotas entrarem, contando até quinze pessoas e, por fim, Pedro fica na porta, para ver quem sai e então ir liberando mais gente para entrar.

Volto para dentro da livraria depois de fisgar um cupcake, e percebo que as garotas não estão circulando, não a maioria pelo menos. Estão paradas ao redor de Alex, enquanto ele sorri e conversa animadamente.

Uma das meninas, uma morena bonita, de cabelos cacheados e com uma coroa rosa cheia de glitter, se aproxima com um livro nas mãos e abre um sorriso.

— Você poderia autografar?

Franzo o cenho ao ouvir aquilo. Como assim, ele autografar?

— Eu? — Alex questiona, bastante surpreso também.

A moça dá de ombros e se vira para as outras.

— Nós amamos a autora, mas não podemos comparecer às sessões de autógrafo dela. Acho que seria demais ter uma assinatura do próprio príncipe...

Vejo as outras pessoas ao redor concordarem, e percebo como nosso pequeno evento se transformou em algo grande. A pilha de livros fica instantaneamente menor, porque parece que todo mundo adorou a ideia e decidiu pegar o autógrafo da própria alteza real também.

Alex balança a cabeça, concordando, todo altivo e maravilhoso, exalando poder em seus trajes formais.

— Tudo bem. — Sua voz soa grave e confiante. — Aproxime-se do trono.

Meu pai eterno. Ouço vários suspiros e agradeço, pois eles ajudam a esconder o meu. A morena caminha com o livro nas mãos até o degrau abaixo do trono.

— Qual é o seu nome, milady?

— Kelly, Vossa Alteza — ela responde, e olha para as outras, que sorriem, achando aquilo tão divertido quanto ela.

— Podem me emprestar uma pena? — ele pergunta, olhando para os lados, e todas acham graça.

Ando rapidamente até estar ao lado dele, e me abaixo para sussurrar:

— Caneta, lembra? Como a que usamos na reunião... — Estendo uma para ele, que a pega e acena.

— Vejamos... — fala, apoiando a ponta da caneta na folha de rosto do livro. — Lady Kelly, seja bem-vinda a este nobre reino. Espero que desfrute da companhia destas páginas. Saudações, príncipe Alexandre — ele repete as palavras que escreve, em voz alta.

Discretamente olha para mim e, quando assinto, confirmando que está tudo perfeito, ele sorri por um breve segundo, antes de voltar a encarar a moça.

— Aqui está, lady Kelly.

Ela se abraça ao livro e abre um sorriso.

— Agora, podemos tirar uma foto?

— Foto? — ele questiona, estreitando os olhos na direção dela.

Droga. Como fui me esquecer disso?

— Isso, um retrato — Kelly explica, rindo, entrando na onda de conversações de época.

— Oh, um retrato nosso. Mas isso demoraria dias — Alex responde, com o cenho franzido.

— Um momento, meninas. O príncipe precisa de um copo de água.

Faço um sinal para que ele me siga e o vejo se levantar e fazer uma mesura, deixando as pessoas ainda mais apaixonadas. *Impressionadas*, quis dizer impressionadas.

Abro a porta da cozinha e me esgueiro para dentro e, quando ele entra logo atrás, fecho-a rapidamente.

— Escuta, foto é como os retratos que você conhece, mas são instantâneas, não são pintadas, entende? — falo de uma vez, já que não temos muito tempo.

Alex não esboça nenhuma reação, apenas me ouve em silêncio.

— Uma câmera fotográfica captura a imagem e grava — continuo. — Um tempo atrás era preciso ir até um local específico para revelar as fotografias, mas hoje podemos fazer isso pelo celular e ver a imagem na mesma hora.

Ele assente, como se compreendesse bem o que estou dizendo.

— Certo. Posso tirar essas fotos então, no mesmo aparelho que você usa para falar com outras pessoas?

— Isso. Vou te mostrar... Vem cá.

Ele caminha e se posiciona atrás de mim, e abro a câmera frontal do celular.

— Por mil diabos! — exclama, impressionado. — Somos nós mesmos, como em um espelho.

— Exatamente, espelha nossa imagem e registra ela, assim... Sorria! — Toco a tela para tirar a foto e logo temos o perfeito retrato do pavor de Alex e do meu sorriso forçado.

— É mágica!

— Não, já te disse que essas coisas são tecnologia.

— Eu sei, mas é como um passe de mágica.

— Sim, e nossa foto ficou horrorosa, mas vai lá agora e sorria, como se não fosse nada de mais, tá bom?

Muito sério, ele concorda e sai, com os ombros eretos, como se estivesse indo direto para uma batalha épica.

Alex se aproxima de Kelly outra vez e, com os braços nas costas, sorri elegantemente enquanto ela tira uma selfie.

A moça agradece e sai na direção do caixa, e vejo a próxima da fila dar um passo à frente.

Rapidamente, Alex pega o jeito com as fotos, ainda que não consiga disfarçar o fascínio, enquanto observa cada selfie como se fosse magia. Logo a maioria das meninas que entrou na livraria está saindo com seus livros nas sacolas e outros exemplares que atraíram a atenção delas enquanto aguardavam.

Adelaide acena para mim de trás do balcão, empolgada, o que deve significar que as vendas vão bem.

Logo outra leva de garotas passa pela porta, e dessa vez há um senhor junto, acompanhando uma delas. Ele carrega a bolsa dela e faz cara de tédio, o que com certeza quer dizer que ou é pai ou avô da menina.

Apenas quando ele se vira, reconheço-o do outro dia. O homem abre um sorriso ao me ver e caminha até onde estou.

— Olá, amiguinha... Vim com minha neta hoje ver o tal príncipe de vocês, mas acho que preciso de um café — comenta.

— Qual seu nome mesmo, amiguinho? — pergunto, porque parece que suas visitas vão se tornar constantes.

— Sou o Agenor e você é a Maria Eduarda, certo? — diz, apontando para o meu crachá.

Assinto, sorrindo.

— Dá um pulinho ali no caixa, seu Agenor. A Adelaide vai te ajudar a encontrar o café.

— Ah, a sua chefe... — Ele balança a cabeça, concordando. — Vou falar com ela, então. As coisas parecem estar indo bem...

— Na livraria? Espero que o evento ajude.

— Também espero — concorda, fitando Alex e a corte feminina ao redor dele, meneando a cabeça enquanto parece achar graça. — Vou atrás do meu café, amiguinha. Até mais.

Despeço-me dele e, ao me virar, me deparo com outra cliente.

— Oi, você sabe me dizer onde encontro a seção de suspense? — A mulher se aproxima de mim. — Vim com a minha filha, mas não gosto desses romances. — Ela faz uma careta, e preciso me esforçar para não fazer outra.

Desses romances... Que vontade de tacar o livro na cabeça dela! *O desígnio do príncipe* não é apenas um romance, mas sim a melhor série que já foi escrita.

Mas não é isso que respondo.

— Claro, venha por aqui. — Sigo pelo corredor, e ela me acompanha até a segunda fileira de estantes e então sorri, passando a mão pelos cabelos curtos.

— Sidney Sheldon? Agatha Christie? — pergunta, olhando para as prateleiras rapidamente.

— Estão aqui. — Caminho com ela até a quarta estante, abarrotada de títulos dos dois autores em edições novas e usadas. — Algum título específico?

— Não, vou dar uma olhada e escolher. Obrigada.

— Por nada, se precisar de alguma coisa é só me chamar, meu nome é Maria Eduarda.

Sorrio e volto a passos rápidos para perto das ladies, temendo que, ao me afastar, algo dê muito errado.

Quando retorno, no entanto, parece que as coisas já saíram do controle. Sentado no trono, de modo bastante confortável, está Alexandros, e praticamente no colo dele — algumas pessoas diriam, no braço do trono —, está uma garota loira, mandando um beijo para a foto que uma outra menina está tirando com o celular.

Ela está tão inclinada na direção dele que falta pouco para, acidentalmente, cair no colo do príncipe, e o beijo falso se tornar muito verdadeiro.

Encaro-o, aguardando um pedido de socorro para intervir, afinal, é meu trabalho cuidar para que as coisas se mantenham em ordem, mas Alex não parece tão incomodado quanto eu.

— E então, Duda? Como vão as vendas? — Ouço a voz de Cátia ao meu lado e me viro para encará-la.

Cátia trocou, ontem à noite, a cor vermelha das trancinhas para rosa, que combinam perfeitamente com a coroa que Pedro deu a ela e com a barraca dos bolinhos.

— Parece que vão indo bem, Adelaide não para de sorrir.

Olhamos para ela no caixa, que nesse exato momento ri animada de alguma piada que seu Agenor parece ter contado.

— Verdade — Cátia concorda. — Os bolinhos acabaram todos, deu uma grana boa, viu? Acho que vai ajudar a Dê e quem sabe seu salário do mês caia em dia.

Ergo as mãos para o céu, em uma súplica silenciosa, e logo volto os olhos outra vez para Alex e a garota assanhada que agora cochicha alguma coisa no ouvido dele.

— Parece que nosso príncipe está indo bem — Cá fala, achando graça na situação.

— Acha que devo ir lá e tirar ela? Tem mais um monte de gente esperando lá fora e, olha aquilo — aponto —, a menina está quase agarrando ele!

Cátia me olha de lado e meneia a cabeça.

— Duda, Duda, você está esquecendo as regras do jogo aqui, amiga.

Assinto e respiro fundo. Estou mesmo, basta olhar para ele que esqueço de qualquer regra.

Olho para ela com meu desânimo evidente, e sou honesta pela primeira vez:

— Cá, olha bem pra ele, pelo amor de Deus! Como que eu posso ser sensata com aquele homem beijando minha mão? Já ouviu ele dizendo que meus cabelos são como seda? Assim fica complicado.

Ela ri do meu desabafo.

— Ele precisa de tratamento, Duda. Logo. E se for uma concussão?

— Bom, vou lá tirar a fã do colo dele — falo, no momento em que a desavergonhada finalmente sai e dá lugar a outra pessoa.

— E esse ciúme aí não ajuda na coisa de... Apesar que, sabe de uma coisa? Não tem nada físico, da concussão, digo, aparentemente... — Cátia me fita daquele jeito que sempre faz quando está pensando em algo errado. — Ele beija sua mão e acha seu cabelo lindo e tal e, como podemos ver, ele é perfeito. Você bem que podia aproveitar.

— Aproveitar pra quê?

— Pra dar uns beijos, Duda. Acho que o último cara que você ficou foi o Lucas, e isso tem quase um ano.

— Ah, não enche, não faz tanto tempo. — Cruzo os braços, irritada com o rumo da conversa.

— Foi no Natal, Duda. Já estamos no meio de novembro, tem quase um ano, sim.

Reviro os olhos, nem gosto de falar do Lucas, tamanha a decepção.

— Você tinha acabado de se mudar, lembra?

Como se eu pudesse esquecer.

Quando eu tinha 15 anos, a diretora do abrigo em que cresci me arrumou uma vaga na escola pública. Então eu estudava fora e voltava para o dormitório apenas à noite.

Foi assim que conheci Cátia e Pedro, no ensino médio. Quando conseguiram o emprego na livraria para mim, um ano depois, comecei a juntar dinheiro para me sustentar, porque depois dos 18 eu não teria mais onde morar. Morar em abrigo é assim: 18 anos, tem que ir embora.

Cátia me ajudou, me avisando assim que surgiu um apartamento vago no prédio dela e foi ela também que me apresentou o Lucas.

Ele era bem bonitinho e parecia interessado em mim. Os dois se conheciam porque costumavam frequentar as mesmas festas no bairro e, quando ele nos viu juntas, pediu para ela me dizer que queria ficar comigo.

Então nos encontramos um dia, perto do Natal, porque Cátia me convenceu de que fazia muito tempo desde que eu tinha ficado com um garoto, mas a verdade é que eu nunca tinha beijado.

Entre o abrigo, o trabalho na livraria, a escola, e depois a mudança, não sobrou muito tempo para conhecer gente nova e interessante.

Lucas me levou para uma esquina, mais precisamente para debaixo de um poste. Isso mesmo, o rapaz não se deu ao trabalho nem de encontrar uma lanchonete, ou quem sabe dividir um pastel. E então ele me beijou.

A boca dele tinha gosto de cigarro ruim, e o beijo era parecido com um liquidificador. A língua áspera foi invadindo literalmente tudo, passando pelos meus dentes, gengiva, tudo. Foi horrível.

— Hein, Duda? — Cátia me chama de volta ao presente.

— O quê?

— Beijar o príncipe. Quem sabe pode ser uma experiência melhor que a última?

Olho para ela com descrença.

— Cá, qualquer beijo seria melhor que o último.

— Então é um sim?

Reviro os olhos para evitar responder.

A resposta sensata seria não, diante dos fatos, como a pancada na cabeça que o deixou assim.

A resposta impulsiva seria sim, afinal eu, com certeza, gostaria de ser beijada por Alex, mesmo que isso contrarie todo o meu bom senso.

Mas a resposta verdadeira é que não depende de mim, porque eu jamais faria algo para que acontecesse.

Capítulo 8

Duda

— Comprei isso há muitos anos para comemorar uma grande conquista, mas em todos os meus anos de trabalho duro, nunca tive um dia que valesse tanto a pena abri-lo.

Adelaide está vindo da cozinha com uma garrafa de espumante nas mãos. Pedro e Cátia também ficaram para a comemoração, afinal, sem eles, não teria dado tão certo. Mas a estrela do show com certeza é Alex, e até mesmo Adelaide admite.

— Vossa Alteza — ela diz, abaixando-se em uma reverência exagerada —, muito obrigada pela contribuição à sua gentil serva.

Ela mesma ri da piada, mas Alex faz um gesto de desdém com as mãos, não compreendendo que foi apenas uma brincadeira.

— Não há de quê — responde. — Duda já tomou o cuidado de me lembrar, gentilmente, que não sou príncipe de vocês, portanto, não são meus súditos. — Ele faz uma pausa dramática e abre um sorriso. — Vocês são meus amigos.

Todos parecem comovidos com o breve discurso, apesar de ninguém o levar muito a sério. A verdade é que, independentemente dos parafusos a menos, Alexandros é cativante.

— Alguém sabe abrir isso aqui? — Adelaide olha de mim para Pedro e dele para Cátia. Para nossa surpresa, é Alex quem se adianta.

— Enfim uma garrafa de bebida! — exclama. — Pensei que neste reino o álcool tivesse sido banido. Não vi uma só taça de vinho sendo servida.

Ele agita a garrafa e a abre com um estampido. Adelaide já posiciona uma taça embaixo dela para aparar o líquido, e sorri, contente como uma garotinha.

Olhamos para ela, esperando que nos mostre as taças. Adelaide, entretanto, apenas ri, alheia ao fato de que nenhum de nós a está acompanhando.

Faço um barulho, limpando a garganta, para que ela perceba que não estamos bebendo, e a vejo erguer a sobrancelha.

— O quê? Não dava pra carregar tudo, peguem as canecas.

Sim, canecas, porque quando chego na cozinha percebo que não há outra taça.

Então pego as canecas de plástico, pensando por um momento que Alexandros vá reclamar, mas ele parece não levar isso em consideração quando Adelaide serve a bebida a ele.

Analiso suas feições enquanto toma o primeiro gole do espumante, aguardando sua reação, como aconteceu com o refrigerante, mas ele bebe tranquilamente.

— E então, Alex? O que achou?

Alex me encara de um jeito curioso e então olha para todos, que aguardam sua resposta.

— Do champanhe? Já tomei melhores, mas não é ruim, de fato.

— Você já bebeu champanhe? — Surpreendo-me com sua resposta. — Mas e a história das bolhas explodindo na boca quando tomou o refrigerante?

Alex sorri com certo ar de deboche.

— Não podemos comparar aquelas bolhas com essas, Duda. Aquilo eram explosões e isso está mais para cócegas. Champanhe existe há muitos anos, e é uma bebida comum mesmo no meu tempo.

— De que explosões vocês estão falando? — Cátia nos interrompe, mas nenhum de nós dois se dá ao trabalho de explicar.

Alex enche nossas canecas e todos brindamos ao sucesso do nosso evento. Adelaide não para de mencionar como seu caixa está gordinho pela primeira vez em anos, e chega até a encenar uma dancinha com Pedro, afirmando que, se estiver com dor nas costas amanhã, a culpa será inteiramente nossa.

Depois que terminamos a bebida, Pedro liga para o rapaz que ficou responsável por vir buscar o trono e então me chama, com um meneio de cabeça, para longe dos outros.

— Dudinha, preciso da roupa do príncipe. Tenho que devolver pra minha amiga — diz, quando nos distanciamos.

— E o que tem? Fala com o Alex.

— Ah, é? E vou chegar nele e dizer o quê? Tira a roupa, gostoso?

Uma risadinha me escapa ao ouvir o tom dele.

— Não quer que *eu* diga, né?

— Na verdade, eu gostaria muito de dizer, mas infelizmente parece que não faço o tipo dele. Já você...

Ele aponta com a cabeça e consigo visualizar perfeitamente Alex sentado no trono, provavelmente se preparando para a despedida, e nos fitando com evidente interesse.

— Custaram muito caro? — pergunto, ainda olhando para Alex.

— O quê? As roupas?

Quando faço que sim, ele continua a falar.

— Peguei emprestadas, por quê?
Eu me viro pra ele, com a minha melhor carinha de piedade.
— Porque ele quase não tem roupas. Só aquelas que você emprestou e a fantasia de príncipe e vamos combinar que essas ficaram um espetáculo nele. Será que sua amiga não nos venderia?
Pedro coloca as duas mãos na cintura, me encarando com ceticismo.
— Muito bonito isso, Duda. Vai ficar incentivando essa fantasia dele de ser príncipe? Se quer comprar alguma roupa pra ele, e eu concordo que está precisando, vamos a uma loja masculina.
Mordo o lábio e junto as mãos em uma súplica. Sei que não estou fazendo muito sentido, mas Alex perdeu tanto nos últimos dias, e ele parece tão feliz com as roupas novas. E eu também estou muito feliz com suas roupas novas, tanto que não quero ter que devolver.
Pedro estala a língua, ainda me encarando com irritação, mas pega o celular e manda um áudio pelo WhatsApp para a tal amiga.

"Oi, gata. Sabe, a livraria onde minha amiga trabalha adorou a fantasia. Tanto que queriam ficar com ela. Será que você não venderia pra nós por um precinho amigo?"

Sorrio feito uma boba e cruzo os dedos enquanto aguardamos a resposta da menina, que chega pouco depois.

"E se fizermos uma troca? Divulga a loja nas suas redes sociais em troca da roupa. O que acha? Sabe o que dizem, uma mão lava a outra."

Pedro aponta o dedo em riste para mim, como se fosse um aviso de que fico devendo essa, então dou um beijo estalado em sua bochecha.
Saio de perto dele, animada, antes que decida me cobrar algo pelo favor. Quando retorno para junto dos outros, percebo que Alexandros não parece muito contente e, pela sua cara, imagino que devam ter avisado que estão vindo buscar seu trono e que ele precisa sair.
— Então, Duda — Adelaide fala quando me aproximo —, sei que deve estar cansada e precisando de uma folga, mas preciso de você aqui nos próximos dias, sabe como é... Continuar o bom trabalho que fizemos hoje.
Aquiesço, contente. A última coisa que quero agora é uma folga, e não posso negar que, apesar de adorar o trabalho na livraria, dessa vez minha empolgação tem muito mais a ver com um homem de carne e osso do que com os fictícios.
— Não tem problema. Você sabe que adoro trabalhar aqui e a livraria precisa de nós duas agora.

Ela segura minha mão com força, seu anel machucando um pouco meu dedo.

— Isso aí, querida. Vamos vencer.

— Vou dar uma agitada nas redes sociais da livraria, Dê. O Pedro pode me ajudar com isso. E vamos usar os meios que temos pra que, de agora em diante, as coisas fluam muito melhor.

Cátia também está contente, nos olhando enquanto come um de seus cupcakes.

— Não tinham acabado? — pergunto, olhando com gula para o bolinho cor-de-rosa.

— Eu escondi este — responde na maior cara de pau. — Que foi? Sou filha de Deus também, eu mereço.

— Por falar nisso, adorei a ideia dos bolinhos, menina. Podíamos ter alguns aqui pra vender sempre e um café... — Adelaide já está observando o espaço e voando longe em suas novas ideias.

Nunca a vi assim, tão otimista, e isso me deixa feliz. Dê ama os livros, assim como eu, e trabalha com eles desde bem novinha. Foi horrível acompanhar sua tristeza por talvez perder a livraria. E a verdade é que, com as grandes livrarias on-line, ou nos reinventamos ou seremos arrastadas e desapareceremos de vez.

— Chegou a hora, príncipe... — Pedro retorna para onde estamos e aponta para o trono.

Alex se levanta, contrariado, e então olha para as roupas.

— Vão levar os trajes agora? Vou me trocar em um instante.

— Não precisa, as roupas vão ficar — informo, abrindo um sorriso e esperando que ele também sorria.

Mas Alex apenas assente e sai do trono, liberando-o.

— Com licença. — Ele se afasta para os fundos da livraria, procurando por algum título nas prateleiras, e o observo preocupada.

Ele realmente parece chateado.

O homem que Pedro chamou passa por nós e ergue o trono, como se nem pesasse muita coisa e, com um pedido de licença, o carrega para fora.

— Bom, acho que agora que terminamos, chegou a minha hora. Vamos embora, Duda? — Cátia segura a bolsa, apoiando-a no ombro, e me olha com expectativa.

— Hum... Vou ficar um pouco mais. Prometi ajudar o Alex com umas pesquisas.

Ela morde o canto da boca, ocultando uma risada.

— Pesquisas, sei. Tá bom, me conta, quando chegar em casa, se achou o que procurava.

— Idiota! — respondo, me divertindo com seu tom irônico.

— Vou levar o Pedro comigo — fala, apontando para ele que está na porta, vendo a caminhonete partir com o trono. — Agora, quanto à Adelaide, não sei se vai embora tão cedo.

— Não sei por que está falando nisso. Ela não precisa ir pra lugar nenhum.

Cátia ri da minha resposta na defensiva e acena, indo até a porta e obrigando Pedro a ir para casa. Ele apenas gesticula para mim, indicando que vai ligar mais tarde, e os dois saem pela porta.

Sinto uma comichão de ansiedade e respiro fundo antes de sair procurando por Alexandros.

— Alex? — Sigo pelo corredor, procurando por seus cabelos escuros por entre as estantes.

— Está na mesa, lá no fundo — Adelaide fala, encontrando-me no meio do caminho. — Pegou um livro sobre viagem no tempo e está concentrado, lendo.

— Vou falar com ele...

— E eu vou pra casa.

— Mas já vai? — Olho as horas no meu celular. — Ainda está cedo, pensei que fosse organizar as coisas no caixa. — Subo e desço as sobrancelhas, brincando com ela.

— E vou! — Dê ri da minha cara de besta. — Mas vai ser no meu sofá, depois de um banho gostoso e de um jantar.

— Então tá, amanhã a gente se fala.

Ela dá um tapinha na minha bochecha e passa por mim para pegar suas coisas.

Continuo andando e encontro Alex sentado. Há uma luminária sobre a mesa, voltada para o livro em suas mãos. Ele parece já estar bem familiarizado com a eletricidade.

Suas feições estão sérias e, por mais que eu saiba que está pensando a respeito do que lê, percebo também que está de mau humor. Não sei os seus motivos, mas acho que ainda não o tinha visto irritado.

— Encontrou alguma coisa? — pergunto, sentando-me ao seu lado e me inclinando sobre o livro.

Alex não desvia os olhos do livro, apenas aquiesce.

— Uma teoria interessante de um físico, sobre viagem no tempo. O problema é que, ao que parece, as noções que tenho de física são deveras ultrapassadas e vou precisar estudar muito para conseguir compreender de fato o que essas palavras significam e como eu poderia encontrar uma forma de voltar ao passado. — Ele suspira pesadamente, e percebo que sua cabeça está dando altas voltas com a leitura complexa. — Dilatação temporal, paradoxos, realidades paralelas... Não entendo absolutamente nada disso.

— Nunca fui boa em física, e essas coisas sempre estiveram em um campo apenas teórico, então nunca roubaram minha atenção. Mas, conforme prometi, vou ajudar você. Vamos encontrar o que está procurando.

Apesar de ainda não acreditar nas suas histórias, prometi que pesquisaria mais quando passasse o evento e não posso voltar atrás. Por mais que seja tudo absurdo, se eu o ajudar, talvez consiga provar para ele o quanto essa ideia de viagem no tempo é surreal e encontrar uma outra explicação plausível para tudo; quem sabe ele passe a compreender a realidade. Também posso entender mais a seu respeito e encontrar algum indicativo de quem ele é e de onde veio de verdade.

— Acho que preciso de um físico — ele diz, por fim. — Conhece algum?

— Não, mas podemos procurar. Sabe quem pode nos ajudar? O Pedro. Ele pensou em cursar física por um tempo, antes de decidir fazer faculdade de publicidade. Além disso, ele é o maior aficionado por *De volta para o futuro* que já vi.

— E agora ele é a resposta pra tudo — Alex fala, parecendo bem irritado. — Estou certo de que seu amigo pode te ajudar em muitas coisas por aqui, mas prefiro assumir a frente de algo que é deveras importante para mim, Duda.

Sua explosão me assusta. Não elevou o tom de voz, mas ainda assim não tem como deixar de perceber o tom ríspido.

— Por que está falando assim? Ele te ajudou desde que chegou aqui. Chamou o médico, que nem pagamos, conseguiu as roupas que você usou por todos esses dias e essa de hoje também.

— E pode me dizer, com sinceridade: Pedro fez isso por mim?

Finalmente Alex me olha, e percebo a raiva em seus traços. A luz sobre a mesa ilumina seu rosto, aguardando uma resposta; os dentes trincados, como se contivesse a raiva.

— Fez porque é meu amigo, claro. Mas foi por você, sim.

— Claro, o misericordioso Pedro, ajudando o pobre príncipe louco. — Seu tom é tão carregado de ironia que mal reconheço nele a mesma pessoa sempre tão gentil.

Ergo as sobrancelhas e sinto uma onda de raiva me dominar.

— Está sendo sarcástico comigo, Alex? Isso que está fazendo é babaquice! Vou embora, já que Vossa Alteza é tão autossuficiente e não precisa de mais ninguém. — Levanto-me, ouvindo a cadeira se arrastar com um barulho alto. — Inclusive, como pediu que te avisasse, lá vai: está sendo arrogante e prepotente.

Viro-me para sair, mas sinto seus dedos se fecharem sobre meu pulso, me impedindo. Volto o rosto para ele, mas Alex agora olha para algum ponto atrás de mim, na estante, como se não pudesse me encarar depois das besteiras que disse.

— A senhorita o beijou... — ele sussurra.

A frase ecoa em meu cérebro e levo um tempo para compreender o que disse.

— Beijei? De quem você está falando?

— Do Pedro. Sinto muito por ter sido tão hostil, mas não considero que sua atitude tenha sido sensata, muito menos a dele.

Ainda estou atônita diante do que Alex diz, tentando entender de onde saiu essa história.

— Diante de tantas pessoas — ele continua —, e nem mesmo estão noivos! Inclusive, saiba que eu poderia desafiá-lo prontamente a um duelo, se sua honra coubesse a mim. Nunca vi tamanha falta de hombridade. Receber um beijo de uma donzela em público, caminhar com ela tarde da noite e ir em sua casa, sem que esta tenha uma acompanhante, e não tomar a atitude esperada.

Minha raiva se esvai como em um passe de mágica. Não é como se ele tivesse algum motivo real para questionar a honra de Pedro ou a minha, mas no século em que seu cérebro decidiu viver as coisas são diferentes.

Seguro a vontade de rir, porque Alex fica incrivelmente fofo assim, com suas ideias retrógradas, e ainda assim protetoras e cavalheirescas.

— Foi um beijo no rosto — observo, finalmente me lembrando do momento em que beijei Pedro.

— Apenas por isso não fiz algo a respeito.

— Alex, relaxa. O Pedro é gay.

— Gay? — questiona, confuso com a palavra que não conhece.

— Ele gosta de homens — digo, tentando explicar melhor. — Nunca percebeu o modo como ele te olha?

— Como assim gosta de homens? — Sua testa está franzida enquanto olha para mim, finalmente.

A mão dele ainda envolve meu braço e sinto um formigamento onde seus dedos me tocam, mas sua pergunta é tão séria que temo explicar a ele.

Não porque ache constrangedor falar sobre a sexualidade de Pedro, ele é muito bem resolvido quanto a isso, mas por temer o que ouvirei de Alex em seguida.

Ele tem sido divertido, gentil, lindo, e não é segredo que tenho adorado passar meu tempo com ele, ou que esteja fascinada por suas histórias insanas e seus olhos escuros. Mas sua reação pode colocar fim a toda essa admiração.

Alexandros pensa ter vindo do passado, séculos atrás, e sei que gays não eram aceitos nessa época. Não é que não estivessem lá, sob a vista das outras pessoas, mas se tratava de uma sociedade preconceituosa, que deixou resquícios desse pensamento que perduram até hoje, e eu simplesmente não posso aceitar que ele diga qualquer coisa que diminua Pedro de alguma forma. Isso destruiria qualquer encanto que venho nutrindo por Alex.

— Ele se sente atraído, sexualmente, por homens.

Alex arregala os olhos, em choque, e fecho os meus, esperando o momento em que vai estourar a bolha cor-de-rosa que construí, aquela na qual ele é perfeito. Um verdadeiro príncipe.

— Milady! Não achei que uma jovem donzela soubesse o que quer dizer... esse termo que proferiu.

— Sexualmente? — questiono, e vejo o terror atingir seu rosto.

Alex olha para os dois lados, confirmando que Adelaide já foi, antes de voltar a falar comigo.

— É melhor não ficar falando sobre isso em voz alta — diz, seu próprio tom bem mais baixo que antes.

— Hoje em dia as mães falam sobre esse assunto com as filhas, Alex, e, mesmo nas escolas, aprendemos sobre como tudo acontece e como os bebês são gerados.

Sua expressão é cheia de incredulidade, mas ele fica em silêncio por um instante, absorvendo as informações.

— Devo concordar que não é muito justo que permaneçam desinformadas — conclui. — Então também podem ir à escola? Gosto do seu século, milady.

Ele solta meu braço, um sorriso lento surgindo em seus lábios bonitos. Sinto um frio na boca do estômago e uma vontade imensa de me aproximar um pouco mais.

— Gosta? — pergunto, mantendo o foco no que é importante. — E quanto ao Pedro?

Alex dá de ombros, mas não se afasta, nem se senta.

— Fico aliviado em saber que é um homem honrado, que não tentou intimidades com a senhorita.

— Aliviado? Então está tudo bem, para você, ele gostar de homens?

— Lembro que quando cheguei e perguntei se era uma lady, ele me respondeu que era quase isso — ele está rindo abertamente —, agora entendo o que quis dizer.

Alex não parece estar surtando, então relaxo um pouco mais.

— Claro que acho diferente. Não o fato de que ele tenha interesses amorosos por homens. — E então passa a sussurrar. — Soube que lorde Brown e seu lacaio também são bem íntimos — revela, como se eu soubesse quem são essas pessoas. — Mas é diferente o fato de todos aceitarem bem e não julgarem, acho que foi outra mudança positiva que o tempo trouxe, milady.

Prefiro não entrar em detalhes agora, sobre o preconceito velado — e às vezes nem tanto —, que ainda existe.

— E por quê? — Cruzo os braços.

Ele está aceitando tudo bem demais e me sinto surpresa ao perceber que não há uma gota de sarcasmo ou resistência em seu tom.

— Gosto quando as pessoas cuidam das próprias vidas — diz, simplesmente. — Por que deveria me importar com os interesses amorosos dos outros? Não tenho nada com isso. Não me importo com as intimidades de outrem, a não ser com as minhas.

— É mesmo? Me pareceu preocupado agora há pouco, quando pensou que Pedro estivesse me desonrando.

Nossos dedos se tocam de leve, e ele se aproxima, colocando uma mecha do meu cabelo atrás da orelha.

— Me sinto o mais tolo dos homens em admitir, mas senti ciúmes...

Sinto sua respiração tão próxima que é como se partilhássemos o mesmo ar e, por um momento, permito que meu olhar se perca na profundeza de seus olhos.

Alex se aproxima um pouco e fita meus lábios, entreabertos, apenas esperando que ele cruze os últimos centímetros. Meu coração dispara no peito, batendo tão forte que temo que possa ser ouvido.

— Tão linda — sussurra. Seu hálito quente me fazendo ansiar pelo calor do beijo.

Coloco a mão sobre seu ombro, mostrando, com isso, que estou consentindo, mas meu toque parece despertá-lo do transe e Alex olha para onde meus dedos estão, antes de fitar meus olhos outra vez e se afastar, colocando a distância de dois passos entre nós.

— Preciso dizer uma coisa, milady. Perdoe-me se dei a impressão de que iria beijá-la.

Faço o possível para não demonstrar o desapontamento em minha voz.

— Impressão? — pergunto, de modo quase inaudível. — Não era o que estava acontecendo?

Ele aquiesce, mas sua expressão é carregada de pesar.

— Era sim, e peço perdão por isso.

Suspiro mais aliviada. Deve ser apenas seu senso de honra e dever arcaico.

— Não precisa se desculpar. Não vai ter que se casar comigo por causa de um beijo, Alex — brinco, faltando implorar para que possamos realmente voltar no tempo para alguns segundos atrás.

— Casamento... — diz, comprimindo os lábios em uma risca fina, deixando transparecer sua infelicidade. — Esse é o impedimento, Duda.

Arregalo os olhos e me afasto também. O choque substituindo a frustração.

— Está dizendo que é casado?

— Não — responde, mas meu alívio não dura um segundo —, fiquei noivo de lady Lauren, em Brahvendell.

Encaro-o, atônita, enquanto tento impedir que a mágoa encontre caminho para o ardor que sinto no meio do peito. Eu não tenho por que me sentir assim, já que mal o conheço, mas não consigo evitar.

— Mal a conheço — ele repete meus pensamentos, mas não está se referindo a mim. — O noivado aconteceu no baile em comemoração ao meu natalício, e foi parte de um acordo feito por nossos pais. Ainda assim, mesmo que sejam estes os termos, não posso beijá-la sabendo que me comprometi com outra.

Demoro um tempo para conseguir reunir as palavras e dar a ele uma resposta coerente. A verdade é que nem por um momento cogitei a possibilidade de que Alex fosse comprometido.

— É... É claro que não. Vamos esquecer isso, Alex. Vou embora, amanhã conversamos mais. — Estou me afastando a passos rápidos, sem dar tempo para que ele continue a conversa constrangedora. — Seu jantar está na cozinha... — grito, já chegando perto do balcão e agarrando minha bolsa e as chaves.

Olho por sobre o ombro e o vejo caminhando em minha direção, e ando ainda mais depressa para sair logo daqui.

— Tranque a porta por dentro. Boa noite, Alexandros.

E, assim, deixo o calor da livraria e saio para o frio da noite. Apresso o passo para me distanciar o quanto antes, para que ele não tenha a brilhante ideia de me acompanhar outra vez. Deixando para trás o castelo encantado que eu mesma construí em cima de uma situação que, por si só, não possui encanto algum.

Apenas quando já estou quase na avenida, ouso olhar para trás e penso avistar sua silhueta na porta, me observando de longe.

Os barulhos dos carros e o agito da noite me envolvem, e deixo a tristeza me arrebatar.

Não deveria me sentir assim. Conheci Alexandros poucos dias atrás, e não é como se eu estivesse apaixonada; estou deslumbrada por ele, confuso ou não, e isso diz muito sobre meu ótimo instinto para homens.

Capítulo 9

Alexandros

Faz quase uma semana desde o evento e as coisas neste reino me impressionam cada vez mais. É fato que fiquei atordoado com as carruagens, que aqui são chamadas de carros e que não necessitam de cavalos.

Não imaginava, no entanto, que seria ainda mais surpreendido ao me deparar com uma diligência ainda maior, como o tal ônibus que vi antes, mas com um enorme bagageiro, carregada com toda a mobília que lady Adelaide encomendou.

Caminhão, foi como o chamaram, e apesar de minhas inúmeras tentativas de não parecer um tolo, não consigo deixar de analisar cada centímetro da máquina que posso ver, enquanto ajudo a carregarem os móveis para dentro.

— Coloque ali, Alexandros... — lady Adelaide aponta para um canto vazio, onde as cadeiras estão empilhadas.

Os últimos dias foram bastante movimentados. Durante toda a semana surgiram mais e mais clientes e não apenas pela minha encenação como o príncipe Alexandre do livro — que os leitores parecem admirar por imenso —, mas em razão do próprio ambiente, que é indescritivelmente agradável.

Os métodos de espalhar mexericos utilizados por Pedro também surtiram efeito. Com o acréscimo da cafeteria, o local ficará ainda mais aconchegante, o que por certo trará resultados promissores.

Posiciono a mesa no lugar indicado e observo os arredores. Temos seis conjuntos de cadeiras e mesas dispostos no amplo espaço que abrimos.

Foi imprescindível algum planejamento, porém, diminuindo um pouco a distância entre os corredores e aproximando as estantes umas das outras, conseguimos o recinto adequado para o café, sem precisar diminuir o acervo precioso de lady Adelaide.

Noto, pelo canto do olho, que Duda está colocando as toalhas sobre as mesas, isso após ter limpado todas elas com um produto de aroma agradabilíssimo, que intitulou de lustra móveis. Um bom nome em minha nobre opinião, pois é possível ver meu reflexo sobre os tampos das mesas.

Trabalhamos lado a lado em silêncio. Desde a fatídica noite em que quase cedi a meus impulsos, tomando-a nos braços e a beijando, nossa amizade sofreu drásticas mudanças.

Sei que a entristeci, não por prepotência ou arrogância, mas sei, principalmente, porque me afastar naquele momento entristeceu antes a mim mesmo.

Apesar de não ter tido meus desejos arrefecidos, não me arrependo. Seria injusto esconder a verdade, mas ainda assim não consigo deixar de imaginar que talvez nunca consiga retornar para casa e para os planos que foram feitos em meu nome. Mesmo diante dessa possibilidade, sei que agi certo, nada de valoroso é firmado sobre mentiras.

Não é como se não conversássemos desde então. Duda ainda é a pessoa disposta a me ajudar e está sempre surgindo com novas fontes de pesquisa para mim, mas não me deixou mais acompanhá-la até em casa e também evita ficar comigo após o expediente.

Não posso culpá-la, apenas está agindo com sensatez e só posso me conformar com o distanciamento. Como herdeiro do trono de Brahvendell, sou agraciado com diversas honrarias, entre elas, saber que um dia governarei meu nobre povo. Mas também estou ciente dos sacrifícios que terei que fazer e um deles é não poder escolher minha consorte; os interesses do reino devem estar em primeiro lugar e, se quiser ser um bom rei, é assim que deve continuar sendo, mesmo que para isso eu precise fazer concessões.

— Alex — ela chama, arrancando-me de meus devaneios, e ergo os olhos para encontrar sua expressão distante —, trouxe algumas cenouras de casa, para o Intempérie, e já troquei a água dele mais cedo.

Sorrio diante de seu gesto. Mesmo com essa muralha revestida de babados e renda que se interpôs entre nós — Lauren —, Duda está sempre preocupada com o que vou comer e também com Intempérie — e estou ciente de que ela não dispõe de muitos recursos financeiros e que, ainda assim, divide o que tem conosco.

— Vou levar para ele, então. Obrigado, Duda.

Enquanto ela termina de arrumar as mesas, pego a sacola que foi deixada sobre o balcão e saio. Respiro o ar da rua, caminhando em direção ao meu cavalo.

Pobre Intempérie... Preso a uma coluna no meio desta rua deserta, sem companhia e sob a imposição do clima, seja chuva ou sol. Está necessitando urgentemente de um passeio e de uma escovada, mas as duas coisas parecem pouco prováveis. Acaricio seu pelo, enquanto puxo assunto, sabendo que ele sente tanta falta de casa quanto eu.

— Amigão, trouxe comida — falo, estendendo a cenoura diante dos olhos pretos dele. — Estamos precisando dar uma volta, não é? Sei que já está cansado de ficar aqui, passear até a esquina não resolve nada... — digo, referindo-me às voltas que demos nesse trecho da rua durante a semana.

Comendo as cenouras com bastante ânimo, ele não parece muito interessado em minha conversa. Nunca me considerei pouco eloquente, mas ao que parece, alguns atributos podem ter sido fruto de minha fértil imaginação.

Intempérie me ignora, Duda me evita e lady Adelaide me olha com assombro sempre que digo algo que soa incomum aos seus ouvidos. Volto para a livraria bastante desanimado com minha situação.

Desde que comecei minha pesquisa, não consegui encontrar nenhuma menção a Brahvendell em qualquer livro ou mesmo na internet, que admito, é uma grande auxiliadora das mentes curiosas.

Duda trouxe alguns livros de Pedro e me ajudou a encontrar na livraria obras dentro do tema que procuro. Mas quanto mais tento compreender as ideias e teorias relacionadas à viagem no tempo, mais confuso me sinto. Não consigo encontrar nenhuma correlação que me mostre o que me trouxe até aqui.

Levo a sacola com as últimas cenouras para a cozinha, planejando guardá-las na câmara de gelo que reproduz o inverno — fui apresentado a ela e desde então estou fascinado com o modo como preserva os alimentos.

Quando abro a porta da cozinha, no entanto, a primeira coisa que vejo é a cabeleira sedosa de Duda, inclinada sobre a câmara gélida.

— Você bebeu toda a água gelada de novo e não encheu a garrafa — fala, ainda de costas. — Está ficando uma velha sem-vergonha.

— Prefiro crer que ainda sou um cavalheiro, milady.

— Ah! — Ela vira-se para mim, o rosto corado ao notar o equívoco. — Pensei que fosse a Adelaide, desculpe, Alex.

— Percebi — respondo, sorrindo. — Nunca tinha sido chamado de velha sem-vergonha. Sabe como é, não desrespeitam príncipes dessa maneira.

— Hum, imagino que não. Desculpe por isso. — Sua expressão é tão envergonhada que, por um momento, me pergunto como um simples beijo não dado pode ter feito tanto estrago.

— Estou fazendo pilhéria, Duda. Sabe, costumávamos rir juntos, outrora.

Ela ergue a sobrancelha e vejo o despontar de um sorriso em seus lábios cheios, ainda que seu rosto esteja voltado para o chão. Tão linda e tentadora como sempre.

— Pilhéria e outrora? — questiona em tom irônico. — Por outrora quer dizer na semana passada?

— De fato — assinto. — Será que não podemos esquecer o que não aconteceu? Somos amigos e preciso de você.

Seus olhos me encaram pela primeira vez no dia e vejo, no reflexo deles, como minhas palavras podem ter soado dúbias. Eu a quero, muito, mas não foi o que quis dizer. Não é o que devo dizer.

— Preciso, para que me ajude a voltar para casa... — completo, tentando não transformar essa fagulha entre nós em uma fogueira.

Talvez haja uma pontada de decepção em seus olhos amendoados, ou talvez isso seja o que quero ver. Um desejo desvairado que se apossou de mim.

— Claro — Duda responde, virando-se de costas e apoiando as mãos na pia, apenas para voltar-se para mim outra vez, os braços cruzados. — Me desculpe por ter sido chata durante a semana toda, acho que fiquei com vergonha e não lidei do melhor jeito.

— Tudo bem — respondo. — Também não posso dizer que lidei do melhor modo quando soube.

Duda assente e passa as mãos pelos cabelos, antes de me fitar com o cenho franzido.

— Você não queria o noivado?

Caminho para perto dela e me encosto na pia ao seu lado, juntos fitamos a parede à nossa frente.

— Não é como se herdeiros tivessem escolha, Duda, mas está tudo bem, sempre soube que seria assim, nunca pensei que fosse me casar com alguém que eu conhecesse ou gostasse. Acontece que ela... bom, sinto que não temos nada em comum. Absolutamente nada.

Duda apenas concorda, mas não diz nada. Acho que o assunto não é dos mais agradáveis de fato.

— Vou te ajudar com isso, Alex. Você vai voltar pra casa, vai se casar com sua donzela e assumir o trono, ou sei lá o quê — fala, com tanta determinação, que é quase como se quisesse se livrar de mim o quanto antes.

Abro um sorriso e tento parecer tão otimista quanto ela. A verdade é que quero muito voltar para casa, sinto falta dos campos verdejantes de Brahvendell, da minha família, do castelo em si. Mas é tão definitivo.

— Isso. E você vai seguir sua vida, seus planos... — comento. — Vai se casar um dia, trabalhar com seus livros, viver e nunca mais lembrar que me conheceu.

Duda sorri também, mas suas palavras não são o que espero ouvir.

— Você esqueceria o que viveu aqui?

Não é uma pergunta em que eu precise pensar. Eu jamais esqueceria minha vinda até aqui, mesmo que não a tivesse conhecido, uma viagem no tempo não pode ser apagada da memória.

Do mesmo modo, Duda jamais poderia esquecer que um dia um homem vindo do passado cruzou seu caminho.

E esta é a verdade. Independentemente do que o amanhã nos reserve, este encontro estava nos desígnios de Deus, do universo ou do destino, e esse laço, criado entre passado e futuro, entre o que era e o que é, ou há de ser, jamais será desatado.

◆

Duda acaba de ir para casa e, como de costume, observo-a da porta até que chegue à avenida. Ela não me permite acompanhá-la, mas desse modo me tranquilizo ao ver que ao menos deixou o beco escuro em segurança.

Geralmente não há quase ninguém nessa rua quando anoitece e hoje, apesar do carro branco parado do outro lado, também não vejo movimento.

Quando vejo sua silhueta distante chegar à esquina e sumir, volto para dentro, planejando mais uma noite imerso nos livros.

Fecho a porta e ouço a voz de lady Adelaide cantando enquanto organiza o caixa, antes de ir para casa. Geralmente ela sai antes de Duda ir, mas hoje não foi o que aconteceu.

— Que início de noite esplendoroso, lady Adelaide. A lua está subindo aos céus para nos banhar com sua luz cintilante — falo, romanticamente. É uma das noites mais bonitas que vi desde que cheguei, o céu está estrelado e não há sinal de chuva.

Ela ergue os olhos e me fita, abrindo um sorriso triste.

— Realmente, Alexandros. Realmente...

Estranho a expressão em seu semblante, que nos últimos dias oscilou entre verdadeiramente alegre e contente ao extremo, e que agora parece contrita.

— Estive pensando, milady, quem sabe possa ajudá-la por mais um tempo? — falo. Ela agradeceu tanto por minha ajuda que imagino que essa proposta possa alegrá-la. — Sinto que minhas buscas têm sido vãs, e, claro, sei que não posso abusar de sua hospitalidade para sempre, mas talvez possa me conceder pouso por mais uma semana? Sinto que insistindo um pouco mais, chegarei a alguma coisa.

— É mesmo? — fala, a voz transparecendo cansaço. — Porque te vejo estudando, Alexandros, e parece que é tudo inútil. — Seus olhos encontram os meus, cheios de desânimo. — A verdade, meu filho, é que precisa aceitar que essa história toda que nos contou é apenas isso. Uma história.

Durante todo esse tempo, soube que não acreditavam completamente em mim, mas é a primeira vez que lady Adelaide declara sua incredulidade de modo tão franco.

— Milady, perdoe-me por discordar. Não sou um homem de falsos dizeres. Se contei sobre meu reino e minha família é porque digo a verdade. Sei que não é comum esbarrar em um príncipe por aí, mas...

— Não é apenas isso, Alexandros — ela me interrompe. — Ninguém viaja no tempo, querido. Isso são apenas teorias infundadas, sonhos de homens ambiciosos que desejaram realizar descobertas grandiosas e se tornarem conhecidos por seus feitos.

Trinco os dentes com força, controlando-me para não dizer umas boas verdades a essa senhora. Pelo amor de Deus, Alexandros! É uma anciã e não se discute com pessoas de idade, ainda que esta, em questão, o chame de mentiroso.

— Sou grato pelo tempo que me concedeu em sua propriedade, lady Adelaide, e por todos os seus préstimos, mas isso não confere à senhora o direito de desacreditar de minha palavra — digo, em tom comedido, porém firme. — Sei bem quão surreal e absurda é minha história, mas também sei quem sou e de onde vim.

Ela suspira com pesar e deixa o balcão, caminhando lentamente até parar ao meu lado.

— Querido, sei que acredita nisso, não estou dizendo que mente para nós.

— Pois bem, estamos de acordo nisso.

— Sim, mas estou dizendo que, na noite em que chegou — ela continua, sua mão apoiada em meu braço, em uma tentativa de me confortar apesar de suas palavras —, caiu de seu cavalo, bateu a cabeça no chão e ficou confuso. Você usava roupas de príncipe e, com toda certeza, estava em uma festa ou então atuava em uma peça e isso acabou ficando internalizado em sua mente. Compreende o que quero dizer?

Com delicadeza, retiro sua mão de mim. Minha boa educação não me permite ser desrespeitoso e elevar a voz para uma mulher, principalmente uma senhora. Ainda assim, não preciso aquiescer e concordar enquanto me tratam com condescendência, como se fosse um frágil infante.

— Perfeitamente, mas está equivocada. Não tenho uma ou duas lembranças, milady, mas memórias de toda a minha vida. São meus pais, meus irmãos, minha casa e meu povo.

Lady Adelaide sorri com tristeza, mas assente, parecendo concordar.

— Sabe, tentei ignorar você e essas suas dificuldades no começo — diz, retomando o assunto desagradável. — Não era da minha conta e uma mulher velha como eu não deve se meter nos problemas dos outros, os meus próprios já são muitos. Mas então... Então você me ajudou, querido. Eu ousaria dizer que me salvou. Sei que Duda teve a ideia e que os outros trabalharam para que desse certo, mas foi a sua presença aqui que tornou tudo isso possível, e esta livraria é minha vida.

Apesar de proferir palavras elogiosas, sua expressão segue repleta de amargor.

— Não há motivos para agradecer. Também me estendeu a mão e aceitou-me aqui desde que cheguei — aponto, tentando ser mais brando. — Cuidaram de mim quando mais necessitei e estou feliz por ter finalmente dado minha contribuição e ajudado para que seus negócios pudessem prosperar.

Seus braços estão cruzados e, quando balança a cabeça, afirmando, vejo seus cabelos grisalhos se desprenderem do coque austero.

— Deu sim, meu filho — responde. — Você contribuiu muito e, por isso, preciso tentar te fazer encontrar a razão. Esse mundo no qual acredita, Alex, não é real. Nada disso existe, nem seu reino, nem essa coroa, você não é um príncipe e precisa de tratamento. — Ela suspira pesarosa, e sinto a raiva borbulhar dentro de mim. — Pelo seu bem, só posso aceitar que permaneça aqui se concordar em procurar ajuda médica.

— Pois temos um impasse, milady. Não vou aceitar uma ajuda da qual não preciso.

Ela aquiesce e em seguida dá de ombros.

— Se for assim, não pode mais ficar aqui.

Não cabe a um príncipe implorar por pouso, nem mesmo um nas minhas atuais condições.

— Pense por alguns minutos, Alex. Vou pegar um café para nós dois, tá bom?

Assinto, apenas porque não tenho palavras para descrever o que sinto agora, como me sinto traído. Mas, quando ela some cozinha adentro, não penso duas vezes antes de abrir a porta e sair para o frio da noite.

Capítulo 10

Duda

Sinto-me sufocada, como se eu tivesse enrolado o cobertor sobre minha cabeça e estivesse me faltando o ar. Abro os olhos e me deparo com as patas gordinhas de Efigênia, a safada decidiu que minha cabeça é um bom travesseiro.

Desligo o despertador que grita sem parar na mesinha ao lado da cama e me levanto, calçando os chinelos antes de seguir para o banheiro.

Escovo os dentes e lavo o rosto pensando no monte de coisas que tenho a fazer. É terça-feira e isso significa que preciso fazer compras. Não tem absolutamente nada para comer em casa e não posso ficar bancando fast-food para mim e para Alexandros por muito tempo.

Prometi ajudá-lo com a volta para casa, o problema é que a história dele é surreal, a verdade... ninguém sabe. Então terei que fazer duas pesquisas, uma a respeito de viagem no tempo e reinos distantes, para agradá-lo, e outra por conta própria, para encontrar sua família e sua noiva.

O que mais me deixa frustrada é isso. Não sei dizer se o noivado é real ou fruto da imaginação fértil dele, mas ainda que seja uma alucinação, me faz lembrar de que o estado mental de Alex não é dos melhores. E começo a duvidar do meu também, só por estar envolvida de tal forma numa história tão improvável quanto esta.

Quando saio de casa, envio uma mensagem para Pedro.

"Me empresta os filmes do *De volta para o futuro*? Deixa lá em casa à noite."

Sua resposta é instantânea, Pedro vive com o celular grudado na mão.

"Ai, Dudinha... Não me diga que é pro Alex."

Reviro os olhos e guardo o celular no bolso da calça, mas ele começa a vibrar incessantemente.

"Duda! Para de encorajar ele, cara!"

E, em seguida, outra mensagem chega.

"E para de me ignorar. Já sei que tá revirando os olhos pra mim, vai grudar no seu cérebro e você vai ficar com as órbitas vazias pra sempre..."

Não resisto a essa palhaçada.

"Deixa de ser idiota, Pedro. Vou deixar que o Alex estude sobre o que quer, e enquanto isso vou pesquisar sobre ele e descobrir alguma coisa. Ele agora está obcecado por Einstein. Melhor ver *De volta para o futuro*, não acha?"

"Verdade."

Sorrio, contente em ter ganhado essa. Agora vou precisar conseguir um aparelho de DVD, que as pessoas quase não usam mais, mas tenho certeza de que a Adelaide deve ter um escondido em algum canto. Na verdade, se eu tivesse pensado direito, teria evitado a chatice do Pedro e conseguido os filmes também, porque era só pesquisar pra ele ver on-line.

Sua burra, ele podia ter assistido no computador.

Antes de entrar na livraria, corro até onde geralmente está Intempérie para entregar ao cavalo seu café da manhã, mas não o encontro. Percebo também que a água acabou, o que é bem estranho, já que Alex está sempre preocupado em encher o balde de água.

— Bom dia, Dê! — cumprimento ao vê-la atrás do balcão. Adelaide está com a cabeça baixa, fazendo contas na calculadora. — Onde está o Alex? Intempérie também não está lá fora.

Sigo na direção da cozinha, mas não o encontro em parte alguma.

— Alex? — chamo, sondando na direção das estantes. — Adelaide, viu aonde ele foi?

Retorno para perto do balcão e noto a expressão de pesar dela. Dê coloca os fios grisalhos atrás da orelha e cruza as mãos sobre o teclado do computador.

— Que foi? Aconteceu alguma coisa com ele?

— Alex... Foi embora — ela diz, comprimindo os lábios.

— Como assim "foi embora"? Ele lembrou das coisas? Sabe de onde veio? — Sinto uma onda de desespero tomar conta de mim. É idiota e me sinto ridícula, mas não posso acreditar que ele iria embora sem nem ao menos se despedir.

— Não exatamente. Ele só... foi embora.

— Está me dizendo que ele sumiu no ar? Conseguiu viajar no tempo de verdade e desapareceu? — É tão inacreditável, mas de repente me parece uma possibilidade. Porque não posso acreditar que ele seria capaz de ir embora sem se despedir de mim.

Ele surgiu do nada em uma noite de chuva e, agora, desapareceu como mágica.

— Está vendo? — Adelaide diz, com tristeza em seus olhos. — Eu tinha que fazer alguma coisa.

— Estou vendo o quê?

Desviando os olhos dos meus, ela fita o computador.

— Não sei aonde ele foi, fui na cozinha e quando voltei ele tinha sumido... — fala, por fim.

— Dê, não mente pra mim. O Alex não iria embora do nada. O que foi que você fez?

— Duda, você tem que me entender, tá bom? — esclarece, seu rosto demonstrando aflição enquanto toma minha mão nas suas. — Eu me afeiçoei ao rapaz, gosto muito dele, Alex nos ajudou tanto, não é verdade?

Estreito meus olhos, começando a temer o rumo da conversa.

— Eu sei disso. Está me deixando preocupada, o que você fez? — volto a insistir, irredutível.

— Nada. Bom... Eu disse a ele que só poderia ficar aqui se aceitasse fazer um tratamento, um acompanhamento médico, e que deveria escolher. Pensei que, dando um ultimato, ele aceitaria que precisa de ajuda...

— Você expulsou o Alex? — questiono, abrindo os olhos ao entender o que ela fez. — Não acredito nisso, ele te ajudou tanto. A única coisa que fez foi ajudar! Como pôde fazer isso, Adelaide?

Estou exaltada, sei que estou e, no fundo, consigo entender a motivação dela e o que a levou a tomar uma atitude como essa, mas não consigo concordar.

— Calma, Duda. Não fiz por mal, acreditei mesmo que ele fosse aceitar, estava pensando no melhor para o Alex... E para você também, pensei principalmente em você.

— Em mim?

— Eu vejo o modo como olha pra ele, Duda, e sei que ele te olha da mesma forma, mas não é real, entende? Ele não está em seu juízo perfeito e você está se apaixonando por um homem doente.

— Não fala assim, ele não está doente — retruco e, no fundo, uma voz grita dentro de mim que essa não é a frase mais preocupante que ela disse.

— Como não? Vai me dizer que acredita nele?

— Claro que não — falo, mas, pela primeira vez, não tenho mais tanta certeza disso. — Por mais que ele acredite ser um príncipe e em todo aquele enredo de contos de fadas, Alex não é perigoso, não oferece riscos nem pra ele, nem pra ninguém. Podia ter o persuadido com o tempo, não precisava fazer com que ele fosse embora.

— Não precisa chorar, Duda.

Só quando a ouço é que percebo que comecei a chorar. Só de imaginar o pavor que Alex deve estar sentindo, sozinho... Eu me lembro de quando ele chegou, o quanto tudo o assustava.

— Eu vou procurar por ele. Se é tão fácil pra você se livrar das pessoas, não vai se incomodar se eu faltar hoje ao trabalho. Não estou me sentindo bem.

Saio pela porta, furiosa. Como ela pôde fazer isso com ele? Eu me sinto decepcionada e frustrada, traída até.

E se eu me sinto assim, como ele deve estar se sentindo? Com certeza está desesperado, sem ter o que comer ou onde dormir e sentindo que levou uma facada no meio das costas. Eu me sentiria assim.

Lembro-me da minha infância e de como tudo era tão solitário. Adelaide não sabe como é se sentir sozinha assim, mas eu sei. Justamente por isso não aceito o que ela fez, sei que Alex precisa de ajuda, mas não vou ser a pessoa que o abandonou à própria sorte. Não do mesmo modo como eu fui deixada, para que me virasse.

No caminho para casa, mal presto atenção no que acontece à minha volta. Eu quem devo estar confusa, só pode ser isso, porque nada justifica as ideias que estou organizando para encontrar Alex.

No entanto, não é preciso fazer muita coisa. Quando chego diante do prédio, eu o encontro na escada, sentado. Intempérie está amarrado ao poste, no meio da avenida.

— Oi...

Alex ergue os olhos e me encara. Ele não parece muito contente, e com toda razão.

— Olá, milady. Pensei em esperar que voltasse do trabalho para que pudéssemos conversar, mas não achei que seria tão rápido.

— Quando cheguei você não estava... Ia te procurar.

Alex estica a mão e captura a minha. Seu gesto faz com que eu erga os olhos e o encare, sentindo minha pele formigar onde ele toca.

— Duda, você não acredita em mim, não é?

Abro a boca para dizer que acredito, da mesma maneira que fingi tantas vezes antes, mas seus olhos escuros me sondam com tanta intensidade e há neles uma súplica, um pedido de sinceridade, e não consigo mentir.

— Acredito que você pense que é tudo real...

— Mas não que seja *mesmo* verdade.

Desvio os olhos para nossas mãos entrelaçadas, mas não respondo.

— Tudo bem, milady. Apenas seja honesta comigo. Não precisa acreditar apenas porque estou afirmando qualquer coisa, vou encontrar uma maneira de voltar para casa e, então, você vai crer. Me dê uma chance de provar que, por mais absurdo e surreal que pareça, estou dizendo a verdade.

Ele não fala como um louco, é apenas um homem pedindo para que eu confie nele.

— Não posso acreditar, Alex — explico com sinceridade. — Isso seria o mesmo que admitir que tudo o que acredito está errado... Seria como se meus sonhos virassem realidade. Sonhos não viram realidade. Mas vou te dar o benefício da dúvida e vou ficar do seu lado até descobrirmos o que aconteceu. Eu não vou pedir que faça uma escolha, vou te ajudar a encontrar a verdade.

— É só o que peço, Duda. Mas o que faremos agora? Não posso voltar para a livraria.

Exatamente, Duda, para onde ele vai?

— Acho que vai ter que ficar comigo, na minha casa...

— E você não está preocupada, milady? — Sua pergunta é honesta e franca.

Abro um sorriso porque, por mais confuso que ele esteja, Alex me salvou e o conheço há tempo suficiente para saber que não pergunta por mal.

— Não, Alex. Confio em você.

Conheci Alexandros enquanto ele me livrava de um assalto, Alex se preocupou com a minha reputação todo o tempo, ajudou na livraria e me deu todas as provas de seu caráter. Sem falar em seus posicionamentos sensatos.

E finalmente, quando o fato de que vai ficar no meu apartamento está decidido, me pergunto onde vou esconder um cavalo.

Capítulo 11

Duda

Imagino que ainda que eu ligasse para meus amigos, o que não estou inclinada a fazer, nenhum deles me diria que já esteve em situação parecida, tentando amarrar um cavalo em uma pilastra no meio do estacionamento.

Também é minha primeira vez. Sei bem que por ser um prédio antigo, no qual nem o elevador funciona, as câmeras não vão registrar nada, estão ali apenas de enfeite. Ainda assim, o porteiro notaria um cavalo preto amarrado em uma das vagas de carros, bem como os outros moradores. Então minha única saída foi o suborno.

Sim, não adiantou de nada dialogar. Por que, em nome de Deus, o homem aceitaria um cavalo no estacionamento?

Mas ninguém, principalmente o seu Evaristo, resiste aos bolinhos e tortas da Cátia. Então fui obrigada a negociar com ele, prometendo café da manhã e da tarde, e agora só me resta torcer para que Cátia esteja disposta a colocar a mão na massa, literalmente, e, claro, para que o porteiro não tenha problemas.

— E não só os bolinhos, Duda. Tem que ter algo pra beber, se não desce seco, entala na garganta... — o homem fala, guloso.

— Eu sei, seu Evaristo. Prometo um café quentinho ou um suco se estiver muito quente, além dos bolinhos.

Ele sorri, satisfeito.

— Mas um cavalo, menina? Não podia ser um cachorro? Ainda que fosse um grandalhão, se os outros moradores reclamarem...

— Não vão, fala sério. Quase ninguém tem carro aqui — falo a verdade, os moradores do prédio em sua maioria são ferrados como eu. — Nesse canto aqui ninguém vem. Se forem estacionar, o senhor manda para o outro lado.

— Tá bom... Mas é só por uns dias, hein?

— Prometo. — E quando já estou no meio do lance de escadas, grito como quem não quer nada: — Não esquece de encher o balde de água pra ele!

E termino de subir rápido, antes que ele mude de ideia. Deixei Alex me esperando na portaria, então corro até lá, o chamo, e subimos juntos. Peço a ele que faça silêncio, especialmente quando passamos pelo andar em que Cátia mora com a mãe.

Quando finalmente chegamos, destranco a porta. Alex passa pelo batente analisando tudo com a mesma expressão de fascínio que ele mostra sempre que está diante de algo diferente.

— Milady mora sozinha... — fala, logo após entrar.

Percebo que ele tem necessidade de enfatizar a informação.

— Bom, temos Efigênia como companhia. Efigênia... — Pego minha gata do chão, aninhando-a no colo. — Este é o príncipe Alexandros. Vossa Alteza, esta é minha gatinha e nossa acompanhante.

Alex está de pé com os braços cruzados nas costas, exatamente como alguém que não sabe como agir. Seus olhos se desviam para Efigênia e sua expressão tensa se alivia.

— Não sei se ela seria de muita ajuda quanto à sua reputação, milady. — Aproxima-se, acaricia a cabeça dela com as pontas dos dedos e a descarada ronrona. *Eu faria o mesmo.* — Mas prometo me comportar como um cavalheiro e, como já me explicou que não vai ter sua honra manchada por minha presença, Efigênia será companhia suficiente.

— Não, é? — concordo, mas a verdade é que ele corre mais riscos comigo do que o contrário. Solto Efigênia pelo chão e ela já pula no sofá. — Tenho apenas um quarto, então o jeito vai ser você dormir no sofá. Ele vira cama... Tudo bem?

— Perfeitamente, Duda. Posso dormir até mesmo ao relento se necessário, já fiz isso em acampamentos e não é de todo ruim. Exceto pelas dores nas costas.

— Não é necessário, Alex. Vem, vou mostrar a casa... — falo, preparando-me para a enxurrada de perguntas. — Aqui, onde estamos, é a sala de televisão.

Aponto para a tela plana sobre o rack, e ele desvia os olhos para ela, assentindo, mas em seguida caminha até lá e começa a observar por todos os ângulos.

— É como... Um computador maior, suponho. — Ele está posicionado de lado agora, olhando atrás dela, mas sem tocar.

— Não exatamente. Acho que ainda não falamos sobre a televisão. Você vai amar isso, Alex. Senta aí.

Ele obedece, apoia os cotovelos sobre as pernas e o rosto nas mãos, atento a todos os meus movimentos.

— O que vocês assistem para se entreterem em Brahvendell? Peças de teatro? — pergunto, ligando a televisão.

— Sim, ópera, teatro... Convidamos um aedo excepcional algumas vezes ao ano. Esse tipo de coisa.

Não fossem minhas aulas de mitologia grega na escola, jamais saberia que diabos é um aedo. Obrigada, professor Wellington.

— Então, hoje em dia esses espetáculos são filmados, gravados, entende? E reproduzidos nessa tela. Então você pode assistir a várias histórias, que chamamos de filmes, novelas, séries... Depende do tamanho ou se dividem os capítulos. Está acompanhando?

— Não muito bem, admito.

— Vou mostrar, vai entender mais fácil.

Coloco em um filme qualquer que está passando e vejo os olhos dele se abrirem de espanto ao ver a cena se desenrolar.

— Magia!

— Tecnologia...

— Claro, isso! Milady, é inacreditável.

Sento no braço do sofá, tentando vislumbrar tudo pelos olhos dele. Não consigo. A verdade é que o modo como percebemos tudo ao nosso redor nos é oferecido através de um conjunto de memórias, de um conhecimento de mundo que é construído por nossas vivências e não é possível se livrar do conjunto que faz de nós quem somos.

— Legal, né? — comento, tentando imaginar ao menos como uma pessoa que nunca viu isso se sentiria. — Que tal, depois de tomar um banho, nós assistirmos a um filme? Vou te apresentar uma trilogia de filmes que fala sobre viagem no tempo, acho que vai gostar.

— Milady, não sei o que faria sem você — Alex diz, mas seus olhos não se movem, fixos na televisão.

Suspiro com suas palavras. Suspirando outra vez, Duda? Francamente...

— Também não sei, príncipe. Teria sido atropelado por um carro, provavelmente.

Ele abre um sorriso, mas parece concordar.

— Então vai, vou te mostrar o banheiro e enquanto isso preparo o filme.

Alex se levanta e me segue na direção do quarto. Se antes ele parecia sem jeito por estarmos sozinhos, ao ver minha cama parece que vai enfartar. Aponto para a porta do banheiro e pego uma toalha limpa no guarda-roupas.

— Pode ficar à vontade, vou deixar as suas roupas em cima da cama. Amanhã a gente compra alguma coisa, tá bom?

— Conhece um bom alfaiate?

— É uma profissão quase extinta, Alex, mas podemos procurar uma loja que venda roupas.

Ele parece pensativo, mas decide não insistir no assunto.

Depois que ele entra no banheiro e ouço o som do chuveiro sendo ligado, corro até a sala, pego a sacola com os pertences dele e coloco sobre a cama.

Pego os travesseiros e levo comigo para fora, fechando a porta em seguida.

Quando retorno à sala, arrasto o assento do sofá pra frente até transformá-lo em uma cama, depois coloco os travesseiros para nos recostarmos.

Abro meu notebook e conecto o cabo HDMI na entrada de vídeo da televisão, para reproduzir a imagem na tela. Coloco então o primeiro *De volta para o futuro*.

Alex não demora muito no banho. Quando retorna à sala usa suas roupas de príncipe — que precisam mesmo ser lavadas — e parece bem mais à vontade. Seus cabelos estão úmidos e ele balança a cabeça para retirá-los dos olhos.

Estou sentada no sofá-cama, encostada no meu travesseiro, e já deixei o lugar dele preparado.

— Deita aí. Vou te ensinar o que chamamos de sessão de cinema em casa. — Como ele não se move, observando com muita atenção o espaço no colchão, continuo falando. — Coloque esse travesseiro nas suas costas, tire os sapatos e venha.

Ouço o som de sua garganta se arranhando, antes de sua voz soar um pouco rouca.

— Vamos nos deitar na mesma cama? Milady, eu... — Ele leva a mão aos cabelos e, quando faz isso, seu braço forte estica o tecido da camisa branca.

Ainda bem que pensamentos não podem ser lidos.

— Vamos, mas completamente vestidos, Alex — respondo. Não posso dizer o quanto me sinto eufórica apenas por me deitar ao lado dele. Não sem escandalizar o príncipe. — Só para ver um filme.

Mas com ele nunca é tão fácil.

— Milady está certa quanto a isso? Me parece ótimo, desde que não se sinta intimidada. Não quero que pense mal de mim, não é como se eu evitasse as damas ou os prazeres...

— Prazer de ver um bom filme — corto sua fala antes de ficar vermelha feito um tomate. — E não estou intimidada, é mais fácil que você se sinta assim.

Sua postura muda quando digo isso, acho que posso ter ofendido sua masculinidade. Ele se deita, tentando parecer relaxado, mas está muito tenso. Alex é tão fofo que é difícil não o encarar de rabo de olho o tempo todo.

— Antes de começarmos o filme, vou pedir o jantar. Hoje você vai comer pizza, Alex.

Ele ergue a sobrancelha em um gesto de curiosidade, mas não passa disso. Alexandros não questiona minha escolha e parece pensativo.

— Pode pedir mais daquela bebida, por favor? — pergunta.

— Que bebida? Champanhe?

— Não. A que explode...

— Claro, vou pedir refrigerante.

Depois de finalizar meu pedido pelo aplicativo, libero o filme para começar e, instantes depois, Efigênia aparece, deitando-se aos meus pés.

— Então, como eu te disse antes, é uma história, Alex. Como nas peças ou nos livros.

Ele balança a cabeça, concordando, mas não desgruda os olhos da tela, ansioso para compreender.

Quando Marty surge com sua jaqueta jeans e o skate, entrando na casa do professor, Alex franze o cenho.

— O que foi? — pergunto.

— Este mancebo chamou por Einstein. Estive estudando um pouco sobre as teorias dele.

— Mancebo? Nesse filme o Einstein é um cachorrinho, não é o cientista, mas tem um cientista... — explico, sorrindo e achando curioso que ele finalmente tenha dito uma palavra que não conheço. — O que é um mancebo?

Alex me olha de lado.

— Um jovem, um rapaz.

— Ahhh... — Prefiro agir como se não tivesse perguntado isso. — Esse filme se passa nos anos 80. Cerca de 40 anos atrás, então muita coisa aí está ultrapassada com relação aos dias de hoje. O que quiser saber, pode perguntar.

Alex assente e volta o olhar para a tela, enquanto vemos Marty pegar a guitarra.

— Isso... É uma viola?

— Mais ou menos por aí, o som é diferente.

E então, no filme, presenciamos uma explosão. Marty é atirado para trás e cai em meio aos escombros.

Alex me olha com desdém.

— Nossa música não causa riscos aos ouvintes.

— A nossa também não causa, isso é por causa de uma invenção do cientista — tento explicar, mas ele se perdeu na história outra vez.

A pizza chega pouco depois, recebo o aviso pelo celular e o entregador sobe até a porta do apartamento. Recebo a caixa e o refrigerante das mãos dele, agradeço e volto para o sofá, deixando meus sapatos ao lado.

Como já veio cortada, coloco a embalagem entre nós e destampo. Depois corro até a cozinha em busca de copos para servir a bebida gelada.

— Pode comer com a mão mesmo, evita sujar louça — falo enquanto encho o copo de Alex.

— Com a mão? — A expressão dele é impagável, como se dissesse que é um absurdo sugerir isso a um príncipe.

Ignoro o pavor dele e pego uma fatia gordurosa, sentindo imenso prazer ao ver o queijo derretido se esticar e levando o pedaço à boca.

Alex olha para a caixa como se estivesse prestes a enfrentar uma batalha e então pega uma fatia para comer. Ele morde e emite um barulho de aprovação.

— Muito bom, milady.

Ele parece achar a experiência intrigante, apesar de não muito higiênica e continua comendo enquanto assistimos ao filme.

Ter Alex ao meu lado é como assistir a uma criança que descobre o mundo por seus olhos inocentes. Ele se maravilha com as imagens na televisão e até mesmo com a tela, capaz de reproduzir sons e retratos que se movimentam, em suas palavras. Se surpreende com a comida, com a bebida e com o fato de nossa proximidade não ser malvista. Tudo é novidade e tudo é mágico.

— E então? O que está achando? — pergunto depois de algum tempo.

— Tenho muitas perguntas, Duda. Mas tudo é tão curioso e instigante que não quero perder nada enquanto falo. Estou fazendo diversas anotações mentais aqui para discutirmos depois.

Ele fica um segundo em silêncio e então olha para mim.

— Família estranha a desse rapazote.

Parece que ele gostou. Isso me faz lembrar de Pedro, ele adora apresentar as pessoas ao *De volta para o futuro*. A bem da verdade, não é como se todo mundo em nossa geração conhecesse os filmes, que são antigos, mas ele propaga a palavra da trilogia para quem pode e adoraria ter mais um convertido.

Quando o filme está terminando, ele finalmente se vira de lado, me olhando. Há um brilho diferente em seus olhos.

— Gosto da teoria desse professor. Seria incrível se houvesse uma maneira de ir e vir, não acha? Eu não precisaria me despedir.

— Gostou mesmo daqui? — falo, temendo que eu realmente esteja incentivando Alex com sua confusão.

— Gosto de tudo no seu reino. A comida é excelente, a tecnologia auxilia muito o dia a dia, o... aquele saneamento que, por Deus, é muito útil. Os automóveis e as pessoas, milady. E... não gosto da ideia de ir embora e não poder vê-la nunca mais.

Quando chega à última parte, sinto que Alex está de certa forma se declarando, e eu, por minha vez, sinto um frio inevitável na barriga. Não deveria me deixar levar por essas sensações, mas não consigo omitir a verdade.

— Também não gosto, Alex, queria que você pudesse ficar.

Seus olhos se prendem nos meus por algum tempo. Sinto aquela eletricidade que vibra entre nós sempre que nos deixamos levar pelo silêncio.

Fito seus traços, seu rosto, tão perto que bastaria um impulso, uma decisão de um de nós...

— Infelizmente tenho responsabilidades, Duda — ele diz, virando-se outra vez para frente. — Não sou simplesmente um homem que viajou para um reino distante e deixou a família para trás. Sou o herdeiro do trono de Brahvendell e vou assumir como rei um dia. Não tenho direito a muitas escolhas.

— E se tivesse, Alex? — pergunto, apenas para me torturar. — Se pudesse escolher, você viveria aqui?

— Não sei. Não é só o dever que me prende a Brahvendell. Tenho meus pais e irmãos...

Claro, ninguém abriria mão da própria família e de tudo que ama por um mundo que acabou de conhecer, por alguém que surgiu em sua vida poucas semanas antes.

— E tem sua noiva.

Ele abre um sorriso de canto e me olha como se confessasse um pecado.

— Na verdade, esse seria um dos motivos pelos quais eu correria para cá e nunca mais voltaria, se pudesse.

— Isso é sério? Ela não pode ser tão horrível.

Eu me sinto mesquinha, mas a verdade é que queria ouvir que sim, que ela é má, feia e sem graça. Mas Alex apenas dá de ombros.

— Não é. Somos muito diferentes, eu acho. Talvez não, a conheço pouco na verdade, nunca conversamos a sós e ela é sempre muito retraída e quieta.

— É bonita?

— Os olhos dela não são da cor do mel — responde, e meu coração traiçoeiro erra uma batida —, a tez dela não parece feita de cetim. — Seus olhos descem para minha boca e se demoram ali. — E os lábios dela...

Sinto-me como se estivesse presa em seu encanto, mas ainda resta algum resquício de autocontrole, porque desvio os olhos. Estamos falando da noiva, meu Deus, isso não pode ser mais errado.

— O que acha de assistirmos às sequências do filme?

Ele concorda, se ajeitando no encosto e tentando disfarçar a tensão que se instalou entre nós. Para me sentir menos culpada, tento me convencer que a tal noiva nem deve existir. Assim como todo o reino, ela também deve ser só produto de sua confusão.

Alex sorri e bate no sofá ao seu lado, bem saidinho para quem estava tímido a princípio.

— Vamos ver o segundo filme, Duda. Estou curioso para ver o que vão inventar agora. — Ele reflete por um instante e então volta a falar: — Sei que é uma história e que ninguém aqui acredita que seja possível viajar no tempo. Mas realmente existem carros que voam?

Sorrio ao escutar a pergunta, mas só por um segundo, porque logo me lembro dos aviões.

— Não exatamente assim, mas existem máquinas que voam.

— Fascinante. Absolutamente grandioso esse seu mundo...

Aperto o play e voltamos à maratona de filmes. Me sinto ousada quando penso que Alex pode ser qualquer pessoa, pode ter qualquer vida e que vamos descobrir em breve. Mas, infelizmente, esses pensamentos são sobrepostos por outros, e por sentimentos, e ambos me dizem que seu nome ou de onde ele vem não vão ser diferenciais. Ele ainda vai ser exatamente o mesmo.

Pelo resto da noite, ao menos, me permito sonhar que tudo é real, que Alex é quem diz ser e que, talvez, tenhamos uma chance, por mais improvável que seja. Não consigo evitar que os pensamentos tomem conta da minha mente.

Capítulo 12
Alexandros

Ouço um zunido insistente e sinto meu corpo todo vibrar de modo débil; o barulho distante se repete e, com ele, os tremores que me despertam de um sono tranquilo como não tinha há dias.

Abro os olhos e sou soterrado por uma cabeleira castanha que cobre meu rosto.

Mas o que está acontecendo? Afasto a cabeça alguns centímetros e compreendo que é ela, Duda. Sinto o calor de seu corpo feminino de encontro ao meu e partes que não devem ser mencionadas em minha anatomia estão mais acordadas que nós dois.

Meu braço repousa na curvatura delgada de sua cintura e meu peito está colado em suas costas. Pelo ressonar suave que ela emite, Duda ainda está dormindo.

Dormindo em meus braços ou, me expressando mais precisamente, dormimos abraçados.

Nenhum de nós seria imprudente a esse ponto, em tomar uma decisão como esta conscientemente.

Estávamos vendo os filmes que ela me apresentou e que por certo conseguiram me distrair por algum tempo. E lembro que, no início do terceiro, meus olhos enfim começaram a ficar pesados de sono e, então, os fechei na intenção de que fosse apenas por um segundo.

Duda certamente adormeceu posteriormente e, no meio da noite, meu corpo procurou a calidez do seu. Eu, um homem de honra, de palavra e comprometido com outra mulher.

É tão errado e ao mesmo tempo parece tão certo. Como algo tão condenável pode ser tão aprazível? Ainda a mantendo junto a mim, repenso minhas decisões e planos futuros. Não avisto outra saída honrada a não ser propor casamento a Duda e romper o compromisso que foi firmado por meu pai, ainda que ela diga que as coisas mudaram, não se dorme com uma dama e depois se furta do compromisso.

Claro que uma união entre nós teria de se sujeitar a muitas coisas. Duda teria que aceitar minha proposta e não sei se ela em verdade nutre sentimentos por mim. E, se os possui, não sei a que ponto são relevantes para que decida me acompanhar de volta a Brahvendell. Por Deus! Ela nem mesmo acredita em mim. Por que aceitaria deixar seu trabalho, sua casa e seus amigos?

Mesmo diante de todos os empecilhos, um sorriso ameaça irromper em meu rosto, alheio à gravidade da situação. A verdade é que nunca quis me casar com lady Lauren, e me livrar desse compromisso seria uma dádiva.

Inspiro, sentindo o cheiro dos cabelos de Duda e tentando gravar em minha mente a maciez de sua pele. Ergo o braço, devagar, para me afastar silenciosamente, e ela murmura alguma coisa em seu sono.

Mas então a calmaria da manhã é rompida pelo barulho repentino na porta da sala. Batidas frenéticas, seguidas pela voz conhecida da senhorita Cátia.

— Duda! Duda! Abre aí, menina, quero falar com você antes de sair...

Duda se vira na minha direção e abre os olhos de repente, piscando duas vezes, e então se dá conta da nossa proximidade. Ela se senta depressa, afastando os cabelos para longe do rosto e cobrindo a boca ao compreender que dormimos juntos.

— Milady, juro pelo nome do rei que não aconteceu nada que...

— Alex — diz baixinho e coloca o dedo sobre os lábios, pedindo silêncio.

— Já vou, Cá! — grita, logo depois.

Duda fica de pé e me segura pelo braço, arrastando-me até o quarto em uma velocidade espantosa.

— Fique aqui até ela sair, ouviu? Melhor Cátia não saber que você dormiu aqui.

— Tudo bem — concordo.

Prendendo os cabelos, Duda deixa o quarto e fecha a porta. E eu aproximo o ouvido para escutar a conversa delas, com o intuito de voltar à sala quando puder.

— Sabe o que estava pensando? — É a voz de Cátia. — Podia falar com a Adelaide que não vai trabalhar hoje.

— E por que eu faria isso? — Duda questiona.

— Pra irmos comprar roupas para o Alex, que tal?

— Bom, ele está precisando mesmo, mas pensei em ir no sábado.

— Amiga, preciso muito ir na 25 de Março — Cátia insiste. Que diabos aconteceu dia 25 de Março? — Tenho que comprar umas formas novas, colheres, embalagens. Tudo que vou precisar pra preparar o que vão servir no café da livraria, e aí você podia ir comigo, é uma oportunidade de levar o Alex pra um passeio e vai ser divertido.

Um passeio e roupas novas, me parece promissor. O único inconveniente nisso tudo é o fato de que sigo sem dinheiro para essas transações.

— Aí a gente pode ir até lá buscar ele e... Duda, por que você dormiu na sala? — A voz de Cátia parece carregada de suspeita. *Essa não!*

— Ah, isso. Fiquei vendo filme até tarde e peguei no sono — Duda responde. Ela não sabe mentir, nem estou vendo seu rosto e já detecto o tremor em sua voz.

— E também tem dois copos aqui.

— Pedro. Ele passou aqui... Foi...

— E essas botas da realeza também são do Pedro? — *Por Deus! Meus calçados.*

— Alexandros! Pode sair, sei que está aí.

Espero que Duda disfarce, invente alguma desculpa, mas ela permanece em silêncio, então deixo o quarto um pouco envergonhado por ter sido descoberto nos aposentos de uma dama.

Estive em situações semelhantes outrora, mas sempre fui ágil em escapar antes de ser pego e, bom, minhas acompanhantes, nesses casos, viviam de encontros fugazes.

— Bom dia, senhorita Cátia — cumprimento a contragosto.

— Bom dia. — Ela então se vira para Duda, suas tranças balançando junto com a cabeça. — Então você trouxe o Alex pra cá e ele dormiu aqui.

— Ele não podia ir pra livraria. Adelaide podia...

— E estava tentando me enganar? Logo eu, Duda? — A expressão de Cátia diz que dificilmente alguém a engana.

— Desculpe, não queria que ficasse preocupada.

— Não precisa se preocupar — tomo a palavra, em uma tentativa de amenizar a situação. — Minhas intenções com Duda são as mais honradas possíveis.

As duas me fitam de modos diferentes. Cátia parece decepcionada, e não entendo o que encontrou de desapontador em minha fala. Duda, no entanto, me olha com seu jeito terno por um instante e então desvia os olhos, abrindo um sorriso discreto.

— Então, Alex, já que está aqui, o que acha de sairmos pra comprar roupas novas e dar um passeio? — Cátia repete a proposta que escutei atrás da porta, ainda que jamais vá admitir tal desrespeito aos bons costumes.

— Estou imensamente interessado em conhecer mais do seu reino e roupas novas me seriam muito úteis, mas infelizmente não possuo fundos para arcar com essa despesa. Ao menos não aqui, em posse.

Cátia ergue a sobrancelha e abre um sorrisinho um tanto quanto debochado.

— Fundos? Tá bom, eu e a Duda vamos te arrumar os fundos. Quando estiver de posse das suas coisas você paga — fala, parecendo achar graça em meu linguajar mais formal.

Como não questiono o que diz, ela entende que concordei.

— Resolvido, liga pra Adelaide então, Duda. — E, virando-se para mim, muda o assunto: — Já comeram? Fiz um bolo e se quiserem posso trazer...

— Pode levar um pedaço pro seu Evaristo? — Duda interrompe. — E um pouco de café também — completa.

— O porteiro? Por que eu levaria café e bolo pra ele?

— Porque ele está escondendo Intempérie em troca de café da manhã e da tarde. E prometi que você que iria fazer — explica sem nenhuma pontada de culpa em envolver a amiga.

— Duda! Agora vai ter que andar três horas na 25 pra me pagar por isso. No mínimo!

— Tá bom...

Duda se afasta para fazer a ligação e, quando retorna, as duas ficam de pé diante de mim. Duda fez com que o sofá retornasse ao que era antes de ser cama e me pediu para que me sentasse nele.

— Então, Alex, precisamos te explicar onde vamos e como é lá.

— Por quê? O que tem de errado com nosso destino? — A forma como elas falam começa a me deixar apreensivo.

— De errado, nada, mas é diferente — Duda começa. — Primeiro, precisa entender que vai ter muita gente lá, pessoas indo e vindo. E quando digo muita gente, é em uma proporção gigante mesmo. Vamos ser empurrados daqui e dali e, se você não ficar atento, podemos nos perder.

Assinto, compreendendo o quão movimentado é o local.

— Parece uma festividade. Como um baile.

— Imagino que tenha mais pessoas que em um baile, muito mais. Além disso, não é um bairro residencial, tem muitas lojas e barracas na rua, então é tudo muito parecido. Se você se perder, não vai encontrar o caminho de volta — fala, e seu semblante demonstra todo seu desassossego.

— Milady, isso ofende meu excelente senso de direção. Já expliquei que sou exímio no que se refere a rotas.

— Sei. Mas está entendendo até aqui? — ela insiste.

Cátia apenas observa nossa interação, tão apreensiva quanto Duda.

— Claro. Muita gente, mais do que em um baile, e paisagem que se mistura e confunde.

— Isso. Também não pode dar bandeira, acontecem muitos furtos.

Minha animação inicial começa a se esvair.

— Esse lugar não me parece mais tão interessante. Multidão que empurra sem resquício da boa educação, grandes chances de nos separarmos e ainda ameaças envolvendo larápios. Por que iríamos querer passear por lá?

— Você vai entender — Cátia fala. — Então estamos combinados? Não vai se meter embaixo de carros, ônibus e nem sair correndo quando vir algo que achou diferente?

Estreito os olhos para Duda, entendendo que ela contou sobre minha bisbilhotice sob o tal ônibus.

— Evidente que não. Além do mais, já estou demasiadamente acostumado com seu reino. Ainda não tive a oportunidade de andar de carro, mas conheço todas as máquinas e tecnologias e não vou me deixar distrair por quinquilharias.

— Tudo bem então. Hoje nós vamos de carro, vai ser sua chance de andar em um pela primeira vez — Duda afirma.

Eu me animo um pouco mais com a perspectiva. Ela solicita nossa diligência pelo celular e começo a acreditar que este objeto é capaz de quase qualquer coisa, já que tudo que precisamos vem através dele. É como se fosse mágico, ainda que Duda continue a negar.

Minutos depois, o carro para em frente ao prédio, e entramos no banco de trás, Duda, Cátia e eu.

A primeira coisa que noto é que o cocheiro não vai em outro compartimento. Se eu esticasse os dedos poderia puxar seus cabelos grisalhos.

— Boa tarde, se quiserem que eu ligue o som é só dizer.

— Boa tarde — Duda responde.

Mas nenhuma delas se manifesta sobre o tal som, e decido ficar em silêncio também.

Inclino-me na direção do homem para compreender melhor o mecanismo do carro e aprender como ele guia essa coisa sem cavalos.

Há um protótipo de espelho no teto do mesmo e o ancião me fita por ele, com evidente desagrado.

— Alex, senta direito... — Duda ralha comigo.

— Por quê? Estou empenhado em descobrir como essa máquina se locomove.

— Devia ir pra autoescola... — o homem responde.

— Para onde?

— Desculpa, moço. Ele não é daqui... — Cátia esclarece.

— E de onde vem não tem carro?

— Não, apenas carruagens — afirmo.

Forma-se um vinco na testa do homem, mas abro um sorriso e me recosto no banco. É melhor não falar mais aos outros sobre Brahvendell ou a viagem no tempo.

Pelas janelas de nossa condução, observo a paisagem estarrecedora. Pontes muitíssimo elevadas e carros que passam por cima e sobre elas. Prédios, como o que Duda reside, mas muito mais altos, quase ao ponto de tocar o céu.

Luzes por todo lado e objetos estranhos por toda parte.

Finalmente o veículo para na entrada de uma rua cuja movimentação é perceptível de longe.

— Tudo bem pra vocês descerem aqui? — o condutor questiona. — Não dá pra seguir com o carro.

— Claro — Duda estende um papel moeda a ele, do mesmo tipo que vi na livraria, e o homem captura algumas moedas de prata para devolver a ela.

Cátia abre a porta lateral do carro e desce. Sigo para fora enquanto Duda sai pelo outro lado.

E então acontece.

Sou tomado por um mundo de cores, cheiros e sons.

Os gritos das pessoas, o barulho dos carros, as conversas e risadas, vozes ampliadas que se sobressaem, convidando a todos para conhecerem suas lojas.

Os perfumes das comidas que se mesclam formando um aroma único.

E as cores. Tendas tingidas e montadas no meio da rua, a plebe que usa vestes que combinam tonalidades inusitadas e chamativas, os mais diversos produtos sendo comercializados, alguns que brilham, outros que ofuscam. É tanta cor, tanta vida e tanto barulho que me sinto estático.

Que diabos de lugar é esse? Nunca vi uma feira dessa magnitude, nunca presenciei uma miscelânea de sentidos como essa.

— *Ó o pesaaaado...* — uma voz grave anuncia atrás de mim.

Viro-me para entender a que ele se refere e me deparo com um artefato com rodas metálicas que traz sobre si sacos pretos imensos, mais altos que eu, e que está prestes a colidir comigo.

— Alex, vem! — Duda agarra minha camisa e me arrasta para fora do caminho do homem descortês.

— Achei uma atitude selvática a daquele civil, milady. Ousaria um plebeu atropelar o herdeiro de Brahvendell?

— Alex, já conversamos sobre isso. Aqui você é alguém comum, tá bom? Ou sai da frente ou vão passar por cima. Precisa ser mais rápido.

— Não sei se gosto deste lugar... — digo, outra vez olhando ao redor.

— Vamos! — Duda segura minha mão e perco um segundo admirando nossos dedos unidos, mas, então, ela está me arrastando em meio às pessoas, com Cátia caminhando à sua frente.

Espremendo-me entre mancebos e anciões, que gritam por vezes em uma linguagem que não compreendo, seguimos em frente.

— Vamos entrar — Cátia grita, anunciando a curvatura em nosso trajeto.

Ela faz uma virada rápida à direita e entra pela porta larga que conduz a um comércio.

O lugar, assim como tudo por aqui, está lotado, e por onde olho, percebo apetrechos desconhecidos.

— O que é tudo isso? — pergunto, segurando em minhas mãos um cano comprido, que possui na ponta várias facas dispostas de maneira a formar uma espiral.

Duda me puxa para fora do caminho das pessoas apressadas e Cátia se afasta de nós para fazer suas compras.

— Isso é um mixer.

— Mixer... — repito. Coloco o dedo em uma das faquinhas para descobrir se cortam mesmo e ganho com isso um filete de sangue. — E para que serve?

— Para arrancar sangue real de príncipes curiosos.

Estreito os olhos ante sua resposta, e ela sorri. Como sempre, seu sorriso doce me aquece a alma.

— Para bater coisas, frutas por exemplo. Você coloca nesse copo — diz, pegando o utensílio — e liga isso na tomada, ou eletricidade. E aí essa hélice aqui na ponta gira rápido, triturando as frutas.

— Muito interessante — respondo, extasiado com a praticidade do objeto.

— É como um miniliquidificador.

— Um o quê?

— Esquece. Com o que vocês fazem suco em Brahvendell?

— Com os criados — explico, dando de ombros.

— Quê? — Duda me fita, confusa.

— Bom, quero dizer que são os criados que fazem os refrescos, então não sei bem qual o mecanismo utilizado.

Duda me encara de um jeito divertido, parecendo achar graça na minha explicação.

— Vai gostar de lá — digo, voltando a pensar na hipótese de levá-la comigo. — É encantador, apesar de não termos um lugar como essa *vinte-e-cinco*.

— Sei... — Ela olha ao redor, ficando nas pontas dos pés para ver além. — Já viu a Cátia desde que entramos?

— Estava coletando coisas em uma cesta. Acho que agora vai para o caixa.

Aponto para onde a moça está, e Duda se vira para ver, mas um indivíduo desatento esbarra nela, empurrando-a para trás.

Duda perde o equilíbrio e é lançada contra a prateleira cheia de artefatos curiosos atrás de nós, mas ajo rápido e a seguro em tempo.

Minha mão a ampara, trazendo seu corpo para perto do meu, e nossos olhares se cruzam por um instante longo demais. Seus lábios rosados estão entreabertos e suas pupilas se expandem com lentidão. Eu poderia inclinar-me um pouco mais...

— Certo. Agora vamos comprar suas roupas, tá bom? — Cátia surge do além e nos desperta do transe. — Vai ter que experimentar umas peças. Interrompo? — questiona, se dando conta de nossa situação inadequada.

— Tudo bem — respondo, ignorando sua pergunta e pigarreio, arrumando a postura e colocando Duda de pé.

Apesar da necessidade e da promessa de pagá-las em breve, não me sinto confortável com os dispêndios que tenho dado a Duda e sinto que preciso arrumar um jeito de devolver o quanto antes.

— Podemos conversar quando chegarmos?

— Hum, claro — ela responde, inclinando a cabeça de modo que seus cabelos castanhos toquem sua cintura. E lembro que há poucos segundos era eu quem a tocava ali.

— Aconteceu alguma coisa? — Cátia parece curiosa, olhando de Duda para mim.

— Não. São só umas ideias que tive — respondo, mas Duda parece constrangida.

— Vamos? — Os cabelos trançados são atirados para trás, enquanto Cátia segue para fora da loja.

Seguimos nosso caminho e Duda volta a segurar minha mão. Ela faz parecer tão natural que, ainda que esse gesto me cause nervoso por tocá-la com mais intimidade, não posso deixar de sorrir, como se fosse a coisa mais certa no mundo.

Não vejo como Duda poderia não sentir o mesmo que eu quando nossas mãos se encaixam tão perfeitamente.

— Aparador elétrico! — um homem grita pouco à frente, interrompendo meus devaneios românticos. — Tira pelo da sobrancelha, pelos do nariz, do rosto...

Esse reino é mesmo higiênico. As pessoas arrancam os pelos de dentro do nariz!

— Massageador por seis reais! — um outro cavalheiro grita. — Está precisando relaxar, moça? — Duda ignora a pergunta e segue me arrastando. Mas então sinto uma vibração, como a que senti de manhã, mas muito mais intensa, nas minhas costas.

Viro-me procurando a fonte daquela sensação estranha e me deparo com o cavalheiro que segura um objeto estranho nas mãos, parecido com um polvo, mas muito pequeno.

— Que audácia, senhor! O que fez? — pergunto, aproximando-me dele, prestes a desferir um golpe em seu robusto nariz.

Como ousa me tocar sem permissão e causando em meu corpo uma onda de vibrações inexplicáveis?

— É só um massageador, cara. Seis reais, vai levar?

— Vem, Alex. — Duda puxa minha mão e sigo com ela, ainda furioso com a desfaçatez do homem.

Paramos então pouco à frente, diante de uma barraca repleta de trajes masculinos.

— Que tal aqui? As camisetas estão com um preço bom, Alex. É o que posso pagar... — Duda diz, dando de ombros, mas parecendo envergonhada.

Toco seu queixo para que erga o rosto para mim.

— Duda, fez mais por mim que qualquer outra pessoa. Eu é que estou envergonhado por abusar de sua hospitalidade e seus recursos. Mas vamos resolver isso em breve. E, sim, estas vestes são ótimas.

Digo para acalmá-la, mas a verdade é que algumas das peças me parecem bem estranhas. Camisetas, como ela disse, e são feitas de um tecido leve, sem nenhum bordado e cheias de desenhos intrincados.

— Gosto daquelas, sem pinturas. — Mostro algumas peças que não se assemelham a quadros de pintores iniciantes.

— Certo. Será que esta serve? — Duda indaga, colocando uma peça diante do meu torso.

Abro o colete e o retiro rapidamente.

— O que você está fazendo? — pergunta, enquanto, com agilidade, dispo minha camisa branca. — Alex!

Duda está ruborizada, olhando ao redor, e Cátia tem um sorriso engraçado no rosto.

— O que foi? Disseram que eu deveria experimentar as roupas.

— Sim, mas não pensei que fosse fazer isso no meio da rua — ela diz, olhando ao redor, mas ninguém parece estranhar.

— Estou sendo indecoroso? Me disse que aqui as coisas são diferentes e pensei que, como vi um cavalheiro passar por nós sem camisa há pouco...

— Não, não tem problema. Só me pegou desprevenida. — Noto que as maçãs de seu rosto ainda estão coradas, e percebo seus olhos sobre mim.

Sinto meu corpo aquecer em lugares impróprios e nem mesmo a multidão ao nosso redor pode dissipar da minha mente o calor de seu olhar.

Ela me entrega a roupa nas mãos e a visto sobre a cabeça, ainda que seu olhar apreciativo esteja a ponto de enlouquecer-me.

— O que acham? — pergunto às duas, ignorando a vontade cada vez mais incontrolável de tomar Duda em meus braços e beijá-la.

— Um gato! — Cátia diz.

— Onde? — Olho para o chão, mas não vejo o animal.

— Esquece. A camiseta ficou bem em você.

— Excelente. Duda? O que acha?

— Está perfeita — ela responde.

— Então é essa. Tem certeza de que não é muito dispendiosa?

— Tenho. Fica tranquilo, escolhe mais duas cores do mesmo tamanho.

— Não há necessidade — afirmo.

Ela nega minhas palavras e pega por conta própria duas outras peças, uma preta e outra azul. Duda então se aproxima da mulher, uma senhora baixinha que está conversando com um rapaz ao seu lado.

Atento-me à conversa e percebo que não entendo absolutamente nada do que estão dizendo.

— Essas três, por favor — Duda interrompe.

— Cinquenta reais — a mulher diz, com um sotaque, mas agora na nossa língua.

Duda retira uma nota e entrega à mulher, antes de pegar o alforje que ela lhe entrega, com as roupas.

Depois disso entramos em outra loja, logo à frente, que anuncia em placas grandes: CALÇAS POR 35,00 OU 3 POR 100,00.

— Alex, infelizmente só posso comprar uma — Cátia fala. — Escolhe alguma coisa que dê pra usar com as três camisetas.

— Tem certeza de que é necessário? Estou bem com essa aqui — insisto. Já não bastasse Duda gastando seus recursos, agora seus amigos também.

— Não dá pra usar a mesma calça todo dia.

— Mas tenho também a minha, que vim de Brahvendell e as que Pedro me emprestou.

— Só mais uma... — ela insiste. — Algo moderno, vai? Vamos sair esse fim de semana, vou levar vocês em uma balada.

— Ficou doida, Cátia? — Duda retruca, enquanto avisto uma calça que me parece adequada.

— Por quê? Você prometeu que ia comigo e Alex está na sua casa.

— Não posso levar o Alex em uma boate.

— Claro que pode, ele tem que se acostumar com a realidade.

— Por falar nisso, como está se sentindo? — Duda questiona, estendendo uma calça de material estranho, como as que ela costuma usar.

— Muito bem.

— Mas, e sua história, lembrou de algo mais? — ela insiste.

— Lembrar-me? Não me esqueci de nada. Sei que acham que em algum momento vou magicamente esquecer que sou o príncipe Alexandros de Brahvendell e me descobrir outra pessoa. Alguém nascido aqui, neste século. Mas isso não vai acontecer, porque não estou alucinando. — Coloco a calça em frente ao corpo, testando. Não me parece tão ruim.

Como percebo que Cátia me encara com ceticismo, decido me explicar.

— Sei que não acredita, senhorita. Não tem problema admitir isso, mas verão. Agora, onde posso experimentar essa vestimenta? Imagino que retirar as calças em público seja um pouco demais...

— SIM — respondem as duas em uníssono.

Uma senhorita surge para me mostrar o local em que devo me trocar e me afasto, acompanhando seus passos. Ainda ouço a voz de Duda enquanto me distancio.

— E você quer que eu o leve a uma boate!

Que diabos é uma boate?

Capítulo 13
Alexandros

Regressamos à moradia de Duda um pouco depois de comprarmos as roupas. O trajeto de volta é permeado pela conversa exultante entre as duas donzelas ao meu lado, enquanto me vejo em um silêncio contemplativo.

Conhecer um pouco mais da cidade de São Paulo me exauriu. Toda a agitação extraiu minhas forças e abalou de fato o conhecimento de modernidade que venho adquirindo desde que cheguei aqui, ao mesmo tempo que me fascinou em absoluto.

A senhorita Cátia se despediu de nós logo que entramos no prédio, para ir preparar o café da tarde do senhor responsável por cuidar de Intempérie.

Duda e eu subimos as escadas, quietos, enquanto reflito sobre a conversa que planejei.

Logo que ela abre a porta, Efigênia me recebe com seus miados e a pego no colo. Duda carrega as sacolas direto para o quarto.

— E então? — grita, enquanto me sento no sofá com a gatinha por companhia. — Sobre o que queria conversar?

— Não quero que me interprete mal, não estou desistindo...

— Do quê? — Ela retorna à sala, agora descalça, e me encara, confusa.

— De ir para casa. Permanecerei focado nas buscas, mas preciso aceitar que tem um mês praticamente que cheguei aqui e não sei quando poderei regressar a Brahvendell, ou, a bem da verdade, se isso ocorrerá.

Duda me fita em silêncio, mas seus olhos são expressivos demais. Ela também duvida que eu vá conseguir retornar.

A única vantagem que vejo em pensar assim é que não voltar para casa me livra do compromisso com lady Lauren sem que eu precise lidar com os problemas advindos de um rompimento.

— Estive pensando e não posso mais permitir que arque com minhas despesas. Preciso fazer minha parte, trabalhar em algo.

— Você quer arrumar um emprego? — indaga, parecendo surpresa.

— Quero. Preciso contribuir de alguma forma.

— Bem — Duda se senta ao meu lado no sofá e Efigênia pula sobre suas pernas —, o que você sabe fazer?

Seus olhos amendoados me fitam com curiosidade. Duda é uma donzela extremamente bonita e, todas as vezes que observo seu rosto por mais que alguns segundos, me vejo divagando sobre sua tez de aparência macia, seus cabelos sedosos e tudo que faz dela uma mulher atraente.

— Nada? — Ela interpreta meu silêncio de modo equivocado. — Imagino que, como príncipe, não deve ter trabalhado muito.

— O quê? — Acho graça em sua visão sobre a nobreza. — É verdade que alguns nobres se refestelam na riqueza e atribuem todas as suas obrigações aos criados, mas não funciona assim com a maioria.

— Não? Foi você mesmo quem disse que servem sua comida, espremem suas frutas para o suco...

— Sim, mas eu e meus irmãos caçamos, construímos coisas com nossas mãos quando necessário e nos dedicamos a auxiliar meu pai a gerir o reino. Administrar tudo, lidar com as súplicas do povo, decidir onde o dinheiro deve ser investido, não é o que eu chamaria de ociosidade.

— Imagino que não — diz, rindo do próprio comentário. — Talvez você possa... Bom, não precisamos de caçadores, já que a carne vem do açougue.

— Mas quem a leva até lá?

— As granjas? As empresas de congelados? Não sei bem, mas não são os caçadores.

— Certo. E o que me diz das construções?

— Pedreiro? Acho que não vai funcionar.

— Por que não? Já construí coisas, como disse.

— Mas não como hoje em dia. Não conhece os materiais usados, nem as técnicas.

— Um ajudante, quem sabe? — cedo um pouco.

— Um servente de pedreiro. — Duda dá de ombros. — Não acho que seja uma má ideia.

Concordo, ao que parece encontramos ao menos uma opção viável.

— Alguma alternativa lhe vem à mente, Duda?

— Quando nos conhecemos, você estava usando a fantasia. Acho que talvez possa ser ator...

Abro um sorriso diante do modo sincero com que Duda admite não acreditar em mim.

— Não sou ator. Sou um príncipe e aquelas são as minhas roupas.

— Claro.

— Com essa questão de procurar um trabalho decidida, será que pode ligar para o seu amigo Pedro e pedir que venha aqui? Você me disse que ele entende de física e preciso tirar umas dúvidas.

— Sobre seus estudos? — Quando confirmo, ela continua: — Tudo bem, vou pedir que ele passe aqui depois.

— E que traga seus livros. Quero pesquisar mais sobre essa coisa do tempo...

— Certo. — Duda levanta e Efigênia salta para o chão. — Quer comer alguma coisa?

Dou de ombros, mas logo um sorriso toma conta de mim.

— Quero algo diferente, que não comeria em casa. Faça seu melhor, milady.

Duda também sorri e estreita os olhos para mim.

— Sei exatamente do que precisa, Vossa Alteza.

Ela caminha a passos rápidos em direção da engenhoca que reproduz inverno, a qual chama de geladeira, e retira de dentro um pote branco.

Duda abre as portas dos armários e alcança alguns vasilhames, depois pega os talheres e serve uma espécie de creme branco dentro dos pequenos potes e então, com um sorriso que emana diversão, retorna para perto de mim e me oferece um deles.

— Experimente.

Sondando-a com desconfiança, levo uma colherada do creme à boca e me surpreendo ao constatar que conheço o sabor.

— Isso é... Parece...

— O quê? — ela pergunta, ansiosa, e quase tenho pena de revelar que conheço a iguaria.

Quase.

— Sorvete.

Duda abre a boca, pasma por descobrir que não me apresentou nada tão diferente.

— Como sabe? Já tomou antes?

— Confesso que não desse modo, este parece mais condensado, mais homogêneo. Mas não é incomum que nossos cozinheiros façam essa sobremesa.

— E como é que vocês têm gelo, se não existe geladeira? — Seus olhos me encaram cheios de desconfiança.

— Milady, não sei dizer com exatidão como surgiu a ideia, mas penso que seja algo mais antigo que da minha época. Existe uma maneira de conservar o gelo do inverno, dos lagos congelados e guardá-lo para o verão, de modo que seja possível desfrutar de uma delícia gelada como essa, mas, no caso, com uma geleia ou suco de frutas e também leite. Minha avó já adicionava o doce no cardápio real e minha mãe também o faz.

Duda coloca uma colherada na boca e sobe as pernas para cima do sofá, virando-se de frente para mim em seguida.

— E como conservam o gelo?

Não sei dizer se realmente está curiosa, ou se apenas testa minha história.

— Ele é cortado ainda em estado sólido e então colocado em um depósito subterrâneo, protegido com material isolante, e depois tudo é coberto com serragem. Dessa maneira, o gelo persiste até o verão, quando pode ser retirado e misturado às frutas e ao leite para que a sobremesa seja feita.

— Isso é muito interessante... — Ela recosta-se no braço do sofá. — Uma das minhas ressalvas contra sua época e seu reino acaba de ser derrubada. Eu poderia viver sem saneamento e televisão, mas sem sorvete pra afogar as mágoas seria demais.

Sua fala me arranca uma risada.

— É mesmo? Temos bailes, joias, vestidos, banquetes... príncipes! — Ergo as sobrancelhas e isso faz com que ela gargalhe. O som de sua risada enche a sala e me faz rir junto. — E tudo o que te importa é o sorvete?

— Bailes, príncipes e sorvete, Alex. Brahvendell é um reino perfeito! — Duda ainda sorri, mas seus olhos pousam sobre mim, ternos. Ou talvez seja apenas uma impressão, porque logo em seguida ela os desvia e volta a soar pragmática. — Por falar em bailes, Cátia cismou com isso de irmos à boate no sábado. Acho que, depois da ida à 25 de Março, uma festa assim vai ser moleza pra você.

— O que exatamente é uma boate?

— É o local onde acontecem as baladas. Tipo um baile, mas com músicas modernas — explica.

— Então é um evento com música, interação social, bebidas, cavalheiros e damas?

— Isso, exatamente como um baile — ela afirma.

Ao menos um lugar onde saberei como agir.

Duda

Chantagem. De acordo com o dicionário é um substantivo feminino e significa: pressão que se realiza sobre uma pessoa para dela conseguir dinheiro ou outros benefícios, sob ameaça da revelação de fatos que lhe dizem respeito.

Amiga ou não, o fato é que Cátia se tornou uma chantagista, obrigando-me e, por consequência, ao príncipe, a participarmos do que é sua ideia de diversão.

Não fui ameaçada de ter meus segredos expostos, nem tenho nada comprometedor para ser revelado, mas o drama de me ignorar pelos próximos cem anos e nunca mais falar comigo surtiu o efeito desejado.

Uma balada de classe média, com música alta, bebidas e pessoas se esfregando umas nas outras. Eu não poderia estar mais feliz — sim, contém ironia.

Pedro, como era de se esperar, se sente em casa e parece ter encontrado seu alvo em um garoto ruivo do outro lado da pista de dança.

Alex não poderia estar mais surpreso. Acho que, quando associou a balada aos bailes, não imaginou as luzes piscando, a azaração descarada ou o cheiro de álcool; provavelmente ele pensava em limonada morna quando mencionou bebidas. Ao menos é o que tomam nos bailes em *O desígnio do príncipe* e nos romances de época que já li.

Ainda que em estado de choque, ele está lindo. Vestiu a camiseta branca e a calça jeans que compramos e calçou um par de tênis de Pedro; exceto por sua postura mais altiva e seus modos elegantes demais, nada o difere fisicamente dos outros rapazes do lugar. Foi bom termos comprado as roupas.

Quando chegamos em casa, o questionei sobre a conversa que queria ter, pensando por um momento que fosse falar sobre o quase beijo e me lembrar de seu compromisso com a tal lady Lauren, mas Alex me surpreendeu com o assunto de arcar com as próprias despesas.

Pedro realmente levou algum material para ele e agora Alex está aficionado por buracos de minhoca e teorias de Stephen Hawking, o que passa a me incomodar, porque começo a cogitar a possibilidade de que ele seja realmente quem diz ser e Brahvendell não seja uma alucinação.

Dissipando meus pensamentos, Alex para à minha frente e toda minha atenção se volta para seus olhos escuros.

— Dança comigo, lady Duda?

Afirmo com um gesto, porque quando ele pega minha mão e a beija, as palavras desaparecem.

Alex me conduz para o meio da pista e apoia uma mão na base da minha coluna, enquanto com a outra me segura pela mão. Percebo que pretende dançar uma valsa aqui, no meio da boate, mas com alguns ajustes feitos por mim, em poucos segundos ele compreende como funciona a dança.

Suas mãos vão para minhas costas e enlaço seu pescoço com meus braços. Sinto meu coração responder no compasso da música e é como se o mundo ao nosso redor deixasse de existir.

Somos apenas Alex e eu, e as sensações indescritíveis que tenho cada vez que fito seus olhos escuros.

Já fui a nerd, a esquisita e muitas outras versões de mim mesma, mas nunca me senti como uma princesa, e é como me vejo nesse momento, sendo alvo da atenção do homem mais encantador que já pisou sobre a Terra.

A cada dia que passa ficamos mais próximos, e isso é assustador e perigoso, mas também é excitante e delicioso.

O olhar de Alex recai sobre mim, capturando-me por completo. Sinto o toque suave de seus dedos sobre minhas costas nuas e me delicio com a sensação de intimidade. Somos tão pouco um para o outro e, ao mesmo tempo, é como se fôssemos tudo.

Sutilmente toco seus cabelos, um pouco mais compridos que quando ele chegou aqui, e vejo seu peito subir e descer mais rápido; talvez eu não tenha sido tão sutil.

— Milady... Duda. Está particularmente encantadora esta noite. Seu vestido emana o brilho das estrelas, e seus lábios...

Mal registro o elogio ao vestido frente única e cheio de brilho que Cátia me fez usar, mas ergo a sobrancelha, aguardando o final da frase dele; no entanto, em vez de completá-la, Alex suspira e meneia a cabeça.

— Perdoe-me. Foi indelicado de minha parte dizer isso.

— Não achei nada indelicado — respondo, incentivando. — O que tem meus lábios?

Os olhos dele então se fixam em minha boca e, por um momento, sinto que vamos nos beijar, sinto que Alex quer isso tanto quanto eu.

Umedecendo os próprios lábios com a ponta da língua, ele me fita com o que julgo ser desejo, e respiro fundo, antecipando o que virá em seguida. Mas como se eu fosse a verdadeira Bela Adormecida, sou despertada do sonho quando a música se encerra e ele se afasta.

— Com licença, milady. Devo... — Alexandros olha ao redor como que procurando por uma fuga, e eu o observo, enquanto tento compreender o que fiz de errado.

— Alex?

O som de uma música clássica começa a ecoar. São violinos, piano e todos os instrumentos de música erudita, mas eu sei bem o que vem a seguir.

— Oh, sim! Devo tirar aquela donzela para uma dança — ele explica, mas não entendo nada.

Ele se afasta, me deixando no meio da pista, e segue na direção de uma moça que esvaziou, sozinha, uma torre de chopp, o que não deve conferir muito equilíbrio para a dança.

— O que foi isso? Onde o príncipe pensa que vai? — Pedro aparece logo atrás de mim.

— E eu sei? A música acabou e ele disse que precisava tirar aquela garota para dançar.

Alexandros realmente convidou a moça, com sua típica e impecável mesura, e, ao que parece, ela aceitou.

Ao meu lado, Pedro ergue a sobrancelha em um arco perfeito, os olhos concentrados no lugar na pista para o qual o novo par se dirige.

— Estou tendo um sonho desses bem esquisitos? — A voz de Cátia surge à minha esquerda, enquanto ela se junta a nós. — Que merda é aquela ali?

Ficamos os três, encarando a cena mais aleatória que presenciei na vida.

Agora estão os dois no centro da pista e os acordes clássicos desaparecem em um zunido ensurdecedor, dando lugar as batidas do funk.

Alex fica parado feito um poste e com os olhos faltando saltar das órbitas, enquanto sua acompanhante solta sua mão e começa a apresentar um quadradinho de oito bem elaborado, empinando o bumbum na direção dele. A bebida não afetou em nada a desenvoltura dela.

A saia que está usando é bastante reveladora, e o príncipe olha para todos os lados, menos para ela.

— Ai, meu Deus! — Pedro exclama quando vemos a garota se virar de frente e enlaçar uma das pernas nas de Alex, se esfregando o máximo que pode nele, enquanto Alexandros ergue os braços como um daqueles bonecos de posto, evitando tocar na garota.

— Acho que ele vai ter um troço — Cátia afirma.

— Devo fazer alguma coisa? — pergunto aos dois.

Pedro me fita com seu sorrisinho diabólico.

— Não quer a gatinha se esfregando no seu boy, Dudinha?

— Ele está com vergonha! Olha lá, o coitado nem consegue olhar pra ela — digo, em minha defesa.

No entanto, antes que eu possa fazer alguma coisa, Alexandros afasta as mãos de sua parceira de dança e volta a passos rápidos para perto de nós.

— Duda, pode me... Pode me dar a honra de alguns minutos a sós para falarmos?

Seu rosto está tão vermelho que consigo perceber mesmo estando um pouco escuro aqui. Mal afirmo e ele me segura pela mão e me arrasta, nervoso demais para manter a educação perfeita de sempre.

— O que foi? Aconteceu alguma coisa? — pergunto, tentando não sorrir do seu desespero com o funk.

Alex só para quando chegamos do lado de fora. Estamos em uma boate na rua Augusta e, para onde quer que eu olhe, vejo pessoas bebendo, conversando e rindo.

Ele, no entanto, não parece estar se divertindo. Alex me encara, os olhos tumultuados como se houvesse uma tempestade dentro deles, as mãos frenéticas enquanto tenta dizer o que o aflige.

— O que está acontecendo? Estou ficando preocupada!

Uma moça passa gritando por nós e sua peruca vermelha cai aos nossos pés. Ela se abaixa para pegar e segue seu caminho.

— Olha, esse seu reino é muito, muito estranho — diz, finalmente. — E desrespeitoso! Convidei aquela donzela para dançar porque era o certo a se fazer.

— Certo? Não entendi por que convidou uma pessoa que nem conhece para dançar se não fica confortável com isso.

Alex parece estranhar meu comentário.

— Os cavalheiros devem tirar as damas solitárias para dançar, de modo que ninguém seja excluído. Eu não quis deixar o anfitrião chateado, esse tal de lorde Zumba. Mas aquela senhorita... Ela não é uma moça de respeito, Duda.

Duas moças agora sobem a rua de mãos dadas, elas param ao nosso lado e só então percebo que estamos em frente ao ponto de ônibus.

— Vem, senta aqui... — chamo ele para o banco atrás de nós. — Olha, Alex, essa dança se chama funk, é muito comum por aqui, as pessoas dançam assim, os homens também. E Zumba é o nome da boate, não do anfitrião.

As duas garotas agora estão se beijando e Alex vira a cabeça de lado, com o cenho franzido, mas não pergunta nada.

— Alex...

Com algum esforço ele volta a olhar para mim.

— Sim, compreendi que aquilo a que chama de funk é comum por aqui, mas não estou me referindo àquela cerimônia de acasalamento coletivo. Tampouco ao fato de terem destruído por completo a obra de Bach e nem mesmo da letra luxuriosa que, devo dizer, seus ouvidos puros jamais deveriam ter escutado, mas aquela donzela... Acho que não devo chamá-la assim.

— O que ela fez? — pergunto, tentando não rir do desespero dele.

— Ela disse que queria cantar no microfone e, claro, apesar de não saber do que se trata, ofereci meu apoio. Se ela tem uma boa voz porque não compartilhar?

O ônibus para no ponto e ele se distrai outra vez. O casal à nossa frente sobe e o motorista segue adiante.

— E então?

— Então eu disse isso a ela, que deveria fazer seu melhor e cantar. Mas ela começou a rir, e depois... Fez o pior.

— O que ela fez?

— Colocou a mão sobre... Bom, não posso dizer o local de modo claro, mas creio que vá me entender quando digo que me refiro às minhas partes destinadas ao prazer e a concepção de um herdeiro.

Não estava preparada pra isso. Imaginei que ela tivesse dito algo relacionado a sexo, mas não pensei que tivesse ido tão longe.

— Ela o quê? Passou a mão sobre o seu... — Aponto com o dedo e vejo o rosto dele seguir meu gesto.

Alex engole em seco e então afirma.

— Passar seria superficial diante do que houve. — Alex ainda me olha, mas seu rosto volta a atingir uma coloração avermelhada. — Ela me apertou como se fosse uma fruta... suculenta.

Imagens nada honradas começam a passar pela minha mente, e ficamos os dois em silêncio. Encaro a braguilha da calça dele enquanto Alexandros mantém os olhos em meu rosto.

Quando volto a encará-lo, ele está mais vermelho que um pimentão.

— Me desculpe por isso, é que a história toda me chocou um pouco — esclareço, tentando disfarçar que estava descaradamente olhando para onde não devia.

— Esqueça isso, Duda, preciso de ajuda!

— Que tipo de ajuda? — pergunto, voltando à minha confusão inicial.

— Preciso conseguir trabalho urgentemente. Hoje ainda, se possível.

— Trabalho? As coisas não funcionam assim aqui, Alex. Dependendo do emprego, você precisa de formação e existe toda uma burocracia. Nosso país é feito de burocratas!

— E que diabos vem a ser isso?

— Como vou explicar? — questiono, mais para mim do que para Alex. — É um conjunto de regras, criadas por pessoas que são responsáveis por elas e que temos que seguir para conseguir alguma coisa. Nesse caso, tudo. Existe uma ordem de processos que devem ser seguidos, e tudo parece ser feito pra dificultar a vida do povo.

— Entendo, desse modo, que burocratas são as pessoas que cuidam de tudo isso?

— Exatamente — respondo, feliz que ele tenha compreendido fácil.

— Mas, milady, preciso de dinheiro para pagar o pai da moça e me livrar do casamento. Não posso me casar com ela, independentemente do ardil que foi arquitetado para me coagir.

Eu me sinto uma idiota por ter demorado tanto a entender o grande problema que ele criou em sua cabeça. Alex pensa que a moça fez o que fez para obrigá-lo a se casar.

— Fique tranquilo, ninguém espera que se case com ela.

— Como não esperam? É um escândalo! Várias pessoas testemunharam. Sei que diz que as coisas por aqui são diferentes, Duda, mas não se trata de uma conversa a sós ou mesmo algo sutil.

— Não, Alex. Isso meio que é comum por aqui... — Aproximo-me e toco seu rosto com as mãos. — Fique calmo, tá bom? Vou avisar a Cátia que estamos indo para casa e lá conversamos melhor.

— Espera... — Sua mão se fecha sobre o meu pulso e ele ergue os olhos para mim. — As pessoas que estavam aqui, se beijando...

— O que tem?

— Isso também é comum aqui? Beijos no meio da rua?

Eu me sento outra vez, percebendo como todas as diferenças o estão afligindo.

— Alex, um beijo é um gesto de carinho, uma forma de demonstrar e sentir amor, concorda?

Prefiro não falar sobre os beijos aleatórios para não confundir mais a ideia como um todo.

— Sim, concordo com isso.

— Então por que precisam acontecer às escondidas? Não é bom que todos saibam que você está feliz? Apaixonado? É uma celebração. Claro que algum limite é necessário.

— Entendo, isso é... Isso é muito bonito, Duda.

Aquiesço e estendo a mão para que ele se levante.

— Vamos. Eu mando uma mensagem pra Cátia.

Alex coloca sua mão na minha e se demora, encarando nossos dedos entrelaçados.

Quando ele se levanta, estamos a poucos centímetros de distância. Ele é bem mais alto que eu, mas seu rosto está voltado para baixo e, quando tento me afastar, sua mão envolve minha cintura.

Seus olhos buscam os meus e me prendem ali, seu toque envia ondas de desejo para meu corpo, que me percorrem por inteiro.

Estamos tão perto e, ao mesmo tempo, tão longe. Prendo a respiração, temendo que qualquer ruído que eu emita, qualquer movimento, por mais leve que seja, desfaça esse momento entre nós.

— Um beijo é uma celebração, uma maneira de demonstrar e sentir... — ele diz, baixinho, mas sua voz ecoa entre nós e, apesar de não ouvir a palavra amor, compreendo que Alex se refere aos sentimentos e às sensações. — Não pode ser errado.

A última frase parece ser dita mais como uma forma de convencer a si mesmo.

Ele então inclina mais o rosto em minha direção e, com receio de que se afaste outra vez, ergo os pés para me aproximar mais.

Sua boca toca a minha com delicadeza e suspiro de alívio por finalmente poder sentir seu beijo. Envolvo seu pescoço com as mãos e Alex me aperta contra seu corpo.

E nos prendemos um ao outro para impedir que tudo acabe. Seus lábios tocam os meus com tanto carinho, com tanto cuidado, que sinto toda minha resistência ruir.

Entreabro a boca levemente, dando acesso à língua dele, que desliza para dentro da minha boca devagar. Meu conto de fadas se torna real.

O beijo é doce, cálido e gentil, cheio de sentimento e, ainda assim, capaz de incendiar meu corpo e minha mente com desejos e pensamentos que jamais ousei ter.

O principal anseio que Alex me desperta não atinge meu corpo, mas toma alma. O desejo de pertencer.

Capítulo 14

Duda

Quando chegamos em casa, um clima estranho se instala entre nós. Não sei bem como agir e acho que Alex também não.

A gente se beijou e foi incrível, estou apaixonada, contra toda a racionalidade, e acho que ele também sente algo por mim, mas não dá para ignorar o grande elefante no meio da sala.

Alex ainda acredita ter vindo do passado.

Ele também supõe estar noivo.

E talvez eu acredite mais nele do que admito para mim mesma.

— O que quer fazer agora? — pergunto, retirando os sapatos logo que entramos. — Vai dormir? Quer assistir alguma coisa?

Alex dá de ombros de modo casual e passa as mãos pelos cabelos, antes de responder. O gesto faz com que os músculos de seu braço se destaquem e engulo em seco, reprimindo o desejo de me aproximar e sentir tudo aquilo que o beijo trouxe à tona outra vez.

— Lerei um pouco daquele exemplar que Pedro trouxe. Mas, antes, queria lhe falar, Duda.

Seus olhos traem a segurança de sua voz. Alex parece tão nervoso quanto eu.

— Não precisamos falar sobre o que aconteceu, Alex. Como eu te disse, ninguém aqui espera que se case, nem com a garota da boate e... nem comigo só porque nos beijamos.

Ele se senta no sofá, as mãos agora apoiadas no queixo. Sua expressão parece a de alguém irritado e, pelo visto, sou o alvo. Seus olhos estão semicerrados, como se estivesse contendo o que realmente quer dizer.

— As pessoas aqui conduzem suas relações muito levianamente, milady. — Se voltei a ser milady, ele não está mesmo muito contente. — Ninguém se apaixona mais? Não se casam? Como podem viver desse modo vazio?

Acho que não era bem isso que eu esperava. Conhecendo seu modo de pensar, presumi que fosse se desculpar e, quem sabe, até tentar fazer a coisa honrada ao seu modo, dizendo que iríamos nos comprometer ou algo assim.

Mas não esperava que se zangasse comigo por dizer que não há necessidade de preocupação.

— Não é isso — falo, trocando o peso do corpo de uma perna para a outra. — As pessoas ainda amam e se casam, mas não por regras que são impostas pela sociedade, Alex. Ninguém se casa obrigado, ao menos em teoria não acontece mais.

Sento ao lado dele e arrumo o vestido para cobrir minhas pernas.

— Alex... — Seguro sua mão e ele desvia os olhos para mim. — Quando eu disse que o que aquela garota fez não era incomum, não quis dizer também que seja natural. As pessoas não devem sair por aí apalpando os outros sem permissão, mesmo hoje em dia.

Seus olhos parecem mais calmos, não tão tempestuosos quanto antes, ao compreender que ao menos algo que ele considera errado de fato é.

— Então... O que ela fez, ainda é um escândalo?

Concordo com a cabeça, apesar da sua escolha de palavras.

— É errado, mas não pela questão sexual, e sim porque não era algo que você queria. E, claro, mesmo que quisesse, não é normal que se faça isso em público.

Ele aquiesce e aproveito seu momento de reflexão para prender meus cabelos.

— E quanto ao beijo? *Nosso* beijo.

— O que tem ele? — Dessa vez desvio os olhos para nossas mãos, não consigo encarar Alex e falar naturalmente assim sobre o beijo. Geralmente não é algo feito para ser discutido depois.

— Não é comum de onde eu venho que as pessoas se beijem sem que haja sentimento entre elas ou uma união. É natural para você? Foi um beijo dado sem razão alguma?

Quero dizer que sim, porque realmente as pessoas se beijam sem amor, apenas por diversão e prazer, mas entendo o que está implícito na pergunta. Alex não quer saber sobre os outros, mas sobre nós, sobre o que eu penso e sinto com relação a ele.

— Não é natural pra mim — respondo. — E não aconteceu sem motivo...

Um sorriso sutil se forma nos lábios dele, lábios convidativos demais para o meu próprio bem.

— Então, isso quer dizer que nutre algum sentimento por mim — afirma e se recosta no sofá, aparentando estar contente, e leva minha mão ao peito.

— Também tenho fortes sentimentos por você, Duda. E não se preocupe com o arranjo de casamento feito por meus pais, se um dia conseguir retornar para casa, vou dar um basta e romper o acordo.

Encosto meu corpo ao lado dele, meus dedos ainda sobre seu coração. Sinto, com a palma da mão, suas batidas aceleradas, e saber que também o afeto me deixa menos tensa.

Mas não importa. A realidade não está a nosso favor.

— Se um dia conseguir retornar, isso vai colocar um mundo, literalmente, entre nós, Alex.

Sua voz é séria e finalmente ele compreende que não há qualquer maneira disso, o que quer que seja, dar certo. Mas, quando fala, sua pergunta não é a respeito das possibilidades para nós.

— Então finalmente acredita em mim?

Suspiro, derrotada. Quando respondo, admito cada um dos pensamentos que tumultuam minha mente nos últimos dias, que vêm me tirando o sono e me fazendo duvidar de mim mesma.

— Não sei mais o que pensar. Quando nos beijamos, não pensei no seu futuro casamento nem por um instante, porque toda a história é tão surreal... E é mais fácil não acreditar, assim não preciso pensar que vai ter que se casar com outra ou que o que pareceu certo, de algum modo, seja errado.

— Mas... — Ele me oferece o gancho, percebendo que não é tudo o que quero dizer.

— Você não muda sua convicção e, além disso, a cada dia que passa, suas atitudes, seu discurso e tudo que gira em torno de você fica mais real. Não consigo imaginar como uma pancada na cabeça levaria alguém a criar um reino, uma família, uma vida, e enchê-la com tantos detalhes realistas.

Eu me calo por um instante, mas agora que abri a torrente de ideias que vem me assombrando, não consigo parar.

— No começo, pensei que fosse ator. — Ouço seu riso baixo, como se achasse graça nisso. — Que estava encenando um príncipe e, quando caiu do cavalo, sofreu um trauma e aí se confundiu e misturou, dentro da sua cabeça, realidade e ficção. Mas nenhuma peça seria tão rica... Você tem um cavalo! E tinha uma flecha de verdade no ombro. Além disso, sabe me dizer o que sua mãe pensa do calor, das roupas, as previsões do oráculo e até que lady Blossom traiu o marido com o cavalariço. E tem a história sobre o sorvete! Por que em uma peça iriam explicar como preservar sorvete?

Ele sorri brevemente, assimilando o quanto estou consternada por me ver sem saída a não ser acreditar.

— É porque não são devaneios ou conjecturas, Duda, e no fundo você sabe disso. Você me viu surgir no meio do raio, vindo absolutamente do nada e lidar com um larápio, mesmo estando ferido.

Ele parece tão coerente, e quando coloca todos os fatos assim, diante de mim, é impossível não os considerar.

— Sabe — falo por fim —, no começo eu desacreditei do que disse, porque era absurdo demais, mas, depois, acho que no fundo eu sempre *quis* que você estivesse enganado. Porque assim ficaria aqui, por isso fui me apegando...

Seu rosto volta à seriedade de antes, seus olhos escuros fitam a parede à nossa frente, mas sua mente está divagando, e Alex compartilha suas perturbações.

— Talvez eu fique, Duda. Não posso lutar contra o universo para sempre e talvez eu nunca consiga voltar. Mas não posso me enganar ou ludibriá-la com falsas promessas, porque, enquanto tiver uma chance, prosseguirei em minhas buscas e tentativas. Meus pais, por certo, estão desvairados com meu sumiço, meus irmãos precisam de mim e, como sabe, tenho responsabilidades com o reino.

Aquiesço. Não é como se ele não tivesse dito antes. Em sua narrativa, desde o início, Alex disse quem era e o que o aguardava em casa.

— Então, é isso... — Retiro minha mão da dele, tentando impor uma distância física entre nós. — Nossos caminhos seguirão em direções opostas, Alex. Na verdade, seria fácil se fossem realmente opostos, mas eles são autoexcludentes: se você está em um, o outro é inacessível.

— Autoexcludentes? A senhorita fala de modo formal demais para alguém deste reino. Seus amigos não dizem palavras tão complexas. — Ele meneia a cabeça, se divertindo.

— Eu sou leitora, Alex, aprendo enquanto leio — falo, também achando graça.

— Deveras — concorda, o sorriso ainda brincando em seus lábios.

— Por certo, milorde.

— Agora está fazendo pilhéria de mim...

— Apenas um gracejo.

Alex me fita e de repente todo o humor deixa seus olhos.

— Se sairia muito bem em Brahvendell. — A realidade de nossa separação cai outra vez sobre nós. — Não vou dificultar as coisas mais do que estão, Duda, e jamais te pediria que viesse comigo. — Por um momento, sinto que meu coração deixa de bater. — Sei que também tem sua vida aqui, seus amigos, trabalho e, principalmente, esse mundo fantástico, cheio de tecnologias e muito mais evoluído que meu reino. Mas preciso dizer claramente, deixar em aberto a possibilidade... Então saiba que, caso queira ir comigo, nada me fará mais feliz.

Não consigo responder, então apenas sorrio em silêncio. Como posso aceitar uma sugestão como essa? Ou mesmo considerar algo tão utópico?

— Eu sinto que, quanto mais me aproximo, mais perto quero estar de você, Duda... O tempo todo penso em beijar seus lábios.

Talvez não esteja sendo sensata, mas e se essa for nossa única oportunidade de estarmos assim, tão perto?

— Acredito que não é algo que precise ficar apenas em seus pensamentos — falo, me deixando levar, mesmo que seja apenas por um momento.

Meu consentimento não poderia ser mais claro. Alex vence a distância que ainda há entre nós e toma minha boca na sua, com um beijo cheio de urgência e desejo.

Ele enlaça minha cintura e me puxa para perto. Vejo a surpresa em seus olhos quando passo uma perna sobre as dele, me sentando em seu colo e unindo meu corpo ao seu.

É como se estivéssemos desesperados um pelo outro. Nossos toques são afoitos, apaixonados. Alex ergue minha blusa e sinto seu toque firme sobre minha pele, em contrapartida posso o sentir enrijecer sob mim, uma prova do desejo que nos envolve.

Deixando meus lábios, ele busca meu queixo e deixa beijos molhados em meu pescoço, meu colo...

Eu o quero tanto que estou prestes a atirar a coerência pela janela e me deixar levar. Seus olhos presos aos meus me instigam e não há resistência quando, vencendo qualquer resquício de controle, Alex retira minha blusa.

Sem deixar de me olhar, ele observa quando levo as mãos até minhas costas e abro o fecho do sutiã, o atirando ao chão.

Alex me olha com algo perto da veneração. Ele toca meus seios desnudos, com suavidade, e inclina o rosto sobre eles.

— Estou... ansioso por beber de suas taças perfeitas, que me fazem sentir que estou diante do paraíso. Ou talvez do inferno, porque queimo por você, Duda.

— Alex...

Repentinamente algo muda em seu olhar, não como se fosse levar isso adiante e terminar o que começamos, mas como se uma tristeza enorme recaísse sobre ele.

Ele beija meus lábios outra vez, rapidamente e fita meus olhos. É como se me dissesse muito, sem as palavras deixarem seus lábios. Eu entendo. Alex não quer me ter aqui, sem a perspectiva de um futuro, com as incertezas que pairam sobre nós. Quando me afasto dele, meus olhos estão marejados e é como se uma parte de mim se perdesse.

Nunca planejei me envolver tanto e agora não sei como retroceder. Eu o abraço forte e acaricio seus cabelos.

— Vou dar um jeito nisso, Duda. Eu prometo que vou...

— Alex, vou me deitar — é o que respondo a ele, ignorando suas palavras doces e os sentimentos desenfreados que chegaram tomando conta de mim. — Foi um dia conturbado... — explico, mas a verdade é que sinto um aperto forte no peito e sei que essa proximidade que estamos desenvolvendo apenas dificulta tudo.

Deixo-o no sofá e sigo para meu quarto quase como se estivesse sendo perseguida. Sinto seus olhos sobre mim quando fecho a porta.

Deito na cama, fitando o teto, e penso no quanto estamos perto um do outro e, ainda assim, há mais do que um oceano entre nós. O que existe é um universo. Talvez literalmente.

Não sei em que ponto do caminho passei a acreditar mais nele do que duvidar, mas sinto em minha alma que há mais coisas nessa história do que o plausível e racional.

Lembro do beijo, dos nossos toques apaixonados e um sorriso bobo toma conta do meu rosto. Queria beijar Alex até o sol nascer, ir além. Mas preciso, *precisamos*, ser sensatos.

Se ele pretende ir embora, não faz sentido nos envolvermos tanto e sofrermos depois.

Mas algo me diz que é tarde. Talvez seja o calor que se espalha por meu corpo ao relembrar o toque gentil dos lábios dele, ou a angústia que me envolve sempre que penso que um dia posso não vê-lo mais. São indícios de que já ultrapassamos os limites e agora estamos ligados de modo tão intrincado, que torna a dor de uma separação... inevitável.

Ainda há uma pontada de dúvida em mim e esperança de que, talvez, ele só esteja mesmo alucinando. Mas isso não tornaria as coisas mais fáceis, nem um pouco.

"Caso queira ir comigo, nada me fará mais feliz..."

Revivo suas palavras em minha mente um milhão de vezes.

Se confirmasse que tudo isso é real, eu teria coragem? Alex mesmo disse que eu tenho uma vida aqui. Meus amigos, o trabalho, meu país e tudo como conheço.

Eu abriria mão de tudo em nome deste sentimento? Das pessoas de quem tanto gosto, que estiveram ao meu lado sempre que precisei e me senti sozinha. Eu poderia sumir assim? Além disso, como lidariam com meu desaparecimento, caso acontecesse do mesmo jeito que foi com Alex? Repentinamente e sem tempo para despedidas? É tanta coisa, um mundo inteirinho...

Levanto da cama, balançando a cabeça, e corro até minha bolsa, onde guardei o exemplar novo de *O desígnio do príncipe*.

Levo-o para a cama comigo. Que saudades do príncipe Alexandre e suas histórias...

Desde que Alexandros chegou, quase não tenho lido e, de repente, me pego ansiosa para submergir mais nesse mundo que se assemelha tanto ao dele, esquecer por um momento todas essas questões que estão me enlouquecendo, todas as preocupações e dúvidas, e me concentrar na parte que mais gosto, o romance.

Puxo a coberta lilás sobre as pernas e abro o livro por cima dela.

Deixo escapar um suspiro quando releio do ponto em que parei.

"*Enquanto o nobre príncipe galopava por entre as planícies do reino, rumando para o castelo no alto da colina, ele avistou sua amada, que acenava da torre mais alta.*

Sua alteza instigou seu companheiro a seguir ainda mais velozmente, tamanho era o anseio de beijar sua doce princesa."

Ai, Alexandre... Alexandros, Alex...
Suspirar por príncipes, fictícios ou não, tem se tornado um hábito difícil de abandonar.
Abraço o livro para dormir, me parabenizando por ser sensata, já que minha única vontade é de que seja ele aqui, o homem de verdade e não apenas o personagem.

Fito meu reflexo no espelho e noto meus lábios entreabertos de admiração.
Meu vestido é longo e azul-escuro, como o céu noturno, e meus cabelos estão presos em um penteado lindo e bastante antiquado.
Minha boca está um pouco rosa e minhas bochechas também, mas não sei se estou usando maquiagem ou se estou corada pelo calor que faz aqui.
Ouço uma batida na porta e corro para abrir, sem pensar duas vezes.
— Milady, o baile já começou. Todos esperam sua nobre presença.
Abro um sorriso para o lacaio que veio à minha procura e deixo o quarto.
Não me lembro do que estou fazendo aqui e nem mesmo de já ter estado neste lugar, mas sei exatamente o caminho que devo seguir.
E, olhando para os corredores e paredes, sei que estou em Brahvendell.
Paro diante das portas altas e vejo o criado — nunca sei a nomenclatura deles de acordo com suas funções, mas talvez seja o porteiro — abri-las e me anunciar.
— Senhorita Maria Eduarda Cintra, do reino do Brasil, São Paulo. Filha de pais desconhecidos e sem sangue azul.
Que grosseria! Como ele fala de mim desse jeito? E na minha cara, abusado!
Olho feio na direção do homem, mas ele fita a parede como se não fosse nada de mais.
Caminho para dentro do salão lotado, observando a decoração rica e dourada. Ouço o som dos meus sapatos batendo no piso e olho de relance sob a saia do vestido, percebendo que são de vidro.
Sapatos de vidro, Cinderela na área.
Ao pé da escadaria, que não sei de onde saiu porque não estava ali instantes atrás, avisto um rosto conhecido. Apesar de estar contente por vê-lo, meu coração se decepciona ao perceber que não é Alexandros, e sim Pedro quem me aguarda.
Quando desço os degraus e chego diante dele, Pedro pega minha mão na sua e abre um sorriso travesso.
— O que está fazendo aqui em Brahvendell? — pergunto entredentes.

As outras pessoas estão nos observando, então abro um sorriso amarelo.

— Como o quê? — ele questiona. — Vim para o casamento, lógico.

— Casamento? — Meu coração dispara. Viemos assistir Alex se casar? Olho ao redor e noto que todos olham para um ponto específico, nos fundos do salão.

Avisto Cátia e Adelaide e até mesmo Intempérie, todos focados no que ocorre lá atrás. Ou na frente. Nunca tive senso de localização.

Ainda assim, isso é muito estranho. Sei que Alex adora o cavalo, mas deixar que ele assista ao casamento me parece... esquisito, para dizer o mínimo.

— Quem é que vai se casar?

Pedro me olha confuso, como se eu não estivesse fazendo muito sentido.

— Efigênia, claro. O príncipe Alexandros a pediu em casamento e ela aceitou.

Aceitou? Como minha gata pode ter aceitado isso?

Quando olho outra vez para os fundos, avisto Alex com Efigênia no colo e abro os olhos e a boca, horrorizada, quando percebo o que está prestes a acontecer.

— Parem o casamento!

Sento-me na cama em um pulo, arfando.

Alexandros

Duda passou o dia todo fora. Apesar de sentir falta dela quando está longe, isso me possibilitou estudar com mais afinco minhas recentes descobertas.

Mas agora, pela janela do apartamento, percebo a chuva forte que começou a cair e, olhando no relógio, vejo que está quase na hora de ela sair da livraria.

Além da preocupação que isso me traz, lembro-me das circunstâncias em que nos conhecemos. Não é bom andar sozinha a essa hora e no meio da chuva.

Visto meu casaco, o que ganhei na encenação do príncipe fictício, e pego o objeto que Duda chama de guarda-chuva atrás da porta — um nome bem impróprio, considerando que ele repele a chuva e não estoca. Em seguida, saio atrás dela.

Não é só pela chuva e o perigo. A verdade é que estou ansioso para vê-la e contar sobre o que li hoje, descobrir se Duda, ou até mesmo Pedro, conhecem a teoria e o que podem me dizer sobre ela.

Finalmente acho que posso ter entendido como vim parar aqui. Não sei como reproduzir essa ideia ou como retornar para casa, mas ao menos sinto que posso ter compreendido o mecanismo da coisa toda.

Ouço uma trovoada e olho para o céu, que está tomado por nuvens cinzentas e pesadas.

Apresso o passo, virando na esquina do beco que conduz à livraria, enquanto ouço, ao longe, os barulhos dos trovões, e vejo os clarões dos raios.

Se a teoria funcionar na prática, pode ser que eu tenha atravessado uma fenda no espaço-tempo, alocada em um ponto específico dessa rua. Mas, se for verdade, ainda precisarei entender o que produziu a energia necessária para que eu atravessasse. Se é que foi mesmo o que aconteceu, o que os livros que Pedro me emprestou chamam de buraco de minhoca.

Avisto Duda deixando a livraria quando estou a uma esquina de distância. Ela coloca o capuz sobre os cabelos e corre na chuva, enquanto desço mais rápido ao seu encontro.

Duda me vê e abre um sorriso lindo. Ela é perfeita, meu Deus.

— Você veio! — grita ao longe, a voz abafada pelo som da chuva.

— Sempre, milady...

Nesse instante, um clarão ilumina o céu e me vejo envolvido pela forte luz.

Reconheço a sensação. Dessa vez não parece que estou atravessando um raio, porque simplesmente não o vi caindo, mas a sensação que tenho é a mesma de antes.

E então, quando a claridade se dissipa, me vejo outra vez na floresta, mas aqui o chão está seco.

Olho para o ponto em que Duda estava e não a vejo mais, nem o beco ou a livraria, mas reconheço tudo nesse lugar.

Retornei para Brahvendell.

Capítulo 15
Alexandros

Caminho por entre as árvores frondosas sob as quais já estive tantas vezes e sinto o par de tênis que Pedro me emprestou se afundar na grama alta quando deixo a floresta e rumo na direção do castelo.

Meu curto trajeto é permeado por milhares de pensamentos. Estou de volta, em casa, vou rever minha família... Nunca mais vou ver Duda e, como agravante, pelo fato de Intempérie ter ficado para trás, talvez nunca mais veja meu cavalo também. Como foi que vim parar aqui? As teorias que andei estudando não condizem com viagens aleatórias e sem planejamento, ao acaso.

Ao longe avisto as torres do castelo de Brahvendell e, por mais que ainda me sinta atordoado pela viagem e um tanto quanto amargurado com relação às circunstâncias em que parti, deixando Duda sozinha, um sorriso toma conta do meu rosto ao avistar a bandeira com nosso brasão tremulando no alto da maior torre. Duas outras bandeiras enormes e pretas balançam com o vento, ladeando a do nosso reino.

— Alto lá! — A voz de uma das sentinelas chega até mim. O guarda armado me sonda sobre a amurada da guarita. — Quem ousa se aproximar do palácio real de sua majestade?

Meu sorriso se alarga ao reconhecer meu irmão ao lado do soldado. Arthur está usando uma armadura completa, o que é bem estranho, mas ele levanta o elmo na sequência. Seus cabelos encaracolados se destacam, enquanto seus olhos azuis me encaram com espanto.

— Alex? Abram os portões! Abram os portões! — grita, agitando os braços.

Meu sorriso fica maior quando as portas se abrem e meu irmão desce a escadaria da torre de vigia, correndo ao meu encontro.

Passo pela entrada e percebo que nada mudou no último mês.

A fonte jorra água cristalina e os jardins ao redor dela estão floridos, formando uma miscelânea de cores. As torres altas projetam sombras acinzentadas sobre nós e se erguem imponentes. Deixo o guarda-chuva de Duda, o único objeto que trouxe comigo, sobre a fonte.

— Alexandros — Arthur salta os últimos degraus e me abraça forte, o impacto quase nos leva ao chão e ele encosta a testa em minha fronte —, por onde esteve? Deixou todos desatinados com seu sumiço.

— Estive... — Retribuo o abraço dele, meus olhos levemente marejados, evidenciando minha emoção por ter retornado. — Não sei por onde começar.

— Meu menino! — Ouço a voz chorosa de minha mãe e ergo os olhos para a encontrar correndo até nós, o vestido preto farfalhando ao seu redor, enquanto ela ergue as saias com as mãos para ser mais rápida, ignorando a serenidade que sempre a acompanhou.

Preto. Noto as cores de suas vestes, que combinam perfeitamente com as bandeiras hasteadas.

— Mãe... — Arthur se afasta, e o abraço dela me aperta de modo que jamais julgaria possível, considerando sua fragilidade, ainda mais considerando que seu corpo me parece ainda mais magro do que recordo. — Estou de volta, minha rainha.

Não sei se digo isso mais por ela ou por mim. A verdade é que mal posso acreditar que tenha acontecido, que, assim como em um passe de mágica, eu tenha conseguido o que lutei por tantos dias para alcançar.

Estudei tanto, me informei a respeito das teorias conhecidas no mundo em que estive e, quando o momento chegou, apenas me vi ser atirado pelo tempo e espaço outra vez, sem explicação coerente.

— Venha... — Ela me puxa pelo braço e noto seus cabelos um pouco desgrenhados, os cachos marrons soltando-se do coque no alto da cabeça.

O guarda nos acompanha de perto e sou ladeado por minha mãe e Arthur, que parecem temer que eu desapareça de repente caso me soltem. Não os culpo. Eu mesmo não tenho explicações suficientes que possam tranquilizar os dois, não sei nem mesmo se o tempo que fiquei no outro reino passou da mesma forma aqui.

— Avise ao rei que o príncipe Alexandros retornou — minha mãe ordena, sorrindo para o guarda.

O homem faz uma reverência, mas hesita um momento diante das ordens.

— O que foi? — ela questiona.

— Nada. É que... Estou feliz por ter retornado, Vossa Alteza — ele retorque, dirigindo-se a mim.

Aquiesço, agradecendo ao homem, que agora se distancia de nós a passos rápidos.

— Está com fome, filho? Pelo amor de Deus, onde esteve? Foi feito prisioneiro? Sofreu alguma moléstia? — a rainha me interroga enquanto seguimos pelo corredor, mas não me dá a chance de responder. — Ah! Precisamos chamar Henri, ele vai ficar extasiado. Quase morreu em sua ausência.

A referência a meu irmão mais novo me faz recordar as circunstâncias em que o deixei, sozinho na floresta.

— Ele foi ferido na mata?

— Na mata? — ela inquere, sem me compreender.

— Disse que Henri quase morreu.

— De amargura, filho. Ele ficou dias sem comer, nem mesmo saía de seus aposentos. O coitadinho se sentiu culpado por ter lhe pedido que resgatasse o cavalo e isso ter... ocasionado o que te aconteceu.

— Pobrezinho — respondo, sentindo um aperto no peito ao pensar no pequeno.

— Ela diz isso, irmão, mas nossa mãe definhou em sua ausência. Assim como nosso pai...

A rainha abre as portas do grande salão de jantar e entra, ignorando o comentário de Arthur, o vestido ondulando ao seu redor enquanto ela se dirige à mesa.

Uma criada se adianta para atendê-la e para, os olhos arregalados, ao me ver.

— Diga para que sirvam o jantar e espalhem a boa notícia. Nosso príncipe retornou! — minha mãe praticamente grita, e a criada assente, sorrindo.

Tomo assento em uma das cadeiras e meu irmão se senta ao meu lado, enquanto a rainha se dirige ao guarda de pé, próximo às janelas.

— Ordene que retirem as bandeiras. Não estamos mais em luto.

Com isso confirmo minhas suspeitas, eles me imaginaram morto. Também pudera, mais de um mês desaparecido, sem um corpo ou qualquer sinal de esperança para aplacar as ideias fúnebres.

— E então? Vai nos contar agora? Essas vestes... — Arthur observa minhas roupas com o cenho franzido. — Por que está trajando peças tão insólitas?

Acompanho seu olhar e me deparo com a camiseta escura e a calça jeans, além dos tênis. Devo mesmo parecer bem estranho aos olhos deles.

— Onde ele está? — A voz grave de meu pai se faz ouvir antes mesmo que as portas se abram.

Um momento depois ele entra no salão, seguido por Henri e pelos guardas que o acompanham. Meu pai e meu irmãozinho estão deveras aflitos e desesperados.

Não posso deixar de notar o quanto o grande rei Adrian envelheceu. Parece ter perdido dez anos em apenas um mês, e saber que fui responsável por seu sofrimento, ainda que não propositalmente, faz com que me sinta como se uma adaga houvesse transpassado meu peito. Suas têmporas foram tingidas de branco e seu semblante carrega rugas que não estavam ali antes.

Levanto-me e inclino o corpo em uma reverência; ainda que esteja emocionado por encontrar meu pai outra vez, ele sempre exigiu tais formalidades.

— Meu menino... — Ele mal disfarça as lágrimas caindo ao me abraçar e Henri gruda em minha perna enquanto ouço seu riso alegre, que se mistura aos soluços do rei.

— Pai, sinto muito por causar tamanho sofrimento. Lutei incansavelmente para retornar.

Bagunço os cabelos do meu irmão, sua cabeça já está na altura das minhas costelas e os cabelos pretinhos estão compridos o bastante para alcançarem suas sobrancelhas.

— Claro que lutou, meu guerreiro — ele declara e demora um longo momento em nosso abraço. Sei bem que está tentando se recompor e dou a ele todo o tempo necessário.

Um rei deve sempre parecer forte diante de seus súditos — uma das primeiras lições que sua voz grave me ensinou.

Sentamo-nos à mesa instantes depois, e todos os olhos permanecem fixos em mim. Sei que esperam uma explicação que venho postergando desde que passei pelos portões.

— Então... Esse suspense já perdeu a graça, Alex. — Arthur não consegue esperar que os criados terminem de nos servir para me indagar. — Aumentamos a segurança, esperando um ataque a qualquer momento, ou um pedido de resgate, uma declaração de guerra. Mas não recebemos nenhuma notícia sua. O que aconteceu de fato?

A moça enche meu copo de água sem que eu peça, e abro um sorriso para ela.

— Obrigado.

Seus olhos parecem duas medalhas arredondadas, ante o espanto por me dirigir a ela.

Eu devia agradecer com mais frequência.

Espero que a criada se afaste e então e me volto para meu irmão e para os outros.

— Vocês me conhecem desde que nasci, ou no caso de meus irmãos, desde que nasceram. Acreditariam em mim ainda que o que tenho a dizer não seja algo corriqueiro ou considerado... possível?

— Ande com isso, Alex.

— Arthur, tenha modos, filho — a rainha corrige. — Sempre foi um homem sensato — ela se dirige a mim agora —, não é dado a mentiras ou disparates e não há nada que o desabone, Alex. Conte-nos o que aconteceu. Onde esteve.

— Bom, eu entrei na floresta em busca do cavalo de Henri, que havia se desgarrado. A chuva era intensa e eu mal via um palmo à frente de meus olhos, mas então ouvi os cascos de outro cavalo e me virei bem a tempo de avistar outro cavaleiro. Mas não era amigo. Ele estava apontando uma flecha em minha direção.

— Oh, céus! — Minha mãe leva a mão à boca e seus olhos estão cheios de pavor.

— Ele atirou e acertou-me no ombro — prossigo, sorvendo um gole de água da taça de prata. — A flecha perfurou minha pele e segurei-me sobre o lombo de Intempérie para não cair. Quando olhei outra vez para o inimigo, ele preparava outra flecha. Por estar desarmado, fugi em meio à tempestade, mas então um raio caiu a uma curta distância de onde eu estava e antes que eu percebesse, estava dentro dele.

— Está me dizendo que realmente foi atacado por um inimigo em nossas terras? — meu pai questiona, seus olhos faiscando de raiva. — E em seguida foi atingido por um raio?

— Infelizmente.

— O que houve depois? — Arthur volta a inquirir.

— Não tenho a menor ideia de como aconteceu e é aí que fica tudo duvidoso. De repente me vi em um lugar estranho e diante de mim estava um larápio, que tentava destituir uma dama de seus pertences. Eu o afugentei com o que me restava de forças e em seguida caí do cavalo, perdendo os sentidos. Provavelmente devido ao ferimento no ombro.

— Então o que diz é que estava na floresta, foi atingido por um raio e depois que voltou a si estava em outro lugar? Acaso o malfeitor o levou embora? Um sequestro como presumimos?

— Não exatamente. Atravessei por esse raio e surgi em outro reino — explico do melhor modo que posso.

— Isso não está fazendo muito sentido — minha mãe diz, olhando de mim para os outros.

— Eu sei que não, e fica pior. A donzela que salvei me ajudou após estes acontecimentos. Chamou um médico para verificar o ferimento e aos poucos a febre cedeu e eu melhorei, mas o lugar em que estava... Não era exatamente normal.

— O que quer dizer com isso? — é a vez de meu pai questionar.

— A senhorita que conheci, lady Duda, me disse que estávamos no reino de São Paulo.

— Nunca ouvi falar desse lugar, filho. Conheço todos os reinos para os quais você poderia ter sido levado ou, ainda, chegado sozinho, e nenhum deles tem esse nome. — O rei tem o cenho franzido e posso ver sua mente tentando encontrar um sentido para o nome que dei.

— Fica... Fica no futuro, pai. Mais precisamente no ano de 2022.

— O que você disse? — ele pergunta, seus olhos escuros cravados em mim.

— Sei que é inacreditável. Passei por várias situações inenarráveis, porque também não acreditavam em mim, mas é a verdade. Estive no futuro e sinto muito por ter demorado tanto a voltar, não sabia o que fazer para retornar, nunca tive notícias de alguém que tenha de fato conseguido essa proeza.

— Filho... — A mão de minha mãe alcança a minha por sobre a mesa. O sobrolho franzido, que me diz quão preocupada está, provavelmente por achar que enlouqueci.

— Está tudo bem, mãe. O que importa é que estou de volta e não peço que acreditem no que digo, só não queria esconder a verdade de vocês.

Todos ficam calados por alguns minutos enquanto os criados entram com as travessas fumegantes de comida. Eles as depositam sobre a mesa e nos servem em absoluto silêncio e sincronia.

Arthur fita a carne que é colocada em seu prato e, quando a criadagem se afasta, ele apoia os cotovelos na mesa antes de fixar os olhos em mim.

— No futuro, você disse? Então esteve nesse... lugar, durante todo o mês passado e a última quinzena também? Por isso está usando essas vestes estranhas?

Os olhos dos meus pais e de Henri recaem sobre meus trajes e eu mesmo encaro as peças antes de concordar.

— Exatamente. Eles possuem muitas coisas estranhas nesse reino, algumas das quais atribuí à magia, mas então compreendi que se tratava apenas de ciência avançada, mais moderna. Um conhecimento que os anos proporcionaram a eles.

— Que tipo de coisas estranhas? — Henri indaga, curioso.

Sorrio. Era óbvio que o único a crer em mim seria um garoto de dez anos, cheio de imaginação e ingenuidade.

— Existe uma tela enorme, na qual assistem o desenrolar de histórias, como as peças de teatro, mas é diferente. Também possuem uma câmara de gelo que preserva os alimentos... E, mãe, as mulheres usam calças a todo tempo. Ainda podem usar vestidos, claro, mas podem decidir o que usar.

Ela abre um sorriso ao me ouvir.

— Esse mundo parece deveras impressionante. — Apesar do sorriso, reconheço em sua expressão que não leva a sério.

Arthur, no entanto, parece em dúvida. Ele sempre gostou de ciência e de invenções, sempre foi mais propício a acreditar em magia e, entre nós, é o mais próximo do mago.

— Acho que precisa descansar, Alex — meu pai afirma, a boca franzida com rigidez. A preocupação com meu estado mental evidente em seu olhar. — Disse que foi atingido no ombro? Onde está seu cavalo?

Ergo a manga da camiseta para mostrar o local em que foram dados os pontos. Ainda que tudo o que disse possa parecer inacreditável, não posso deixá-los duvidarem de tudo, afinal, quem me feriu ainda está à solta.

— Sim, fui atingido na floresta. No dia subsequente às festividades de meu natalício. O dia em que desapareci. E Intempérie... Bom, ele ficou para trás — esclareço, sentindo o impacto ao relembrar que não deixei apenas Duda.

Meu pai assente, percebendo minha tristeza.

— Vou ordenar que investiguem o que aconteceu. Não descansarei até descobrir e punir quem o feriu. Mas agora, meu filho, descanse. Amanhã conversaremos mais.

— Eu... não estou cansado, pai. Gostaria de ver o mago Garone. Ele falava muito nestas coisas, portais e magia. Onde ele está?

— No calabouço, trabalhando em suas ideias, como sempre. Mas deixe isso pra amanhã, tudo bem? Nós estivemos aflitos, Alex. Angustiados e enlutados, acreditando ter perdido você. Dê-nos essa satisfação de te ver repousar em seus aposentos, depois ser visto pelo médico do palácio e, apenas então, retome suas atividades. Sua noiva também está definhando em preocupação, mas pedirei que aguarde para vê-lo somente quando estiver melhor.

Meu irmão me encara sondando minha reação. Todos sabem o quão indesejado por mim é esse acordo, e estou certo de que lady Lauren não derramou uma lágrima com minha ausência. Por que o faria? Mal nos conhecemos.

Ainda assim, aquiesço diante do tom de meu pai. Eles sofreram como se, de fato, eu estivesse morto; não devo assustá-los agora com coisas fora de nosso alcance ou debater esse assunto em um momento como este.

Talvez fosse melhor não ter dito nada sobre onde estive e inventado uma amnésia. Seria uma opção melhor.

— Tudo bem, meu pai, a verei outra hora. Agora irei me retirar para uma noite de descanso e amanhã conversaremos melhor.

Levanto-me da mesa e caminho rumo às portas do grande salão. No entanto, quando os guardas as fecham, ouço a conversa agitada do outro lado se iniciar.

Não devia ter dito nada.

Duda

Como a perfeita azarada que sou, lógico que começaria a chover pouco antes de ir embora para casa. Fecho a porta da livraria e deixo o calor aconchegante, sentindo meu corpo ser abraçado pelo toque gélido das gotas grossas de chuva.

Ergo o capuz sobre meus cabelos e me preparo para correr. Começo a subir o beco quando o vejo vindo ao meu encontro. Alex veio me buscar.

Involuntariamente abro um sorriso. Com certeza se preocupou comigo, pensando em como nos conhecemos e no ladrão que me perseguiu.

Ele carrega meu guarda-chuva aberto sobre a própria cabeça, e não consigo evitar um suspiro. Nos filmes, o protagonista sempre protege a mocinha da chuva e aqui está ele, meu próprio príncipe encantado, caminhando até mim.

Até que não está mais.

O clarão de um raio ilumina o céu e Alex some no ar, diante dos meus olhos.

Não há um buraco por onde ele possa ter caído, nem mesmo um sinal de que algo o tenha sugado ou escondido.

Em um momento ele seguia em minha direção, e no seguinte era como se nunca houvesse estado, assim como quando nos encontramos pela primeira vez.

Não havia nada e, de repente, tudo.

— Alex? — chamo, gritando por sobre o som da chuva, ainda sem acreditar, mesmo que meus olhos atestem contra minha racionalidade. — Alexandros? Cadê você? — pergunto, mas em meu íntimo sei a verdade.

Não adianta gritar ou procurar por ele, pois do mesmo modo com que veio até mim, Alex se foi.

Corro mais rápido até onde ele estava e não consigo ver nada, nenhum sinal de que antes esteve aqui.

Sinto o desespero me atingir em cheio ao me dar conta de que talvez posso nunca mais vê-lo e, principalmente, o pavor por perceber que todo esse tempo, tudo que ele disse... Perceber que vivemos em um universo sobre o qual não sei quase nada.

Subo o morro correndo e logo chego no meu prédio. Subo as escadas no mesmo ritmo. Meu cabelo pingando água em cada degrau, enquanto tento pensar em algo que possa fazer para reverter essa situação.

Esmurro a porta de Cátia incansavelmente até que ela surja, enrolada em uma toalha.

— Ah, já chegou. Que foi?

— Vim andando na chuva... Cá, aconteceu uma coisa.

— O quê? Entra, vou me vestir.

— Não. Se troca e sobe comigo, por favor. Eu... — Minhas mãos estão tremendo e acho que minha voz também. — Preciso de ajuda.

— Ah, merda. O que foi que houve? Peraí.

Ela corre para dentro do apartamento e a ouço falando com a mãe enquanto espero. Instantes depois Cátia volta, vestindo shorts de malha, camiseta e chinelos.

— Vamos.

Subimos para o andar de cima em silêncio e logo que abro a porta Cátia se joga no sofá e me encara ansiosa.

— Desembucha.

— É o Alex...

— Ai, meu Deus. O que foi dessa vez? — pergunta, olhando ao redor, procurando por ele.

— Ele... Ele sumiu.

— De novo? Como assim?

Sento no chão de frente para ela, completamente desolada. Será que minhas emoções não são nítidas? Porque nesse momento sinto meu peito sendo rasgado ao meio.

Como pude me envolver a esse ponto?

— O Alex foi embora, ele voltou pra casa...

Será que finalmente enlouqueci? Não. Já duvidei de Alex e de mim por tempo demais, sei muito bem o que vi, duas vezes.

Cátia, por outro lado, franze o cenho e arruma a postura.

— Então você está dizendo que descobriu de onde ele veio?

Nossos olhos se encontram por um momento longo, enquanto decido sobre dizer a verdade ou não.

— De onde ele sempre disse que veio, Cátia. Alex voltou pra Brahvendell — falo, ouvindo o choro contido em minha própria voz, a incredulidade mesclada à surpresa.

Nesse momento derramo a primeira lágrima. É surreal pensar em tudo que vivemos, no sentimento que nunca achei que fosse viver e que ele despertou no meu coração e no fato de que agora Alex se foi.

— Quê? Vai com calma, Duda. Estou tentando acompanhar.

— Ele foi me buscar na livraria por causa da chuva. Eu o vi enquanto subia o beco e sorri pra ele... — Outra vez sorrio, repetindo o gesto anterior, mas agora meu riso está banhado por lágrimas.

— Ahhh, que fofo! — minha amiga exclama, levando a mão ao peito.

— Mas então, como em um passe de mágica, ele desapareceu — concluo, me rendendo ao desespero. Encaro o chão, porque não consigo olhar para Cátia sabendo que encontrarei seu olhar carregado de piedade e incredulidade.

— Como assim, Duda? Ninguém desaparece desse jeito — ela contesta. — Dudinha... Não chora, me conta direito o que houve.

Seco os olhos, tentando retomar o controle para me explicar melhor e volto a falar quando sinto que vou conseguir fazer isso sem soluçar.

— Foi como se ele atravessasse uma parede invisível.

Cátia me encara por um instante, tentando encontrar coerência no que digo.

— Ele pode... Pode ter entrado em um carro! — começa, em sua busca por explicações racionais.

— Mal entram carros naquela rua, Cá.

Meneio a cabeça. Não adianta buscar racionalidade no que aconteceu, não faz sentido procurar por Alex, porque sei que o perdi.

— Então... Pode ser que fosse alguém parecido. Não era ele, Duda. E então o desconhecido entrou em casa, uma das casas no beco.

— Ai, Cátia, quem dera eu não o reconhecesse em qualquer lugar que estivesse, quem dera meu coração não soubesse.

Ela se senta ao meu lado no chão e repousa a mão sobre o meu ombro. Seus olhos me sondam com apreensão.

— Amiga, você está me assustando. Está dizendo que acredita mesmo que o Alex atravessou um portal ou algo assim e voltou pro passado? Para o reino dele? Sabe que isso é doideira, não sabe?

— Sei — aquiesço, me rendendo ao abraço que ela oferece. — Sei exatamente a loucura que é e, sim, é exatamente o que estou dizendo.

— Eu... Eu vou ligar pro Pedro — Cátia decide, ainda me abraçando, tentando me consolar de alguma maneira.

Não me oponho, mas apesar de saber que ela tem esperança de que Pedro possa colocar algum juízo na minha mente, nada que digam me fará mudar de ideia. Sei muito bem o que vi e, principalmente, o que perdi.

Capítulo 16

Duda

— Como assim voltou para o passado? — Pedro e sua sobrancelha perfeitamente arqueada me encaram com ares de julgamento. — Duda, não tem como ele voltar para um lugar de onde não saiu.

Bufo de pé diante dele. Pedro chegou pouco depois da mensagem de Cátia e agora uniram forças.

— Eu sei que é inacreditável, tá bom? — concordo. Meu rosto está seco, mas ainda há evidências do choro em minha voz. — Eu mesma não levei a sério durante todo esse tempo, mas agora eu vi, Pedro! Duas vezes. Primeiro vi Alex surgir do nada e, agora, assisti enquanto ele desaparecia no ar. Não vou dizer que não vi, então ou acreditam em mim, ou não, ponto final.

Cátia e Pedro trocam um olhar e sei bem o que significa porque eu mesma o compartilhei com eles várias vezes, quando ouvíamos as coisas que Alex dizia.

— Pelo visto já fizeram a escolha — concluo. — Tudo bem, não preciso que acreditem em mim. Vou dar um jeito sozinha.

— Dar um jeito em quê? — Cátia questiona, cruzando os braços pra enfatizar o quanto discorda de mim. — Porque se nós aceitarmos a ideia de que ele voltou pra casa, então não teria nenhum problema a ser resolvido, Duda.

— Perfeita, Cá — Pedro concorda, assentindo enfaticamente. — O príncipe não queria voltar pra família? Não passou o mês todo falando e pesquisando sobre isso? E ele mesmo não disse que iria se casar com uma lady Luara ou coisa assim?

A menção ao casamento faz com que meu coração desfira um golpe agudo no meio do meu peito. Sei que não é possível fisicamente, mas é o que a maldita ansiedade me faz sentir.

— É lady Lauren. E, sim, ele disse, mas...

— Não tem um *mas*, Duda — interrompe, parecendo irritado. — Olha, amiga, eu sei que está triste, tá bom? Nós entendemos isso e sabemos que gosta dele, mas se estamos dizendo que precisa superar é porque pensamos em você, no seu próprio bem.

— Duda — Cátia fala, ao perceber que vou insistir. Ela enrola os cabelos e prende suas tranças em um coque antes de continuar —, eu também gosto dele. Nós gostamos e vamos sentir falta do Alex, mas ele não é um cara pra você namorar.

Estou frustrada e finalmente entendo como Alex se sentia. Se eu pudesse voltar atrás e pedir perdão por ter duvidado dele, por ter rido de seus comentários e não ter ajudado como devia. Se pudesse, me desculparia por ter ignorado todas as vezes que me disse a verdade.

Agora sei o que é dizer a verdade e ninguém dar crédito, e a sensação é bem desconfortável. É frustrante ver meus amigos, aqueles que sempre estiveram ao meu lado em tudo, duvidando de mim, ou nem isso, já que nem mesmo chegam a cogitar a possibilidade de que o que estou dizendo tenha mesmo acontecido. Sinto-me mais sozinha que nunca, sem família, sem amigos que me apoiem e agora sem Alexandros outra vez.

— Escutem, quero ficar sozinha — declaro, decidida, afinal se sou a única que me leva em consideração, que seja. — Tudo bem por vocês? Conversamos depois.

— Duda, isso não é necessário, nós vamos ficar com você. — Pedro se recosta no sofá, determinado a não se mover.

— Não, é sério. Acho que vocês estão certos e eu me deixei afetar. Só preciso descansar, dormir e amanhã vou estar melhor. — É difícil mentir para os dois, sabendo que na verdade só quero me afundar em tristeza, mas não me sinto culpada. — Cátia, você pode cuidar do Intempérie por mim? Levar alguma comida.

— Não se preocupe, o Evaristo está tratando do cavalo. — Ela faz um gesto de desdém com a mão, ignorando o fato de eu os estar expulsando.

— Ótimo — assinto e cruzo os braços para ela, nós duas podemos jogar esse jogo. — Falamos depois então.

Mas claro que o assunto ainda não foi encerrado.

— Ele deixou o cavalo? — Pedro questiona, parecendo enfim achar algo estranho no fato de Alex ter decidido sumir de repente.

— Por que ele deixaria o cavalo? — Cátia semicerra os olhos, desconfiada.

— Não sei. Deve ter abandonado enquanto entrava no carro de um estranho, como sugeriram — digo, em tom cortante.

Sei que não deveria estar brava com eles, é natural que não acreditem no que estou dizendo, mas ainda assim me sinto frustrada, triste e solitária.

Caminho até a porta e a abro. Não quero ser mais grossa do que estou sendo, mas preciso ficar sozinha e pensar, remoer, tomar um pote inteiro de sorvete e chorar um oceano.

— Duda, se precisar de alguma coisa... — Pedro para sob o batente, seus olhos verdes me encaram profundamente, como se pudesse ler o sofrimento em meu rosto.

— Eu chamo, obrigada. Ah! — Caminho rápido até a estante e reúno os livros dele e volto para a porta. — Pode levar, Alex não vai mais precisar disso.

— Tem certeza? E se ele tiver apenas ido a algum lugar? Pode ser que chegue daqui a pouco.

— Não pode não. Leva... — Abro um sorriso triste.

Pedro aceita os livros das minhas mãos, mas continua relutante, o pé apoiado contra a porta, me impedindo de fechar.

— Você vai ficar bem? Estamos preocupados, não acha melhor ficarmos? Não é bom ficar sozinha se está triste assim por ele ter sumido.

É a minha vez de o encarar com o cenho franzido.

— Sabe, Pedro, para alguém tão viciado em filmes sobre viagens no tempo e teorias sobre o assunto, você é muito cético.

A careta que ele faz me arrancaria uma risada, se eu tivesse humor para isso agora.

— Boa noite, Pedro.

— Boa noite, Dudinha.

Ele se afasta e segue ao encontro de Cátia, que o espera ao pé da escada. Os dois acenam para mim e fecho a porta, suspirando ao me ver sozinha outra vez.

Sento-me no sofá e Efigênia surge, amontoando-se aos meus pés, buscando um afago nos pelos macios.

— É, gatinha... Somos só nós duas de novo.

Abro a porta da livraria antes das oito da manhã. A verdade é que não consegui dormir nada; após seguir o plano, que envolvia comédias românticas com finais felizes e um pote inteiro de sorvete, passei a noite remoendo o último instante em que o vi e pensando no que pode ter acontecido a ele.

Eu me questionei sobre a chegada dele em casa, sobre como os pais dele reagiram ao vê-lo e se descobriram o que o feriu. Mas a pior de todas as perguntas, e que rondou minha mente até o nascer do sol, foi uma outra, muito mais egoísta. Será que Alex já se encontrou com a noiva?

O sol nascia no céu quando consegui adormecer. Mas acordei minutos depois, ao me ver presa em um sonho que mostrava com nitidez o encontro romântico dos dois.

Alex me disse que encerraria o acordo de casamento, caso retornasse. Mas até então estávamos juntos de certa forma, ao menos no que diz respeito à localidade, universo ou reino. Agora estamos separados, e não há razão para que ele cancele o compromisso.

Por isso vim mais cedo para o trabalho, em uma tentativa de me ocupar e esquecer o que houve. Organizo uma pilha de livros sobre o balcão, retornando-os para as estantes antes que Adelaide chegue.

Ela e eu ainda não voltamos à mesma amizade de antes, mas aos poucos estou perdoando o que ela fez.

Ouço o som de passos na entrada e me viro, esperando vê-la, mas é seu Agenor, meu amiguinho, como ele diz.

— E aí, amiguinho? O que veio procurar hoje? Chegou cedo — cumprimento, tentando não demonstrar meu desânimo.

Ele sorri, passando as mãos pelos cabelos brancos.

— Já faz um tempo que estou querendo ler um dos seus, amiguinha. Aqueles contos de fadas melosos de que você gosta.

Estreito os olhos ao ouvir o comentário.

— Não são melosos. Está falando dos livros da Lady Queen? — Tento sorrir, mas ele não poderia ter tido pior ideia. Apenas pensar nos livros já me faz sentir um soco na boca do estômago. É impossível não lembrar de Alex. Sinto sua ausência como a falta de um cobertor em uma noite fria. — Vem por aqui.

Caminho com ele para o terceiro corredor, no qual os primeiros volumes estão alocados, e subo a escada de madeira para pegar o título no alto.

— O senhor precisa começar pelo primeiro volume. *O desígnio do príncipe* é uma série e já foram lançados quatro livros.

— Pensei que fossem mais, sete... — ele comenta.

— Não, o quarto lançou recentemente. Não sei se faz o seu estilo de leitura, mas espero que goste — comento, me recordando de que seu Agenor gosta de livros mais técnicos.

Desço a escada com o volume pesado nas mãos e sigo com ele até a mesa mais próxima.

— Fique à vontade, viu? Vou ver se a Dê chegou.

Ele arrasta a cadeira e se senta com um baque surdo.

— Pode vir se sentar aqui depois? Quero saber mais um pouco sobre essas histórias.

— Qual a graça, trapaceiro? — questiono, brincando. — Precisa ler, ou vai pegar vários spoilers.

— Vou lendo enquanto isso, mas volta aqui, amiguinha.

Afirmo com um gesto sutil de cabeça e me distancio. Sempre que seu Agenor aparece, acaba deixando o dia mais leve, me fazendo sorrir com seus comentários mordazes, mas hoje, infelizmente, nem o senhorzinho astuto vai conseguir esse feito.

Encontro Adelaide atrás do caixa quando retorno ao balcão. Ela está cantarolando uma canção, mas para logo que me vê.

— Bom dia, Dê. Seu namorado veio te ver — brinco.

— O velhote já voltou? Quer só um café e ficar lendo de graça, como sempre? — É. Ela não parece muito interessada.

— Quer ler os livros da Lady Queen. Vou pegar um café e ir lá conversar com ele um pouco, mas qualquer coisa me grita.

Corro até a cozinha e espero que a cafeteira despeje o líquido fumegante dentro de uma xícara e, quando ela termina o trabalho, retorno para junto de seu Agenor.

Encontro-o absorto na leitura, um sorrisinho despontando de seus lábios enrugados.

— Essa autora... Gosto dela — comenta, aquiescendo ao me ver chegar.

— É minha preferida, sabia?

Sento ao seu lado para descobrir em que parte ele está.

— Claro que sei. Já me disse da outra vez que falamos desse livro, menina. — Estendendo as mãos para a xícara que ofereço, ele a pega. — Como tem passado? Seus olhos parecem tristes hoje, amiguinha.

— Está tudo bem — respondo, tentando abrir um sorriso que inspire confiança. — O que está achando da história?

— Tem certeza? — ele insiste, ignorando minha pergunta. Acho que as pessoas têm razão ao dizerem que a idade traz sabedoria, porque nada escapa ao velhinho. — Tá aí toda melancólica. Brigou com o namorado?

Abro um sorriso, dessa vez mais sincero.

— Chegou perto. — Para aumentar minha tortura, puxo o exemplar de *O desígnio do príncipe* para mais perto. — Não é meu namorado, mas é alguém de quem eu gosto muito.

— E brigaram por quê?

— Não brigamos, ele só teve de ir embora.

— Aquele rapagão do outro dia? Seu príncipe? Achei-o bem-apessoado, simpático.

Então lembro de seu Agenor na livraria no dia do evento.

— Ele é incrível, sim. Não é só bonito, mas enfim, não era pra ser, né?

— Quem foi que disse isso? Pelo que falou, o rapaz teve que ir embora, o que quer dizer que não queria ir. Ainda existe uma chance de que ele volte, não?

Nego com um gesto e dou de ombros, sem saber como explicar sem abrir o jogo.

— Ele queria ir, e mesmo que Alex também... — hesito por um instante — goste de mim, ele não poderia ficar aqui.

Seu Agenor dá de ombros, me imitando.

— Então vá até ele. O que te prende aqui? — Seus olhos percorrem os corredores da livraria, analisando o que está a nossa volta. — Existem livrarias em todo canto. Já me disse que não tem família. Por que não pode ir ficar com seu namorado?

— É complicado e, como eu disse, não somos namorados. — Como dizer a ele que não é tão simples como ir para outra cidade?

— O que te prende? — ele repete a pergunta que fez antes.

Abro a boca para responder, tentando encontrar um jeito de me abrir sem expor a situação, mesmo porque seu Agenor é o único disposto a falar sobre o assunto.

— Eu ia dizer meu emprego, mas o senhor já derrubou esse argumento. Mas também tem meus amigos.

— Fazemos novos amigos sempre. Olhe pra mim! Já estou com o pé na cova e não nos tornamos amigos?

Sorrio outra vez. Ele sabe me arrancar risadas.

— Não está velho assim, amiguinho. Mas o senhor está certo, eu poderia fazer novos amigos, mas isso não significa que deva deixar os amigos de hoje pra trás.

— Eles não deixariam de ser seus amigos apenas porque não estão perto, muitas pessoas se mudam por causa do trabalho, dos estudos, mas guardam os amigos no coração, não os esquecem. Assim como você não vai deixar de gostar desse rapaz apenas porque ele se foi.

— O senhor é muito bom nisso, em dizer as coisas certas e incômodas. Deveria ser psicólogo.

Ele é quem ri agora, achando graça.

— Não é bem isso. É que já me apaixonei, amiguinha, e também tive que fazer escolhas, e eu as fiz. Sabe por quê? Porque o amor, ele faz valer a pena as escolhas que temos que fazer por ele.

— Não sei se é bem assim...

— O *amor* — ele fala, enfatizando a palavra —, aquele sentimento completo, recíproco e verdadeiro. Não falo disso que o mundo prega por aí. Desse egoísmo, pintado de vermelho pra disfarçar a sujeira.

— Eu sei que poderia viver longe dos meus amigos, ainda que sentisse muita saudade. Mas não é só isso.

— E o que mais a impede?

— Primeiro que não saberia como chegar até ele, e também precisaria viver uma outra realidade. Digamos que é como sair daqui, uma metrópole, e viver no interior — explano, em uma analogia bem distante da realidade.

— E isso é um empecilho para os seus sentimentos? Porque se for, eles não são tão fortes quanto pensa. Talvez não seja um amor do tipo que vale a pena.

— Claro que vale a pena! Mas... Não sei se Alex enxerga tudo assim, porque nos conhecemos apenas um mês e meio atrás e eu estaria mudando toda minha vida para ir até ele, consegue entender? Não me importaria com a mudança de cenário, eu só... Não sei como fazer acontecer. Eu teria que abrir mão de algumas coisas, mas ganharia muito mais com essa escolha, que sei que, se a tivesse de verdade... Mas não está ao meu alcance.

Ele aquiesce, pensativo, e me fita com a sobrancelha branca erguida.

— O que você ganharia, amiguinha?

— Amor, realização, felicidade... Se Alex realmente sentisse o mesmo, quem sabe até uma família.

— Acredite em mim, são todas motivações muito nobres, Maria Eduarda.

Concordo e passo a mão pela capa do livro, acariciando-o.

— São coisas pelas quais valem a pena uma mudança, ao menos se fosse possível.

Seu Agenor fica quieto por um longo instante, mas então sua voz me alcança outra vez.

— Fique de olhos bem abertos, Dudinha. As oportunidades aparecem diante de nós algumas vezes.

Alexandros

Abro os olhos e fito o teto abobadado acima de mim, o dossel dourado sob o qual durmo em meus aposentos reais.

Fecho os olhos outra vez. O despertar interrompeu um sonho maravilhoso.

Duda adormecida e aninhada contra mim. Seus cabelos sedosos e cheirosos fazendo cócegas em meu nariz e suas curvas ajustando-se ao meu corpo com perfeição.

Ela emitiu um suspiro e esticou os braços e as pernas esguias, se energizando, antes de se virar para mim, enlaçando meu pescoço em um gesto meigo.

Um sorriso lento surgiu em seus lábios e ela se inclinou para tocar os meus...

E então ocorreu meu infortúnio.

Batidas à porta me despertaram, encerrando o sonho antes que eu pudesse sentir sua boca macia.

— Alex? Já acordou, irmão?

Reconheço a voz de Arthur. Eu deveria deixá-lo esperando por ser o responsável por me afastar dos braços dela, mas reconheço que o pobre não tem culpa.

— Pode entrar — respondo.

Arthur passa pela porta completamente vestido para o dia. As botas pretas empoeiradas me mostram que já saiu por aí enquanto eu dormia.

— Dormiu bem? Imagino que tenha sentido falta da sua cama.

— Não imagina o quanto — preciso concordar. — A princípio dormi em um colchão feito de ar, uma coisa disforme e que não é muito estável, depois disso em uma espécie de poltrona que virava cama e que era dura, como dormir sobre madeira.

Ele franze o cenho ao me ouvir.

— Então continua afirmando que esteve no futuro?

— Não vou falar mais sobre isso. Me desculpe por preocupar vocês com o assunto.

— Pelo contrário. — Arthur se senta na beirada da cama e me fita, ansioso. — Estou deveras curioso e quero saber tudo a respeito de onde esteve.

— Está dizendo que acredita em mim? — pergunto, desconfiado.

— Evidente que não. Mas posso vir a acreditar, então convença-me.

Como permaneço em silêncio, ele suspira e abre os braços em um gesto de rendição.

— Tá bom, eu confesso que quero muito acreditar. Sou um tolo, como sempre me disse, e ouço demais as conversas do mago Garone e suas ideias sobre mágica, portais e todos aqueles disparates. Mas agora, tudo o que disse... Não posso ignorar a pontada de esperança de que seja verdade. Então quero ouvir tudo.

Caminho até a janela e observo os jardins lá embaixo, enquanto penso no que Arthur está dizendo. A verdade é que, ainda que não acredite em mim, ao menos quer escutar.

— Como te disse — começo a narrar outra vez os fatos —, salvei uma donzela quando cheguei em São Paulo, mas em seguida desmaiei. Preocupada, ela chamou um médico, mas quando chegaram...

— Desmaiou? Como as damas que desmaiam por mim? — ele alfineta. Claro que não ia perder a chance de fazer pilhéria.

— Fechei os olhos, para descansar um pouco. Estava ferido, se não se lembra.

— Certo, certo... Continue.

— Eu havia aberto os olhos havia pouco e esperava com ela e seu amigo que o médico chegasse, mas o que surgiu não era um homem a cavalo ou uma diligência. Era como se a carruagem tivesse evoluído para se transformar em algo muito mais impressionante, mas que fazia sons altíssimos, como se trouxesse uma música muito aguda e repetitiva dentro de si. Também havia luzes vermelhas, que piscavam incessantemente.

— Vermelhas? Eram como fogo, por acaso?

— Não. Se chama energia elétrica e ao que parece vai ser descoberta em algumas décadas, mas estudei um pouco enquanto estive lá, depois te conto os pormenores. É revolucionário, Arthur.

— Fascinante! E então?

— Então eu fugi. Fiquei com receio da máquina, que até então desconhecia, e retirei a flecha por conta própria, mas chovia muito naquela noite e perdi sangue em demasia. No dia seguinte, por sorte ou destino, Duda me encontrou outra vez e aí sim levou um médico até mim, me arrumou vestes limpas, ainda que estranhas, e me ofereceu um jantar decente.

— Duda?

— Lady Duda, é o nome dela.

— Hum, sei. Ficaram íntimos, então? A está tratando pelo primeiro nome.

— Não como está sugerindo, Arthur. Não sou você, seu calhorda. Mas, sim, nos tornamos amigos.

Ele parece achar graça ao ouvir minha reprimenda.

— Sabe que não seria algo errado, não sabe? Sei que firmaram um compromisso por você, mas nem mesmo gosta da moça e ainda não se casou com ela. Deveria aproveitar o incidente e desfazer o noivado, irmão. Fuja enquanto é tempo.

Franzo o cenho ao ouvir o que ele diz. Será que finalmente encontrei apoio em alguém para acabar com essa estapafúrdia ideia de casamento?

— E o que mais havia lá? — Arthur volta ao assunto inicial.

— Duda chamou o médico através de um aparelho chamado celular. Ele conecta as pessoas que estão distantes, por uma linha que não podemos ver.

— Um celular? E que diabos é isso? Nada do que me diz faz o menor sentido...

— É um objeto deste tamanho aproximadamente — mostro com as mãos —, ele chama as pessoas por voz, mas também serve pra tirar fotografias. Como os retratos que os pintores fazem, mas instantâneos.

— Na mesma hora? Isso é ridículo. — Ele nega com a cabeça. — Sir Brandon levou quase um mês para pintar o retrato de família que mamãe encomendou.

— Eu sabia que não acreditaria em nada do que dissesse. É realmente inexplicável.

Arthur sorri, como se não fosse nada de mais minha frustração.

— Não vê, irmão? É tudo tão surreal que não me resta alternativa que não seja a de crer em tudo que diz. Nem mesmo você teria uma imaginação tão fértil. Vamos, prossiga — instiga, deitando-se na cama. — Quero todos os detalhes desse reino e, depois, vamos nos reunir com Garone quando ele estiver disponível. Quem sabe consiga reproduzir algumas dessas coisas aqui?

Deito-me sobre a tapeçaria e coloco os braços sob a cabeça, tentando listar mentalmente tudo que vi enquanto estive fora.

— Bom, existe uma coisa chamada chuveiro. A água quente sai direto por alguns furinhos quando é ligado e basta se posicionar sob ele, de pé, e tomar um bom banho.

Arthur ergue a cabeça, espantado.

— Um banho de pé? Por que tanta pressa?

Capítulo 17

Alexandros

Nunca compreendi ao certo as pretensões das mães ao armarem esquemas para incentivar os relacionamentos amorosos dos filhos.

Lady Lauriana Demerara, mãe de lady Lauren, me colocou em uma situação dificílima, sugerindo após o desjejum, diante de toda a corte, que eu e a filha devíamos fazer um passeio a cavalo para nos conhecermos melhor.

Ainda não consegui conversar com meus pais a respeito de minha decisão contrária ao casamento e, ao que parece, não poderei fazê-lo tão cedo. Não sem estragar os planos alegres da rainha.

Minha mãe decidiu que um baile é uma boa forma para celebrar meu retorno e não posso desfazer o compromisso antes do evento e envergonhar a ela e aos seus convidados. Um príncipe sempre deve honrar sua família.

Portanto, cá estou, cavalgando ao lado de uma donzela que não parece nada preparada para esta atividade. Seu traje de montaria é extremamente volumoso e me pergunto o que pensaria das mulheres que usam calças, se soubesse o quanto é mais confortável e adequado para cavalgar.

E pensar em calças para mulheres me lembra Duda, como se eu pudesse esquecer. Nem por um minuto ela deixou meus pensamentos, e saber que não pude me despedir e que as chances de vê-la outra vez são quase nulas trazem uma angústia que ameaça minha determinação em me manter de pé.

— Fiquei desolada com seu desaparecimento, alteza — lady Lauren inicia uma conversa, tentando forçar um assunto, já que não temos nada sobre o que falar. — A rainha estava inconsolável e por isso decidimos ficar no castelo e aguardar por notícias suas.

Segurando as rédeas com uma mão, ela balança o leque diante do rosto corado por causa do calor. Ao menos é hábil e consegue lidar com as duas coisas ao mesmo tempo sem cair do cavalo.

— Agradeço a preocupação, milady. Imagino que tenham ficado de luto, como minha família, e sinto muito por ter sido a causa de um momento tão pouco festivo, mas preciso dizer-lhe algo.

— Diga, meu príncipe — responde, um sorrisinho afetado estampa sua face corada.

Talvez eu não esteja apto a julgar seus sorrisos ou os de outras damas, já que nenhum deles poderia rivalizar com os de Duda, o que as deixa em desvantagem ainda que tenham todos os dentes na boca.

— Esse tempo que passamos longe e a certeza de minha morte por certo arrefeceu o intuito de nossos pais de firmarem uma aliança através de nossa união. Caso tenham surgido outras propostas... Bom, talvez seu pai tenha cogitado oferecer sua mão a outra pessoa.

— Alteza, por favor... — Ela desvia os olhos dos meus e fita os campos adiante. — Isso soa terrivelmente ofensivo — reclama. — Acha mesmo que sua futura esposa ou seus futuros sogros teriam atitude tão ofensiva em um momento de tanta dor e sofrimento?

Não seria nem mesmo educado que o fizessem em público, mas, em particular, confesso ter torcido para que tivessem planejado uma segunda opção.

— Peço perdão pela minha indelicadeza, milady. — Fito a paisagem, sem coragem de encarar a moça, ao falar a verdade. — Não quis ofender, apenas mostrar que não espero que se case comigo obrigada por um acordo, não desejo que tenhamos um casamento de conveniência.

Os olhos dela se voltam para mim outra vez, e agora brilham, azuis e... contentes.

— Oh! Era o que eu mais desejava ouvir, Vossa Alteza. Um casamento por amor sempre foi meu maior sonho e saber que pretende se esforçar para que nos afeiçoemos verdadeiramente um ao outro aquece meu coração.

Por mil diabos. Não foi o que quis dizer.

— Milady, não foi isso...

Ela fecha o leque repentinamente.

— Devemos retornar — declara, decidida. — Creio que minha mãe não consiga nos ver de onde estamos.

Com destreza, lady Lauren conduz seu cavalo e cavalga na direção oposta com graciosidade.

Não sei bem o que acaba de acontecer, mas, de algum modo, tudo que eu pretendia dizer se perdeu e se tornou outra coisa, algo mais parecido com uma declaração do que com um término.

Cavalgo de volta ao palácio a uma distância segura da jovem e me despeço dela ainda nos estábulos, seguindo para dentro do castelo.

Inferno! Pelo que vejo, a semana promete ser agitada. Um baile, um rompimento caótico e depois uma despedida recheada de animosidade por parte dos Demerara.

Duda

Nos primeiros três dias fiquei me arrastando por todos os cantos, sempre finalizando a caminhada até o ponto exato em que Alex desapareceu.

Sentei no chão, no meio do beco mesmo, e fiquei ali, pensando, tentando encontrar uma razão para tudo o que aconteceu, chorando... E até mesmo procurando uma rachadura no chão que justificasse a energia presente naquele lugar.

Não sabia o que faria se de repente algo acontecesse, uma passagem se abrisse, por exemplo, se eu teria coragem de ir, de atravessar, mas a cada minuto que se passava ficava ainda mais obcecada. A noitinha, saindo do trabalho, voltava a caminhar, me sentando ali e remoendo tudo, me machucando com a falta que sentia dele.

Mas hoje, no quarto dia desde que Alex se foi, acordei diferente e decidi que preciso ao menos conversar com meus amigos, com os quais não falo desde o dia em que os coloquei pra fora do apartamento. Por toda a amizade que eles me dedicaram desde que nos conhecemos e em nome da tal resiliência, afinal, ainda que eu saiba o que vi e sofra com a ausência de Alex, não há nada que possa fazer que altere o rumo dos acontecimentos.

Venho pensando muito no que seu Agenor me disse, e a verdade é que ainda estava descobrindo a força dos meus sentimentos por Alex e o que significávamos um para o outro, e agora não vou ter a chance de dar nome ao que sinto.

Mas, independentemente do que somos, da relação indefinida que construímos, o que mais tem me deixado aflita é a incerteza.

Alex pode ter retornado em segurança a Brahvendell e estar reunido com sua família, mas da mesma forma que foi atirado aqui, pode ter sido jogado desta vez em qualquer outro lugar, pode estar ferido e sozinho... E são essas incertezas que estão tirando meu sono.

Eu poderia aceitar e superar mais fácil se tivesse certeza de que ele está bem, mas a dúvida me deixa arrasada.

— Dê, eu já vou indo, tá bom? Vou encontrar a Cátia e o Pedro — aviso, ao final de mais um dia de trabalho.

As coisas na livraria têm se mantido estáveis e, bem, isso me ajuda a não pensar tanto em Alex durante o expediente.

— Tá bom, Duda. Fala pra Cátia trazer mais uns bolinhos para o café. Já saíram todos os que ela trouxe, essa menina tem um dom.

— Pode deixar, vou avisar.

O negócio do café foi ótimo para as duas. Adelaide conseguiu aumentar a clientela e fazer com que as pessoas passem mais tempo aqui e, consequentemente, que comprem mais, e a Cá conseguiu uma renda extra, que ajuda em casa e nas economias para a faculdade que quer fazer.

Aceno para Adelaide, pronta para sair, mas ela me chama outra vez.

— Duda, como você está? Tenho te achando abatida...

— Hum, não é nada. — Afinal não posso nem dizer a ela que Alex sumiu, porque, para ela, Alex sumiu faz muito mais tempo.

— Tem a ver com ele, não tem? O príncipe... — ela advinha.

Prefiro manter omissa a história do que realmente aconteceu, de como ele partiu. Sei muito bem que ela não vai acreditar e não há razão para insistir, eu não ganho ou perco nada, quer acreditem ou não.

— E você está triste — conclui.

Eu me recuso a confirmar, mas meu suspiro involuntário faz isso por mim.

— Gosta muito dele, não é? — Dê apoia os braços no balcão e me fita com algo muito semelhante a pena. — Vai ficar tudo bem, Duda. Você vai conhecer outro rapaz e isso tudo vai passar.

— Eu sei que vai — concordo, mas sei que é da boca pra fora. Ainda que eu conheça outro cara e me apaixone, nunca vou esquecer Alex, as circunstâncias foram marcantes demais. — Obrigada pelo apoio.

— Por nada, eu que agradeço por continuar ao meu lado, mesmo irritada comigo.

— Vamos ser sempre amigas, Dê.

— E isso é maravilhoso. Agora vá lá encontrar seus outros amigos, eu fecho aqui.

Aquiesço, seguindo na direção da saída.

— Até amanhã.

Subo a rua cabisbaixa e tudo só piora quando chego novamente àquele lugar, ao ponto exato em que vi Alex pela última vez. Eu daria tudo para ter notícias, apenas para saber que ele ficou bem, que está com as pessoas que ama.

Continuo andando e chego à avenida em poucos minutos e o caos costumeiro do horário me envolve. Demoro algum tempo para conseguir atravessar para o outro lado e chegar à cafeteria da esquina.

Abro a porta, fechada por conta do ar-condicionado, e sinto o aroma delicioso de café que preenche o lugar. Escolho uma mesa mais ao fundo e me sento, afinal, o assunto que com certeza vai ser abordado não é para todos os ouvidos.

Tiro o celular do bolso e olho para a tela. Coloquei nossa foto como plano de fundo, a que tiramos no dia do evento na livraria. Alex está usando trajes formais de príncipe, os cabelos penteados e os olhos pretos brilhantes, e eu estou arrumada, usando uma maquiagem discreta e um vestido bonito, além da pequena coroa na cabeça; mas o motivo do aperto que sinto no coração todas as vezes que olho para a foto é a espontaneidade dela.

Estamos olhando para o lugar errado e Alex parece surpreso com o flash. É uma foto que representa muito tudo o que passamos juntos.

Pedro e Cátia não demoram a chegar. Viro o celular com a tela para baixo na mesa, evitando que vejam a foto e iniciem o sermão. Depois de pedirem dois expressos e eu pedir meu mochaccino de canela, nos encaramos em um silêncio desconfortável por um longo minuto.

— Tá bom — Pedro ergue as duas mãos em sinal de rendição —, eu começo. Fui meio idiota, mesmo que minha intenção fosse ajudar. Devia ter ouvido o que tinha a dizer, suas explicações, e tentado ajudar, em vez de só atirar na cara minha opinião.

Não nego que foi o que ele fez.

— Vocês fizeram com que eu duvidasse de mim, do que vi — concordo —, mas não vou culpar nenhum dos dois. Eu fiquei frustrada, pensei em como o Alex deve ter se sentido, explicando tudo o tempo todo enquanto eu duvidava dele, e isso só me irritou mais. Mas não é culpa de vocês e é melhor deixar isso pra trás. Esquecer o que houve.

Cátia se inclina, apoiando os cotovelos na mesa.

— Isso quer dizer... que vai seguir em frente? — ela pergunta. — Porque, amiga, era um amor platônico, vocês nunca ficaram juntos de verdade. Se quiser, providencio uma balada pra já e uns boys pra ajudar essa fila a andar.

Sorrio de sua tentativa óbvia de me fazer rir.

— Não precisa, isso é o que eu menos quero agora. E, na verdade, não era tão platônico assim...

— Como assim, Maria Eduarda? — pergunta, o tom de voz se elevando para um agudo estridente.

A garçonete se aproxima da mesa, trazendo nossas bebidas, e espero que ela termine seu trabalho e se afaste antes de contar a eles.

— Nós nos beijamos e foi... Melhor não continuar falando sobre isso, mas nos beijamos.

— Ah, mas vai falar! — Pedro se agita, recusando minha decisão. — Não pode começar a contar e desistir no meio do caminho. Isso não se faz.

Olho de um para o outro, esperando que a sensatez atinja um deles e que desistam de ouvir minha história. Como continuam me encarando, opto por dar uma resposta evasiva e sem muitos detalhes.

— Foi incrível. Mágico, perfeito... Todos os adjetivos que queiram colocar aí. Também dormimos juntos.

— Você transou com ele, sua safada? — A voz de Pedro atrai a atenção de todos os clientes da cafeteria e, ainda que eu não possa ver, sinto a ardência em meu rosto, que indica que estou vermelha feito um tomate.

— Não — sibilo —, eu disse *dormimos*, você que está pensando besteira.

— Ah, meu Deus! Era mesmo um lance... — Cátia admite a contragosto. — Ai, Dudinha, sinto muito por ele ter sido canalha e desaparecido assim. Apesar de, você sabe, não ser uma ideia razoável namorar alguém que nem sabe quem é.

Sorrio sem argumentar, decidi que não é uma discussão que quero ter com eles ou com Adelaide.

— Mas, amiga — Pedro volta a falar —, você tá acabada, né? Parecendo um zumbi. Aposto que não está dormindo.

Pedro e seu jeito meigo de se preocupar, me ofendendo no processo.

— Vai passar... — repito o mantra que tenho declarado desde que Alex sumiu, e tomo um gole da minha bebida quente.

— Não dá pra achar ele? — Pedro pergunta, fitando a mesa em vez de olhar para mim. — Independentemente do que a Cá e eu acreditamos e do que você acha que viu, não tem como encontrar o Alex?

— Não sei. — Suspiro, pensando mais uma vez sobre isso. — Por um momento vamos fingir que vocês acreditam em mim. Acho que é algo impossível, parece... Parece que tem alguém por trás disso, porque não faz o menor sentido ele aparecer e sumir assim.

— E se você der uma olhada nas anotações dele? Pode ter uma pista. Uma anotação de alguma memória que ele recobrou... — meu amigo sugere.

Sei o que estão tentando fazer. Me mostrar discretamente que Alex recobrou a razão e foi atrás da família, ainda que estejamos em um instante de trégua.

— Você iria, Duda? — Cátia pergunta. Seus olhos estão sérios e fixos em meu rosto. — Se soubesse como achar o Alex, você iria atrás dele?

Penso antes de responder com sinceridade. Eu iria? Venho pensando sobre isso todos esses dias, mas não sei a quem estou tentando enganar, a verdade é que não pensaria duas vezes.

— Com certeza... Não sei se por nós dois e por gostar dele. Mas, com certeza, iria imediatamente para saber se Alex está bem, seguro, se está ferido... Não saber o que aconteceu depois que ele sumiu é o que está me destruindo.

— Não fica assim — consola Cátia. — De qualquer forma, você tem a gente. Mesmo gritando e nos expulsando de casa de vez em quando, ainda vamos ficar do seu lado.

— Sempre, Dudinha. Vamos sempre apoiar você.

— Vocês me irritaram, mas eu perdoo — falo, abrindo um sorriso sincero. — Fazer o que se eu amo os dois? Agora vamos mudar de assunto? Não há nada que possamos fazer, e falar sobre isso só me deixa mais chateada. O que você tem feito, Cá?

Nenhum dos dois questiona meu pedido, conversamos mais um tempo sobre tudo e sobre nada, sobre a livraria, os seguidores de Pedro, o sucesso dos bolinhos da Cátia e ouço os planos deles para o Natal que se aproxima.

Desde que deixei o abrigo, sempre fico com Cátia e a mãe nas festas, mas esse ano elas vão viajar para a casa da avó dela, e Pedro vai passar um tempo com o pai e, pelo jeito, vou ficar com Efigênia em casa.

É o período do ano mais difícil para mim. Saber que todo mundo aprecia passar esses dias em família, com as pessoas que ama e que não tenho ninguém para comemorar comigo.

Abro alguns sorrisos e assinto nos momentos certos para que não fique óbvia minha mudança de humor. Pelo menos, se Alex ainda estivesse aqui...

Pouco depois disso deixamos a cafeteria e nos despedimos de Pedro na calçada.

Envolvo meu corpo com a blusa de frio, enquanto atravesso a avenida, seguindo para o prédio com Cátia ao meu lado.

— Quer fazer alguma coisa? — ela pergunta.

Suas pernas esguias caminham mais rápido que as minhas e apresso o passo para não ficar para trás.

— Preciso buscar comida pro Intempérie, mas podemos ver um filme depois.

Quando chegamos à calçada, vejo um senhor parado diante do prédio e, quando ele se vira de perfil, tenho a impressão de o reconhecer. Mas logo o homem retoma seu caminho, seguindo em frente, e Cátia e eu entramos.

Subimos as escadas até o andar em que ela mora e nos despedimos com a promessa de nos encontrarmos em quinze minutos.

Termino de subir o último lance de escadas e abro a porta do apartamento, sentindo o calor de casa me envolver.

Ainda com a mochila nas costas, caminho até a cozinha e abro a geladeira. Efigênia passeia entre as minhas pernas, miando enquanto eu pego as cenouras.

— Oi, gatinha... Vamos lá embaixo cuidar do seu amigo?

Desço as escadas outra vez, com minha gata atrás de mim, e sigo para o estacionamento.

Seu Evaristo não está a vista quando chego, mas olho o balde de água e ainda está pela metade, o que indica que ele está cumprindo sua parte no nosso acordo. Ainda assim, prefiro levar alguma comida à noite, porque não sei bem o que ele tem dado ao Intempérie durante o dia.

— E então, garanhão? Que tal umas cenouras? — brinco com ele, e sou recompensada com um relinchar nada discreto. — Xiiiu... Quer que os outros moradores te descubram?

Acaricio os pelos dele e ofereço uma cenoura, que o cavalo devora em instantes. Mas ele não está calmo, está inquieto. Não sei se por sentir falta de Alex ou por ficar fechado aqui...

Talvez eu devesse sair com Intempérie um pouco, dar uma volta. Não faz bem mantê-lo sempre aqui. Estou pensando sobre isso quando ouço barulho de água, como o de uma cachoeira, o que é bem estranho considerando que estou em um estacionamento. Em seguida escuto um sussurro.

— Seu Evaristo?

Ninguém responde, e isso me deixa apreensiva. Se for um dos residentes do prédio, posso colocar a mim e ao porteiro em apuros.

Mas então algo muito estranho acontece, um clarão surge a poucos metros de onde estou e, no centro dele, um redemoinho começa a se formar.

Meus olhos estão muito abertos agora e viro a cabeça de um lado para o outro, procurando por quem está fazendo aquilo.

Não ouço ou vejo ninguém, mas, no fundo, dentro de mim eu sei que é a resposta à súplica que tenho feito incessantemente, mesmo que não tenha dito em voz alta. É uma forma de atravessar para onde quer que Alex esteja.

Ou talvez não. Pode ser que alguém cruel esteja por trás disso e que eu me veja em uma situação horrível, se seguir meus instintos que me compelem à frente; mas mesmo correndo o risco, quando tiro a mochila das costas e a abro, colocando a pobre Efigênia dentro dela e em seguida montando o cavalo, não estou mais pesando as possibilidades, estou partindo sem hesitar, para onde quer que seja.

Agarro as rédeas de Intempérie e toco seus flancos com as pontas dos pés, como vi Alex fazer. Nunca montei antes, então espero que meu conhecimento teórico de cavalgadas seja o suficiente.

O cavalo segue na direção do círculo luminoso, ainda que relinchando e um pouco contrariado, e ergue-se nas patas traseiras a centímetros dele.

Ouço outra vez os passos e ainda olho para trás uma vez mais. Tenho um vislumbre de um homem, cabelos brancos e...

— Seu Agenor?

— Duda! — No entanto, a voz que me responde é a de Cátia e eu a vejo correndo em minha direção.

— Eu vou atrás dele, Cá...

— Ai, meu Deus! — ela grita, enquanto sou engolida por luz e sussurros.

No cerne do que parece ser um portal — não que eu já tenha estado em um —, não consigo me situar ou me dirigir para algum canto. Não consigo ver nada além de luz, e não escuto nada a não ser o sussurro.

Agarro-me ao pescoço de Intempérie e fecho os olhos, fazendo uma prece para que eu esteja indo para o lugar certo. Para que, do outro lado, reencontre Alex.

O clarão começa a se dissipar e a estabilidade sob nós a se ajustar. Quando abro os olhos, estou em uma floresta.

Olho ao redor, tentando compreender onde estou e se há algo conhecido, mas para onde quer que eu olhe, só vejo folhagem e árvores.

Intempérie está agitado e passa a escoicear enquanto tento acalmá-lo.

— Calma, amigo... Calma. Você está em casa. Eu acho, pelo menos. Fique calmo...

O cavalo parece entender o aviso e reage, começando uma corrida desenfreada, e só me resta segurar firme para não cair e quebrar o pescoço.

Entramos em uma clareira e seguimos sem parar, mal consigo registrar a paisagem ou qualquer coisa ao redor, lutando para me manter sobre a sela.

E então estamos em um campo aberto, correndo sem indicativos de que Intempérie pretende me ouvir e se acalmar. Ouço então os cascos de outro cavalo, que segue em meu encalço.

A voz de um homem que tenta falar com o cavalo e acalmá-lo, e o som do vento passando por meus ouvidos.

Então o outro cavalo está ao meu lado, e a mão do homem consegue alcançar as rédeas e tomá-las das minhas mãos e, aos poucos, Intempérie diminui o ritmo, até que enfim paramos.

Com o coração acelerado, os cabelos desgrenhados e bastante apavorada, por fim encaro meu salvador.

Um rapaz pouco mais velho que eu me fita de volta. Seus olhos são escuros e os cabelos pretos e fartos.

— Quem é você e o que faz com este animal? — questiona, a voz imperiosa e o cenho franzido. Ele parece irritado.

— Eu... — gaguejo, tentando encontrar uma maneira de me explicar.

— Não pode entrar nestas terras sem autorização do rei.

O rei. Fito outra vez o rapaz e analiso seus traços, reconheço a semelhança e abro um sorriso, contente. Eu consegui.

— Você... — começo. Um pigarro para corrigir minha informalidade. — Vossa Alteza é o príncipe Arthur?

— Perguntei antes — responde, seus olhos analisam minhas roupas, mas ele parece notar que sou uma mulher —, senhorita.

— Eu sou Maria Eduarda e estou procurando pelo príncipe Alexandros.

Seus olhos se estreitam ao ouvir minha resposta e ele demora um pouco observando minha calça, os tênis e a mochila nas minhas costas.

— Você é a Duda, do Alex?

Nesse instante, meu sorriso poderia iluminar toda a campina de Brahvendell.

Ele sabe quem eu sou.

Alex chegou em casa.

— Sim, eu sou a Duda.

Ele então abre um sorriso em resposta ao meu e inclina a cabeça em uma mesura.

— Muito prazer, senhorita. Sou o príncipe Arthur Dionísio Louis de Brahvendell.

Capítulo 18
Duda

O príncipe Arthur caminha ao meu lado, conduzindo os dois cavalos e nos guiando na direção em que deve ficar o castelo. Observo-o pelo canto do olho e não posso deixar de notar o quanto se parece com Alex; os cabelos são da mesma cor e os olhos também, mas Alex é um pouco mais velho e os traços mais maduros do seu rosto os diferem.

— Então, senhorita — fala, sem desviar os olhos do caminho —, como foi que surgiu repentinamente em Brahvendell? Confesso que quase não acreditei nas histórias estapafúrdias de meu irmão.

Abro um sorriso ao ouvi-lo falar. Arthur usa o mesmo tom altivo e formal, o mesmo linguajar antiquado de Alex.

— Não sei bem o que aconteceu ou como. Uma espécie de portal se abriu e eu corri...

O príncipe vira o rosto em minha direção, a testa franzida e os olhos negros me sondando.

— Correu *para* o portal ou correu *do* portal?

— Corri na direção do portal, antes que se fechasse — explico, pressentindo as perguntas que virão depois.

— E por que a senhorita faria algo assim? Perdoe-me, mas não parece muito sensato. — Ele volta a olhar para frente, mas ainda aparenta confusão. — Deixe-me ver se compreendo os fatos. Então estava no seu reino, junto com seus amigos e familiares, e um portal assustador se abriu à sua frente. Por que, em nome de Deus, correu para ele em vez de fugir?

Vendo por esse ângulo, não parece fazer muito sentido.

— Bom, na verdade eu não tenho família. E, antes disso acontecer, vi quando Alex foi sugado por aquela coisa e desapareceu diante de mim. Fiquei preocupada com o que poderia ter acontecido, não sei de onde saíram essas passagens e, bom, ele poderia estar ferido e sozinho. Então surgiu uma oportunidade de descobrir, de saber se Alex precisava de ajuda, se estava bem e não pensei, apenas parti antes que se fechasse.

Fito seu rosto, tentando descobrir se está me julgando ou se continua apenas curioso, mas agora o príncipe tem um sorriso nos lábios e parece estar se divertindo por alguma razão.

— O que foi? Alteza... — completo, me lembrando de como Alex se irritava no começo, caso eu me esquecesse do tratamento correto.

— Não é nada. É que você o chamou de Alex e nunca vi alguém o chamar assim, além de mim, Henri e nossos pais. Ele costuma ser muito formal.

— Ah, bom, eu... Não sei o que dizer quanto a isso — admito. — Eu o tratava mais formalmente no início, mas então criamos uma amizade.

Ele sorri e balança a cabeça, concordando comigo. Acho.

— Então veio porque estava preocupada com ele e o trata não apenas pelo primeiro nome, mas também usa um diminutivo, um apelido. Pelo jeito Alex não me contou tudo que houve nesse seu reino.

Tento parecer indiferente, mas não consigo conter as perguntas.

— Ele está bem? Em casa? E falou de mim? — questiono, emendando uma pergunta na outra, ansiosa por saber tudo.

— Fico feliz em dizer que sim, milady. Alex está bem e em casa, ele nos falou sobre você e também a respeito de todas as coisas que alega existirem em seu reino. Mas falamos sobre isso logo, agora chegamos.

Fazemos uma curva e então estou frente a frente com o maior castelo que já vi. Que droga estou dizendo? Nunca vi um castelo antes, mas nem em sonhos pude imaginar algo tão lindo.

— Uau... Essa é a sua casa?

Ele franze o sobrolho, certamente pelo *uau*, mas não faz nenhuma observação.

— Bem-vinda à residência do grande rei Adrian, o Astuto.

Olho para o príncipe Arthur, achando graça na formalidade com que apresenta a própria casa, mas então me dou conta de suas palavras e percebo no que fui me meter.

Um rei! Estou no palácio de um rei, calçando um par de tênis velho, vestindo calça jeans e um moletom que já viu dias melhores.

E diante de mim está a monstruosidade que eles chamam de lar. As torres altas de pedra, imponentes, a bandeira com o brasão tremulando no alto, uma espada e um escudo cruzados em cinza, com fundo vermelho. As janelas de vitrais coloridos e a entrada ladeada por guardas que analisam tudo do alto de uma torre de vigia.

É uma fortaleza belíssima. O que me importa, no entanto, não é a construção ou a arquitetura incrível e sim uma única pessoa dentro dela.

— E onde ele está? Quero ver o Alex e depois ir embora — digo, ao menos tentando manter a dignidade. Como vou confessar que não faço ideia de como sair daqui?

Como vou admitir que no íntimo minha vontade é que ele queira que eu fique? Mas é bem óbvio pelo jeito, porque Arthur me olha com ar de deboche.

Ao menos é educado o bastante para não comentar minha mentirinha.

— Vai vê-lo mais tarde — afirma. — Chegou em um grande momento.

Ele conduz nossos cavalos para dentro quando os guardas abrem os portões. Os homens usam uniformes cheios de botões dourados e empunham armas de fogo, mas também posso ver as espadas embainhadas.

— É sempre tão bem vigiado aqui? — pergunto, notando como todos parecem tensos.

— Sempre há segurança, mas ultimamente está pior. Até descobrirmos quem atentou contra a vida de meu irmão e abriu esses portais, a vigilância redobrada será mantida. Ninguém entra sem ser anunciado e liberado por um membro da família real.

— Entendo. Por que disse há pouco que cheguei em um bom momento?

Passamos por uma fonte maravilhosa, se essa palavra for o suficiente para descrever. A água sai dela como uma cascata e, ao redor, as mais belas flores a circundam. Posso ver as enormes portas de entrada do lugar e meu coração dispara no peito, ansioso e amedrontado. Não sei qual vai ser a reação de Alex ao me ver e, por um momento, me pergunto se fiz uma boa escolha ao vir.

Mas Arthur não nos conduz na direção das portas. Ele segue comigo por uma entrada lateral e passamos por jardins floridos e várias árvores esculpidas na direção dos estábulos.

Elegantemente, ele desce do cavalo e me ajuda a descer de Intempérie. O príncipe é tão bonito quanto Alex, e percebo em seus movimentos a confiança inata e os trejeitos de um galanteador. Recordo do que Alex disse sobre não cair sob os encantos dele e acabo rindo, porque apesar da beleza, aos meus olhos, Arthur não teria a menor chance.

Alex é espontâneo e doce, romântico e preocupado, é cavalheiro, e faz meu coração disparar com um simples sorriso.

Ouço um miado e me lembro da pobre Efigênia na mochila.

— Vem aqui, gatinha... — Abro a bolsa sob o olhar atento do príncipe e a retiro de lá. Como ele continua me olhando com curiosidade, ergo a sobrancelha o desafiando a dizer alguma coisa. — O quê? Eu não podia deixar minha gata sozinha em outro mundo.

— Evidente que não, senhorita. Aliás, para todos os efeitos... — ele começa a me explicar algo, mas cessa quando o cavalariço se aproxima.

Estou fascinada, é como se estivesse dentro de um dos meus romances de época e, por sorte, li muitos, ou não saberia como me comportar adequadamente.

— Vossa Alteza, posso cuidar dos cavalos? — o rapaz pergunta, curvando a cabeça em uma reverência.

Boa, rapaz. Preciso treinar isso e me lembrar de reverenciar.

— Por favor, Timóteo.

— Esse é... É Intempérie! — o homem afirma, surpreso. — Onde o encontrou, alteza?

— Vagando por aí. Pode, por favor, manter segredo por enquanto?

O rapaz assente, e Arthur me oferece o braço sob o olhar assustado do cavalariço.

— Venha comigo — o príncipe diz, sussurrando, enquanto nos afastamos do estábulo e seguimos para a entrada dos fundos.

— Aonde estamos indo? — sussurro de volta.

— É melhor que não a vejam assim, com essas roupas. Vai causar muita estranheza, não concorda? Vou pedir a uma criada para atendê-la, e ela vai te guiar até seus aposentos. Vou preparar tudo para que possa comparecer ao baile hoje à noite, e então poderá se encontrar com Alex.

— Espera. — Estaco diante das portas dos fundos. — Você disse baile?

— Sim, achamos que o retorno do Alexandros merecia uma comemoração e está sendo preparado um baile em honra ao seu retorno; provavelmente teremos uma justa também, em breve.

— Uma o quê? — Ai, meu Deus, nem assimilei o baile ainda e lá vem ele falando de mais eventos.

Eu li romances demais e sei como as coisas acabam dando terrivelmente errado para as mocinhas destrambelhadas e, nesse caso, eu sou o desastre em pessoa.

— Justa. É um torneio em que os cavalheiros participam de disputas, divertindo a plateia, e as damas oferecem prendas aos seus campeões.

Noto uma das criadas nos sondando pela fresta da porta e viro de costas para ela.

— Muito obrigada por estender o convite a mim, Vossa Alteza. Mas não estou preparada para um baile. Nunca estive em um — diminuo o tom de voz —, não sei valsar e minhas roupas não são apropriadas. Peça ao príncipe pra falar comigo após a festa.

Mas antes que eu conclua, Arthur meneia a cabeça, discordando. Ele abre a porta, arrastando-me para dentro da cozinha.

É um lugar amplo e cheio de barulho e pessoas apressadas, correndo de um lado para o outro. Elas erguem os olhos de seus afazeres e notam o príncipe. Ninguém se atreve a dizer nada, mas parecem curiosos.

— De modo algum, mas precisamos de um plano. Primeiro — ele sussurra essa parte —, vai ser apresentada como uma lady e vou dizer a todos que é uma parente distante, uma amiga querida, algo nesse sentido. Não podem saber quem é e de onde veio.

— Mas... Eu ficaria mais bem escondida se não fosse ao baile — teimo. As pessoas não matam mais alguém por discordarem de príncipes, não é? Ao menos espero que não, ou eu vou parar na fogueira logo, logo.

— Não está curiosa? Um baile na corte, conhecer ao rei e a rainha... No íntimo, sei que está ciente de que não há uma forma de voltar para casa. Melhor se adaptar, *milady* — ele reforça a última palavra, lembrando-me do papel que devo assumir.

Prefiro quando Alex me chama assim, não parece uma mentira vindo dele.

— Tudo bem, então. Faça como achar melhor, alteza.

O príncipe assente, satisfeito com minha resposta.

— Por favor — diz em alto e bom tom —, temos uma convidada. Lady...

— Maria Eduarda — cochicho ao seu lado.

— Lady Maria Eduarda Solares.

Ergo a sobrancelha ao ouvir o sobrenome inventado.

— Ela ficará conosco por alguns dias — continua sem me dar atenção —, é uma amiga muito estimada por mim e quero que uma das senhoras se responsabilize por levá-la até aposentos limpos e preparar tudo o que for preciso. Lady Solares é nossa convidada para o baile de hoje à noite, então cuidem de prepará-la também.

Uma mulher se aproxima de nós, a cabeça baixa em respeito ao príncipe, mas o que mais chama minha atenção é o uniforme. Elas parecem todas saídas de filmes antigos, com os aventais incrivelmente brancos e os vestidos escuros até os pés. A touca cobrindo os cabelos é o toque final. Ai, que máximo! Estou adorando o cenário todo.

— Tomarei conta da convidada, Vossa Alteza. A pobrezinha... — Finalmente ela me olha. — Perdeu-se na mata, milady?

— Hum... Se me perdi?

— Sim. Suas roupas estão rasgadas.

Desço o olhar por meu próprio corpo e entendo o que ela diz ao fitar a calça jeans rasgada. Não sei se explicar que é uma questão de estilo vai fazer com que a mulher entenda.

— Sim, me perdi no caminho. A... carruagem virou e, por sorte, o nobre príncipe Arthur me encontrou.

A mulher assente com piedade no olhar e quase me sinto mal pela mentira.

— Então, com licença, milady — o príncipe fala, chamando minha atenção. — Nos vemos à noite... — Arthur se inclina em uma mesura impecável e instantes depois se retira da cozinha.

— Venha, lady Solares, a cozinha não é lugar para a senhorita. Quer que eu espante o animal? — questiona, apontando para a pobre Efigênia que repousa entre os meus braços.

Eu, hein! Cada uma que tenho que ouvir.

— Não, obrigada. — Reforço mentalmente que devo agir como uma lady. — É minha gatinha de estimação e vai ficar comigo.

— Entendo — ela responde, sem parecer entender.

A criada segue me conduzindo mais para dentro do castelo, na direção das escadas.

— Com licença — chamo, interrompendo sua caminhada e ela se vira. — Será que podemos passar por um caminho mais discreto? Não quero ser vista assim... — Aponto para o corpo.

Mal imagino o falatório que ia ser se mais pessoas cismassem que minhas roupas foram rasgadas na mata. Talvez eu virasse um escândalo e, depois, podiam supor que foi o príncipe mulherengo e tudo viraria de cabeça pra baixo.

— Oh, claro, milady. Mil perdões. Que cabeça a minha.

Ela então faz a volta e seguimos para o lado oposto, onde encontramos uma escadaria estreita e nem de longe tão elegante quanto o restante do palácio.

— É a escada dos criados — explica. — Usamos para nos mantermos mais distantes da família real, fazendo nosso serviço em silêncio. Sinto muito por ser tão estreita.

Ela então olha por sobre o ombro, fitando minhas calças.

— De certa forma seus trajes vieram a calhar. Jamais subiria aqui com um vestido.

Apesar de não ter os vestidos aos quais ela se refere, não deixo de concordar; se eu me descuidar por um instante, posso sair raspando os braços nas paredes de pedra nas duas laterais da escada. Se a pessoa fosse um pouco maior que eu, ficaria entalada.

— Com certeza — concordo.

— Então, milady. Vou ficar responsável por vesti-la e prepará-la durante o tempo que estiver aqui. Devo pedir que peguem sua bagagem?

— A bagagem? — repito, pensando em minha mochila nas costas e na ausência de roupas. — Hum, o príncipe Arthur disse que vai mandar trazerem as roupas. Não precisa se preocupar por enquanto.

A mulher continua a subida em silêncio depois disso e fico grata por não insistir. Chegamos a um corredor largo e suntuoso, e ela apenas gesticula com as mãos.

— Aqui estão os aposentos dos convidados para o baile. Como milady é convidada especial do príncipe, vai ficar no andar de cima, onde estão os aposentos da duquesa Endermore e de lady Lauriana.

Não faço ideia de quem sejam essas pessoas, mas a mulher parece querer me impressionar com os nomes, então apenas sorrio, agradecendo.

Subimos outro lance de escadas, e com isso chegamos a um corredor ainda mais luxuoso.

Os tapetes vermelhos cobrem todo o chão e, do teto muito alto, descem lustres que parecem cristal líquido, com as velas acesas dentro deles.

Nas paredes, quadros em molduras douradas ornamentam ainda mais o ambiente.

Abrindo a primeira porta — ou a última se estiver vindo pelo caminho que os hóspedes percorrem geralmente —, a criada faz sinal para que eu entre.

Admiro o quarto assim que passo o batente. A decoração é tão rica quanto do lado de fora, e a cama no centro de tudo parece a de uma princesa, com cortinas pesadas em volta e um colchão que certamente está cheio de penas, a julgar pelo que Alex me disse antes.

— É maravilhoso...

— Que bom que está do seu agrado, lady Solares. Vou preparar seu banho, o baile não vai demorar. Temos pouco tempo para arrumá-la.

— Obrigada. Qual seu nome mesmo?

A mulher parece estranhar a pergunta. Mal sabe ela como estou me sentindo esquisita por chamá-la, mentalmente, de criada. Eu *preciso* de nomes.

— Lourdes.

— Certo, Lourdes. Muito obrigada por tudo.

— Não há de quê, milady. Fique à vontade para conhecer o restante de seus aposentos. Vou solicitar água quente.

Solicitar. Claro, porque não existe energia elétrica, nem chuveiro.

Lourdes deixa o cômodo, mas logo que ela sai ouço batidas na porta. Corro para abri-la, pensando em como ela retornou tão rápido, mas em vez de vê-la, encontro uma mulher com cabelos muito claros, presos em um coque espalhafatoso, e que usa muita maquiagem. E eu, inocente, achando que ninguém se maquiava assim no passado.

— Boa noite, milady. Sou a Serafine. Sua alteza real, o príncipe Arthur, solicitou meus serviços.

— Boa noite. E quais são seus serviços? — questiono, libertando Efigênia dos meus braços para o chão. Seu gosto espalhafatoso faz com que eu tema o que quer que tenha planejado para mim.

— Neste caso, são os de modista.

— Você é uma modista? Então veio me arrumar um vestido? — Abro a porta para dar passagem a ela.

A mulher observa minhas roupas com desagrado.

— Não pode ir ao baile dessa maneira. Posso entrar?

Concordo, e Serafine passa pela porta, arrastando uma arara de roupas com ela.

— Pensei que... Os vestidos precisassem ser encomendados e levassem dias pra ficarem prontos.

Ela me encara com o cenho franzido, certamente estranhando meu comentário.

— E precisam mesmo. Eu não sou modista de verdade, sabe? Sou cantora. Vim para entreter os convidados, mas como sempre faço eu mesma meus figurinos e seu caso é deveras urgente, vou adaptar um vestido meu para que use hoje e um para amanhã durante o dia. Depois, não sei... Terão que dar um jeito.

Assinto, agradecida, ou eu teria duas opções: me esconder para não ir ao baile ou aparecer de jeans.

— Tudo bem. É o suficiente por enquanto, muito obrigada, Serafine.

Os olhos dela brilham com malícia.

— Hum, gosto de você, milady. Sem formalidades, provavelmente é por isso que o príncipe também gosta. Devia ter desconfiado, ele tem ótimo gosto — comenta, audaciosa, me dando uma piscadinha ao final da frase.

— Oh, não, não, não! O príncipe e eu mal nos... Bom, somos bons amigos apenas. E, sobre a informalidade, me desculpe. Preciso me acostumar à maneira de falarem aqui.

— Você não é de Brahvendell, certo? Nunca a vi no povoado. Não precisa se desculpar. Gosto disso. E agora... — Serafine começa a remexer as araras até retirar de lá um vestido dourado, de saia rodada e mangas delicadas. — Que tal esse?

— É lindo de morrer, mas... Não acha exagerado?

— Morrer? Só se for de espanto com tanta beleza — ela comenta, estranhando a expressão. — Mas não é um exagero, precisa ver o que a rainha usará.

— Mas ela é a rainha. Não deveria ser a mulher com mais destaque?

— Entendo sua intenção, mas esqueça, milady. O príncipe não pretende se casar e não adianta em nada agradar a rainha.

— O quê? Não foi o que eu quis dizer. Só prefiro algo um pouco menos chamativo.

Ela assente, ainda parecendo desconfiada.

— Tudo bem, então. Que tal esse outro? — Serafine segura um cabide dourado com um vestido azul-escuro maravilhoso. Os detalhes prateados dão o toque perfeito e, mesmo sabendo que ainda é muito, não consigo me negar o prazer de vesti-lo.

— Eu amei esse...

— Formidável! Vou ajustar em instantes e ficará pronta para o baile.

Realmente Serafine trabalha rápido. Ela passa o vestido por sobre meus ombros, tira as medidas com agilidade e depois me ajuda a sair de dentro do amontoado de tecidos.

Lourdes retorna pouco depois e dá dois toques na porta.

— Lady Solares, trouxe um criado para me ajudar com a água.

— Ah, sim. A água para o banho, obrigada — respondo, sem entender por que ela está do lado de fora.

— Sim, milady. Podemos entrar?

— Pode sim.

Ela abre a porta e um criado passa por ela, carregando dois enormes baldes. Os dois se dirigem a uma entrada lateral no quarto e ouço o barulho da água sendo despejada.

Eu vou mesmo tomar banho em uma banheira preparado por outras pessoas! Ontem eu estava quase tomando banho nas goteiras da minha casa e hoje, aqui estou, em um palácio.

O rapaz sai de cabeça baixa, e Lourdes para no centro do quarto depois de fechar a porta.

— Vou ajudá-la com o banho, lady Solares. Se não nos apressarmos, perderá o evento.

— Eu... Não precisa me ajudar. Tomo banho sozinha.

Vejo que Serafine está mordendo o lábio para não rir; nos romances de época as cantoras geralmente são vilãs, tentando roubar o libertino, mas essa parece engraçadinha, não é de todo má.

— Mas, milady, o príncipe pediu que cuidasse da senhorita. Não posso deixá-la se banhar sem auxílio. Como vai limpar as costas? Ou os cabelos?

— Eu dou conta.

A mulher continua parada no meio do quarto, a expressão de pavor em seu rosto demonstra que não é uma boa ideia.

— É que... E se eu perder meu emprego porque não cumpri o que prometi? Sou uma criada da cozinha e me desloquei para essa função. Posso ser dispensada.

Finalmente compreendo a insistência e apenas aquiesço, tentando entrar na onda. Já pareço estranha suficiente sem ficar discutindo com a mulher ou fazendo com que seja dispensada.

Sigo Lourdes para a sala de banho e encontro a banheira marfim, de pés dourados, bem no centro. A água não parece tão quente, mas coloco a mão para ter certeza.

Está morna. Retiro minhas roupas e percebo que Lourdes tem a decência de olhar para o tapete no chão, mas quando termino de tirar o moletom e a calça ela ergue os olhos e parece totalmente constrangida.

Olho para minha lingerie de algodão, básica e superdiscreta, e não vejo motivo para o rosto avermelhado da pobre mulher.

— Desculpe-me, milady. Pensei que estivesse usando chemise.

Claro! Ninguém usava sutiã e calcinha, deve achar que sou uma... cortesã, como Alex disse um dia. Tudo que olho nesse reino me lembra ele automaticamente, como o banho, que não vou tomar de pé, como se estivesse em uma guerra.

— Oh, sim. É uma roupa estranha, devo admitir.

Não tento me explicar, porque só pioraria as coisas. Então cuido de me despir, mesmo envergonhada, e entro na banheira.

Lourdes é prática, se posiciona às minhas costas e começa a me esfregar, ignorando a situação com a lingerie.

É uma sensação muito esquisita, então cubro os seios com os braços e tento focar minha mente em outra coisa, mas logo ela passa para a frente e me estende o sabão. Graças a Deus ela não pretende lavar minhas partes íntimas.

Lavo meu corpo com agilidade e deixo a água, que já está esfriando, para me enrolar em uma toalha bem razoável. Esperava algo que parecesse um pano de chão, mas na verdade são bons tecidos. Um pouco ásperos, mas grossos e cheios de bordados bonitos.

Quando retorno ao quarto, o vestido está pronto, e Serafine não faz cerimônia, me entregando um amontoado de peças brancas, cheias de rendas e que são feitas em tecidos delicados; obviamente são as roupas de baixo. Mas preciso usar tanta coisa assim?

E, pior, como vou saber a ordem?

Fico olhando para as peças por tempo demais, mas logo Lourdes para ao meu lado e retira as roupas das minhas mãos. Ela me ajuda, sem fazer perguntas e vai passando tudo pela minha cabeça, além de me fazer erguer as pernas para colocar uma calça fina e esquisita, completamente aberta entre as coxas. Mas... e a minha calcinha?

Não posso usar a que está suja, mas deveria ter alguma coisa ali, no centro.

— Lourdes, com licença... — A mulher ergue os olhos para mim de onde está agachada ajustando as meias. — Eu não deveria usar algo para... você sabe, cobrir aí no meio das pernas?

— No meio? As meias estão aqui e coloquei as ligas.

— Eu sei, mas... Tem um buraco aí. — Me inclino para ficar na altura dela e sussurro: — E se eu cair e minhas pernas se abrirem? Vai ficar tudo à mostra.

— Tudo o quê, milady? Suas peças íntimas?

— Não... Minha... Flor delicada — falo, usando o termo mais épico que consigo encontrar.

Ouço a tosse atrás de mim e me viro a tempo de encontrar Serafine ocultando a gargalhada.

— Desculpe, lady Solares. É que foi... espirituoso.

Sei muito bem que esse é o modo com que falam das mocinhas escandalosas nos romances, parece que não estou me saindo muito bem.

— Milady, se cobrir suas partes íntimas, como vai fazer sua higiene? É um local delicado nas mulheres, precisa ventilar — Lourdes explica, mas a coitada está mais vermelha que um pimentão.

— Hum, tem razão, claro. — Uma ova que tem! Um absurdo ficar dançando por aí com a perseguida de fora. E depois são as mulheres do século XXI que são ousadas. Francamente, Alex...

Capítulo 19

Duda

Estou sentada na cama, mexendo freneticamente nas mãos, esperando um aviso de que chegou a hora. Minha vontade é sair correndo e anunciar para Alex que estou aqui, mas isso não seria bem-visto pela nobreza, então me resta esperar, principalmente porque o irmão dele acha que é melhor e deve saber o que faz.

Serafine faz os últimos toques com as pontas dos dedos, aplicando um rouge discreto nas minhas bochechas — que prefiro chamar de blush porque ao ouvir *rouge* só me lembro da banda feminina —, e não parece ter ficado ofendida com meu pedido para maneirar na pintura.

— Milady, devo dizer que está deslumbrante — ela elogia. — Supera em muito a acompanhante do príncipe herdeiro. — Sua fala é em tom baixo, um sussurro brincalhão.

Serafine não faz ideia do que suas palavras me provocam, mas meu coração para por um momento.

— O que disse? O A... O príncipe Alexandros vai ao baile acompanhado?

Ela me olha de um jeito estranho, como se eu fosse a única criatura da terra que não sabe disso, mas, antes mesmo que abra a boca, sei o que vou ouvir. Como fui idiota!

— Lady Lauren Demerara, a noiva do príncipe.

— Noiva — repito, patética.

Então ele não fez o que disse que faria, não rompeu o noivado.

Engulo o nó que se instala em minha garganta.

Em que eu estava pensando? Que apareceria aqui e então Alex se atiraria aos meus pés? Eu fui necessária em um momento difícil, mas agora sou uma plebeia — como ele mesmo disse certa vez — e ele tem uma noiva, uma *lady*, e, ironicamente, sou apenas o passado.

— Parece surpresa. Mesmo sendo acompanhante do príncipe Arthur, não estava ciente de que o irmão dele se casaria? Todos conhecem a joia preciosa, lady Lauren Demerara.

Eu comentaria o sarcasmo na fala de Serafine se tivesse voz, mas tenho medo de cair no choro.

Que idiota, Duda! Como foi se enganar tanto? Criar tanta expectativa em cima de alguém que mal conhecia? Deixar... Por Deus! Deixar seu mundo por alguém que tem uma noiva, queira ele ou não.

— Mas, como eu disse — Serafine continua a falar, alheia ao que estou sentindo —, nem mesmo ela poderia competir com essa beleza. O vestido ficou um primor, muito mais bonito do que fica em mim, preciso admitir.

— Hum, obrigada — respondo, tentando soar firme. — Adorei a cor dele.

E realmente é perfeito. É feito de cetim, e o azul parece mais escuro dependendo do modo como me movo; os detalhes prateados foram bordados, escorrendo como se fossem lágrimas sobre o mar, o decote foi ajustado para não ser tão revelador, e as mangas fofas completam a delicadeza da peça. Mesmo com os ajustes de Serafine, ficou um pouco largo na cintura, mas por sorte eu tinha um clipe rosa na bolsa e o prendi nas costas do vestido para acertá-lo.

Eu me coloco de pé ao ouvir uma batida na porta e encaro minha imagem no espelho. A saia rodada dá ao vestido um toque de contos de fadas, e meus cabelos castanhos estão presos em cachos, no alto da cabeça. Meu look foi completado com sapatilhas de cetim, no mesmo tom de azul.

Nunca estive tão bonita em toda minha vida, mal posso me reconhecer no espelho e, ainda assim, não me lembro de ter estado tão triste.

E, sim, pode parecer bobagem vindo de alguém que não tem família e teve uma infância como a minha, mas a verdade é que sempre foi assim, me acostumei a ser sozinha e, por idiotice, me permiti criar esperanças.

— Vamos? — Ouço a voz de Serafine atrás de mim. — Vieram avisar que o baile vai começar. Vou para o palco agora. Nos vemos depois, milady?

— Claro. Eu... Eu vou sozinha?

— Acredito que seu acompanhante irá aguardá-la no salão.

Aquiesço e tento sorrir ao vê-la sair, mas no íntimo não sei se devo deixar o quarto.

O príncipe Arthur não viria aqui me arrastar. Ao menos, imagino que não, e Alexandros nem mesmo sabe que estou aqui e, ocupado com a noiva, nem vai saber.

Mas de que adianta? Não tenho para onde ir ou como voltar para casa por ora, e vou acabar tendo que enfrentá-lo em algum momento. Que ao menos seja agora que estou maravilhosa.

Serafine não afirmou que estou mais bonita que a noiva dele? Então que seja. Vou descer, deixar que me veja e saiba como fui estúpida por vir aqui e depois agir como se não fosse nada de mais.

Com isso decidido, deixo o quarto e sigo pelo corredor, na direção do som. Não sei bem para onde ir, mas as tochas acesas intercalam com lampiões e iluminam o caminho.

Há guardas ou criados, não sei bem distinguir, postados nas laterais do corredor, distantes uns dos outros, mas sempre perto o suficiente para caso alguém precise de ajuda, suponho.

Eles não se movem enquanto passo por eles e me dão a sensação incômoda de serem estátuas.

O som vai ficando mais alto e, quando finalmente chego a uma área aberta, uma espécie de hall, vejo outras pessoas que se dirigem para as enormes portas abertas.

Há uma pequena fila e um homem todo emproado anuncia os convidados.

Por um instante, lembro do meu sonho e faço uma careta involuntária, mas trato de repetir para mim mesma o nome que me foi dado.

Quando chega a minha vez, respiro fundo e caminho para o topo da escada.

O criado nem mesmo parece olhar na minha direção e temo, por um momento, que tenha que ficar de pé aqui, com uma centena de pessoas me olhando do salão, abaixo.

Meus olhos procuram por Alexandros em meio à multidão, mas primeiro avisto Arthur, de pé no último degrau, o que me faz respirar aliviada.

O homem ao meu lado quebra o silêncio, dizendo meu nome em alto e bom som, ao mesmo tempo em que avisto Alex, de braços dados com uma loira estonteante.

— Lady Maria Eduarda Solares, acompanhada pelo príncipe Arthur Dionísio Louis.

O príncipe Arthur sorri, me incentivando a descer os degraus, e tento não olhar para onde Alex está, ou corro o risco de tropeçar e descer rolando.

Sinto meu peito sendo esmagado pela visão de poucos segundos que tive. Tão perfeitos juntos, e eu aqui, perseguindo um romance que criei.

Desço a escadaria lentamente, segurando a saia do vestido e olhando sempre em frente, me esforçando para parecer calma e serena. Por dentro, sou toda emoção e pavor.

Os olhos estão concentrados em mim, mas quando chego ao último degrau e Arthur pega minha mão, as pessoas dispersam, ansiando pelo próximo convidado.

Ele inclina a cabeça sutilmente, indicando que preciso fazer uma reverência. Claro, já ia me esquecendo.

Inclino um pouco o corpo, não sei bem o que fazer com as pernas, mas com todo o volume do vestido, ninguém vai ver se estiver errado.

— Está magnífica, milady — ele diz, mas só consigo pensar em outra voz, que me disse a mesma coisa antes disso.

— Duda... — A voz dele.

Eu me viro em sua direção, lentamente, e é um choque brutal demais pra minha pobre alma. Alex está ainda mais lindo do que me lembrava.

O fraque escuro perfeitamente ajustado, os botões de ouro com o brasão de Brahvendell gravados, a gravata enrolada no pescoço e a calça preta, justa. Um perfeito príncipe, saído direto dos meus sonhos.

Seus olhos percorrem meu rosto, como se para confirmar que sou eu realmente, e sinto as lágrimas ameaçarem cair.

Ele toca meus braços com desespero, perguntando como cheguei e se estou ferida. A preocupação em seu olhar me deixa sem reação.

Como posso sentir tanta raiva e tristeza e, ainda assim, me alegrar ao mesmo tempo por saber que ele está bem, que está seguro? Por ver isso comprovado diante de mim? Apesar da mágoa por vê-lo com a noiva, sinto um desejo brutal de me atirar nos braços dele e abraçá-lo com força.

Antes que eu encontre minha voz, no entanto, sua acompanhante se posta ao seu lado, atraindo minha atenção. Os cachos loiros estão presos no alto da cabeça, como os meus, e uma tiara prepotente de quem já se considera princesa os decora.

O vestido é de um tecido leve, rosa e os olhos incrivelmente azuis estão fixos em mim.

Ah, Deus. Ela não podia ser feia? A garota parece uma boneca!

— Meu príncipe? — ela diz, e sinto minhas mãos se fecharem em punhos na lateral do vestido.

O tom possessivo me deixa com raiva, mas que direito eu tenho? *Ela* é a noiva dele.

Alex ainda me encara, agora branco como papel, como se estivesse vendo um fantasma.

Notando que a interação não saiu como o esperado, com a noiva na jogada, Arthur se posiciona ao meu lado e, por conta própria, apoia minha mão na curva do seu braço e agradeço a ele por me dar esse apoio, antes que eu faça alguma bobagem ou diga algo comprometedor.

— Lady Solares, esse é meu irmão, o príncipe Alexandros Stephen Louis III e essa é... — ele parece pensar no modo de apresentá-la, como se eu não soubesse — sua noiva, lady Lauren Demerara.

Forço meu corpo a fazer a mesma mesura desajeitada de antes e vejo a moça repetir o feito.

— Esta é lady Maria Eduarda Solares, uma amiga querida.

Alex agora fita o irmão como se quisesse matá-lo ali mesmo, mas Arthur não faz nada além de sorrir, como se não tivesse ideia do que fez.

— Muito prazer, lady Solares — a boneca fala. Tudo bem, talvez eu esteja sendo cruel por ciúmes, admito. — Meu noivo e eu devemos dançar logo após o rei, mas podemos nos falar mais tarde.

Ela enlaça o braço no dele, mas Alex não se move.

— Arthur — ele diz, de repente. — Podemos conversar um instante?

— Infelizmente agora não é um bom momento, irmão. Preciso dançar com minha acompanhante.

Alex sorri, um riso de escárnio que nunca vi antes. Ele sempre foi doce e gentil, meio perdido, inclusive, mas não agora. Aqui ele está em casa, entre os seus, e sua postura demonstra confiança, e também percebo que está com raiva do irmão.

Me lembro de suas palavras sobre não me aproximar de Arthur e de como ele costuma seduzir as mulheres, e imagino o tipo de coisas que devem estar passando por sua mente.

— Não vai dançar com ela, Arthur. Deixe de ser estúpido.

— Alteza! — Demerara interfere. Meu Deus, ela tem nome de açúcar! Finalmente me dou conta.

Alex parece lembrar que a moça existe e se vira para ela, mas não disfarça a raiva.

— Vamos então — ele concorda. — Uma dança, Arthur, e vamos nos encontrar na varanda.

— Por que com ele? — eu me intrometo. — Se quer falar com alguém, deveria ser comigo.

— Como? — A açúcar estreita os olhos na minha direção. — Acho que sua sugestão não ficou clara, milady.

E os romances de época voltam para perseguir minha mente agitada. Não posso sair para a varanda com um homem, preciso calar a boca antes de fazer um estrago maior e virar a mocinha que foi para os jardins e se comprometeu.

Abro um sorriso tentando parecer mais doce que a própria Demerara.

— Perdão, lady Demerara. Expressei-me mal, realmente. Preferia não ser privada da presença de meu acompanhante, foi o que quis dizer.

— Oh, sim! — Os olhos dela agora se voltam para Arthur, com desconfiança, mas ainda não parece feliz. — Compreendo.

— Então vamos, lady Solares?

Aquiesço ao convite de Arthur, trincando os dentes por conta de toda a situação.

Quando o casal, que obviamente são o rei e a rainha, se posiciona no centro do salão, a música começa a tocar. Vejo Serafine sobre o palco, ainda sem cantar. A orquestra dá início à valsa.

Não consigo divisar os rostos dos pais de Alex, mas as roupas são exuberantes e eles dançam de modo muito sincronizado.

— Tudo está indo bem — Arthur sussurra ao meu lado.

— Bem? — Ergo os olhos para o encarar, surpresa. — Ficou doido? Eu nem me lembrava da prometida e aí me deparo com os dois! — solto, exasperada. E outra vez estou sendo grosseira com o príncipe. — E o Alex está furioso com você, provavelmente porque não disse que eu estava aqui. E Solares? — sussurro a última parte. — É quase tão horrível quanto Demerara.

— Qual o problema com Demerara? — questiona, curioso.

— É nome de açúcar!

Ele apenas sorri, com se não tivesse ideia do que estou falando.

— Tenha calma, milady. As coisas vão se acertar — apazigua, ignorando meu comentário.

Não sei em que mundo, porque nesse parece que não.

O casalzinho começa a valsar, e Arthur me oferece o braço. Parece que chegou a nossa vez.

— Vamos?

Uma onda de pânico me atinge. Como fui parar pra pensar apenas agora no fato de que não sei dançar? Mas é valsa, certo? Não pode ser tão difícil.

— É só me acompanhar... — Ele me acalma, lendo meus pensamentos.

Seguimos para o centro do salão, e apoio minha mão sobre a sua enquanto sinto seus dedos se posicionarem nas minhas costas. E lá vamos nós...

Alexandros

Em instantes sou arrastado por lady Lauren para o centro do salão e vejo os dois seguirem pelo outro lado. Lady Lauren não parece muito contente com a interação que acaba de presenciar, mas é educada demais para me questionar abertamente.

Não sei se a conduzo corretamente, mas logo que Arthur e Duda se juntam aos dançarinos no salão, meus olhos são atraídos para ela.

Noto a curva alva de seu pescoço, saboreio sua presença tão perto e, ao mesmo tempo, tão longe, e ouso dizer que consigo até mesmo sentir seu perfume daqui.

— Alteza — lady Lauren chama, dissipando meus devaneios —, conhece lady Solares, a acompanhante de seu irmão?

Ao que parece, ela não é tão discreta assim. Seu tom é enciumado e nem mesmo compreendo seus motivos; mal nos conhecemos, afinal.

— Vagamente — respondo, tentando não entregar toda nossa situação.

— Então... Os dois são amigos, pelo que entendi.

— É o que parece — respondo, mantendo a farsa que Arthur criou.

— Nunca a vi. Não é de Brahvendell, correto?

— Hum, acho que não.

— Não sabe de onde ela veio? Pareciam muito íntimos logo que ela chegou. Mas que inferno de interrogatório!

— Veio de longe, pelo que tenho conhecimento.

Ela não me encara, mas percebo que compreendeu que não desejo falar a respeito. Ainda assim, não desiste.

— Achei que tivesse se irritado com a presença dela.

Nesse instante, meus olhos se cruzam com os de Duda, do outro lado do salão, e deixo de pensar. Para o inferno com as regras de etiqueta e com o escândalo. Preciso conversar com ela imediatamente; como posso aceitar que pense que não quero estar com ela?

— Lady Lauren, com licença.

Faço menção de me afastar, mas ela segura meu braço com mais firmeza do que eu esperaria, dada sua aparência frágil.

Seus olhos azuis me sondam, curiosos, e ela ergue a sobrancelha, aguardando uma explicação.

— Aonde precisa ir com tanta urgência para que me deixe plantada no meio do salão?

— Me desculpe. Preciso falar com ela — respondo, com honestidade.

De que adianta mentir se logo vou romper esse noivado estúpido?

— Vai deixar sua noiva aqui para perseguir uma estranha? Não posso aceitar tamanho desrespeito.

Fito seu rosto e percebo que ela está furiosa. Também pudera, por mais que meu instinto grite para que eu corra até Duda, não posso fazer isso com a pobre moça diante de mim.

— A fama de meu irmão o precede, como deve saber. E, apesar de conhecê-la vagamente, lady Maria Eduarda é uma moça de família e de respeito e não quero que meu irmão aja em desacordo. Por isso ia falar com ela... — explico, afinal, não é bem uma mentira.

— Mas pode esperar a dança terminar — ela conclui.

— Sim — respondo, ainda que com raiva por postergar minha vontade —, farei isso depois.

Lady Lauren não me questiona mais e agradeço aos céus por isso, pois não aguentaria por muito tempo esse questionamento infindável. A valsa termina pouco depois e a voz da cantora preenche o ambiente, em uma quadrilha animada.

— Lady Lauren, vou conversar com meu irmão, falaremos mais tarde.

Caminho na direção da varanda, esperando que Arthur compareça antes que eu decida abandonar a civilidade e acerte meu punho com força em seu nariz abusado.

Ele chega um instante depois, as mãos nos bolsos da calça e um sorrisinho demoníaco no rosto.

— Surpreso, Alex? Eu também fiquei quando a encontrei na mata.

Estreito os olhos para ele e me aproximo, mas o bastardo mal nota a ameaça.

— Ia perguntar se sabia quem ela era, mas é óbvio que sabe. Por que não me disse que Duda estava aqui, Arthur? Depois de tudo que te contei.

— Aconteceu muito rápido, eu a encontrei no início da noite.

— E não pensou em me avisar? Agora Duda deve estar pensando um monte de coisas horríveis sobre mim.

— Pensando o quê? Que você tem uma noiva? Não sei por que isso seria horrível. Me disse que eram apenas bons amigos, não foi?

Quando eu for rei, a primeira lei que alterarei é a que condena assassinatos parentais. Por que não matar seu irmão em uma noite enluarada?

— Arthur, o que eu disse a você não interessa. Não vai tocá-la, está me ouvindo? Quero suas mãos promíscuas bem longe de Maria Eduarda.

— Não entendo por que tanta raiva. Está de casamento marcado, Alex, deveria se preocupar mais com sua própria dama.

A sugestão de que Duda poderia ser a sua dama não me passa despercebida.

— Não se meta nos meus assuntos, Arthur, ou vou esquecer que é meu irmão.

— É, parece que você tem um problema dos grandes. Não é possível manter as duas, Alex. Fique tranquilo, não pretendo desonrar sua salvadora, somos apenas amigos.

O desgraçado ainda pisca para mim ao repetir minhas palavras e me deixa sozinho, com minha fúria cega e meu desejo absurdo de abraçar Duda e esquecer que todo o restante existe.

Capítulo 20
Alexandros

Vejo meu irmão e Duda se aproximarem de meus pais, vindo pelo outro lado do salão, e me apresso a tomar meu lugar ao lado deles. Se Arthur vai apresentá-la, quero que o faça diante de mim.

— Querido, onde está lady Lauren? — minha mãe pergunta, alheia ao fato de que só tenho olhos para Duda, que está agora a poucos passos de distância.

— Não faço a mais remota ideia — respondo com honestidade, e isso me rende um olhar enviesado de meu pai.

Mas, antes que possa me repreender, Arthur se coloca diante de nós, com Duda ao seu lado.

— Meu rei — ele curva a cabeça em uma reverência —, e minha rainha — cumprimenta nossa mãe. — Gostaria de apresentar-lhes uma amiga querida, lady Maria Eduarda Solares.

Duda se inclina, imitando o gesto de Arthur, mas tomando o cuidado de se abaixar mais.

— É uma honra conhecê-los. O príncipe me falou muito de Vossas Majestades.

— O prazer é todo meu, lady Solares — minha mãe responde formalmente enquanto meu pai apenas sorri, acenando levemente. — E o que o príncipe andou falando sobre nós?

— Ahn... — Duda dirige um olhar aflito a mim, porque, a bem da verdade, tudo o que ela sabe sobre meus pais foi dito por mim. — Apenas elogios, Vossa Majestade.

— Posso imaginar. Não me recordo de ter ouvido seu nome antes, então suponho que não seja de Brahvendell. — O comentário aparentemente despretensioso, feito pela rainha, não é nada além de uma maneira de obter informações.

— Não, majestade. Vim de muito longe.

— É mesmo? E o que a traz aqui?

Duda abre a boca, mas não diz nada, e Arthur olha para ela parecendo tão confuso quanto a mãe. Mas que idiota! Decidiu apresentá-la e nem mesmo construiu uma história.

— Os pais de lady Maria Eduarda faleceram e deixaram o título e a herança a ela — esclareço, atraindo a atenção dos quatro. — Ainda é um assunto delicado por ser recente, mas lady Solares precisava de uma nova paisagem e escolheu Brahvendell por um convite nosso, mãe.

— Nosso? — A rainha então me encara com seus olhos perspicazes. — Então também já se conhecem? Imagino que sim, já que soube explicar toda a situação. — Ela se vira outra vez para Duda. — Sinto muito por sua perda, querida. Desfrute de nossa hospitalidade por quanto tempo quiser, uma amiga de meus filhos também é minha amiga.

Duda agradece o comentário e me lança um olhar disfarçado, um misto de gratidão e mágoa, mas só consigo pensar em como está se sentindo e no fato de que está aqui. Ainda estou divagando a esse respeito quando Arthur a conduz para longe.

— Então a conhece, Alex? — O rei decide participar do assunto. — Será que é uma das... Você sabe, amigas do Arthur? Não seria de bom tom trazer uma mulher assim à corte.

— De modo algum — digo, mais ríspido do que deveria. — Conheço-a e posso assegurar que não existe envolvimento íntimo entre eles, lady Maria Eduarda é uma dama de respeito. Arthur só está auxiliando uma amiga em um momento de pesar.

Meu pai assente, mas seus olhos se fixam em mim por um longo tempo e recuo, olhando para meus sapatos. Ele não ficou conhecido como Adrian, oAstuto, sem razão.

Quando os convidados começam a dispersar, e antes que lady Lauren volte a me rondar, deixo o salão de baile disfarçadamente. Antes mesmo que Arthur e Duda saiam, afinal preciso ser rápido para conseguir colocar em prática o plano que arquitetei.

Os guardas nos corredores dificultam minha missão, mas não creio que ousarão dizer algo a respeito, não quando se trata de mim. Minha posição por si só garantiria o sigilo e, assim, furtivamente, consigo as informações para chegar até o quarto dela.

Passo pela porta e a fecho depois de mim. No escuro, sou recebido por dois olhos brilhantes.

— Quem está aí?

Um miado me confirma a presença e abro um sorriso ao ouvir o som. Duda trouxe Efigênia consigo.

Apesar das cortinas abertas que iluminam um pouco o quarto com a luz da lua, não posso ver muita coisa e mantenho tudo assim.

Adentro a sala de banho e me oculto ao lado da mesa em que ficam as toalhas e outros apetrechos. Não demora muito, cerca de dez ou vinte minutos, e passo esse tempo acariciando os pelos de Efigênia, que parece ter me reconhecido. Um pouco depois, ouço o som da porta se abrindo e a voz de Duda se despedindo de meu irmão. Eu me atento à conversa, mas, de onde estou, não consigo ouvir muita coisa.

— Efigênia? — ela chama ao se ver sozinha. — Gatinha, vem aqui.

Espero um momento para ter certeza de que estamos realmente a sós e, quando a luz de uma vela ilumina o cômodo, deixo meu esconderijo.

— Duda... — chamo, em tom comedido.

— Alex! Que susto... — Ela estremece, levando a mão ao peito. — Não devia estar aqui.

Nossos olhares se encontram por um momento, na penumbra, e, apesar de tudo, de todas as palavras não ditas, de todas as explicações necessárias e de todos os sentimentos envolvidos, não há outra coisa a ser feita que não seja abraçá-la.

Venço a distância entre nós com dois passos e a puxo para os meus braços em silêncio. Apesar de toda a raiva que ela possa estar sentindo agora, Duda não resiste.

Seus braços circundam meu pescoço enquanto encosta o rosto em meu peito. Inalo seu cheiro e aproveito o momento de quietude, no qual o único som que importa é o ritmo de sua respiração.

Aperto seu corpo contra o meu, não de um modo passional, mas puramente para afirmar a existência dela neste plano. Minha Duda, que agora veio até mim.

Beijo o topo de sua cabeça e sinto suas unhas arranharem a pele da minha nuca, como se ela também necessitasse confirmar que estamos aqui, juntos. Os segundos se estendem um pouco, mas então ela me afasta. Percebo que outra vez seus olhos estão marejados e sinto um ardor no peito por saber que sou responsável por sua tristeza.

— Alex, a Lourdes virá me preparar para dormir. Precisa sair daqui...

— Não posso sair agora, ainda nem conversamos.

— Eu sei, mas... Não há muito a ser dito.

Solto um riso estrangulado. Ela está brincando?

— Como não há? Você de alguma forma atravessou para Brahvendell. Quero saber tudo, como você está, de que maneira aconteceu, se veio propositalmente... Tudo.

Seus olhos me fitam com apreensão, ela não parece ansiosa por essa conversa, ainda assim, começa a falar.

— Eu estava bem, cuidando da minha vida, Alex. Mas fiquei preocupada com você, não sabia se tinha conseguido retornar e se estava ferido. Então descobri como atravessar e decidi ver com meus próprios olhos, saber se tudo tinha acabado bem.

— Está me dizendo que descobriu como isso funciona?

Ela aquiesce, mas seus olhos se desviam para o chão. Por algum motivo, não me parece sincera.

— E como ocorre?

— Isso não é importante agora. O que importa é que estou aqui, trouxe Intempérie de volta e vi que você está bem e com sua família. Posso retornar.

Mal tenho tempo de me alegrar por saber de meu cavalo, pois sinto como se Duda cravasse um punhal em meu peito. Por algum motivo tolo, tive esperanças de que tivesse sido uma decisão consciente, de que talvez ela quisesse ficar aqui, comigo.

— Tens de ir? Mas... Acabas de chegar.

Ela sorri, mas outra vez não parece verdadeira.

— Não vou imediatamente. Decidi conhecer um pouco mais do seu reino e assistir à justa que farão em sua homenagem, mas não tenho planos de ficar.

— Vai ver a justa?

— Seu irmão me convidou para ficar por uns dias e decidi aceitar. Prefiro que não fale comigo em público, Alex, sua noiva pode ficar descontente.

Sinto seu tom mordaz e a acusação velada, mas ainda assim o que mais me incomoda é saber que ela decidiu ficar por mais uns dias a pedido de Arthur e não por mim.

— Duda, sobre lady Lauren, não é bem o que parece. Sei que deve ter ficado chateada por nos ver juntos, mas acontece que desde que retornei, não pude...

As batidas na porta interrompem minha explicação. Por mil diabos! É claro que seríamos interrompidos agora, pior momento que esse seria impossível.

— Lady Solares? Vim ajudá-la a se preparar para dormir. Posso entrar? — A voz da criada nos alcança.

— E agora? — Duda sussurra. — Se te pegarem aqui...

Ela não precisa concluir a frase, sei muito bem as implicações de nos encontrarem juntos no quarto.

— Vou me esconder ali, não a deixe passar para a sala de banho — respondo no mesmo tom.

Corro para meu esconderijo inicial e, daqui, ouço Duda abrir a porta e cordialmente receber a criada, a quem obviamente — não seria ela se fizesse de outro modo —, chama pelo nome.

Imagino o constrangimento que Duda deve estar sentindo, sabendo que estou a uma curta distância enquanto ela se despe.

No entanto, apenas pensar nisso envia uma onda de desejo por meu corpo. Por mais cavalheiro e respeitoso que tenha sido com Duda em minhas atitudes, não posso controlar meus pensamentos.

Ouço o farfalhar suave dos tecidos e fecho os olhos, imaginando sua pele alva sob a luz das velas, seus cabelos soltos sobre os ombros nus... Um movimento involuntário dentro das minhas calças me faz perceber o rumo inapropriado que meus pensamentos tomam. Mas não demora muito e ouço seus passos adentrando o recinto em que me encontro.

— Pode sair, ela já foi ... — Sua voz ainda é baixa.

Levanto-me e a encontro de pé diante de mim, trajando uma camisola branca, comprida, mas que agita ainda mais os meus sentidos.

— Por Deus... — deixo escapar um resmungo. — Não posso continuar agindo de modo honrado se permanecer neste quarto.

Duda desvia os olhos dos meus, compreendendo, talvez muito bem, meus impulsos luxuriosos.

— É melhor ir agora, Alex. Não me deve satisfação alguma sobre seus relacionamentos, e se vim até aqui foi apenas como uma amiga preocupada. Siga adiante com seus planos e não se preocupe comigo. Vou embora em breve.

— Não quero pressioná-la, Duda. Mas não reconsideraria ficar?

— Acha que deixaria meu mundo? — Sua pergunta parece não carecer de resposta, e ela continua: — Meus amigos? Ficarei dois ou três dias, no máximo.

— Claro que sim, porque Arthur, a quem você conheceu hoje, pediu que ficasse.

— Prefere que eu vá embora antes?

— Não estou dizendo isso e sabe muito bem. Eu não a alertei sobre meu irmão? Não disse que se um dia viesse...

— Você disse muitas coisas, Alex. Nem todas tão verdadeiras quanto pensei. Arthur pode ser o que disse, mas o que o impede de agir assim? Ele não tem compromisso algum.

— Duda... — Aproximo-me um pouco, mas seus olhos me permitem ver a raiva. — Sabe que não sou assim, eu não a magoaria de propósito.

— Não estou magoada. Estou com sono.

— O quê? — Por um momento penso ter compreendido mal.

— Foi um dia cansativo. Viajei por um portal, surgi em um reino estranho, me arrumei às pressas, lidei com o baile, você, seu irmão, sua noiva, seus pais... É muita coisa pra um dia, Alex. Quero ficar sozinha e dormir.

— Mas, Duda...

— E, por favor, tenha cuidado. Não podem te ouvir me chamando assim.

— Eu sei disso, não vou esquecer. Não quero sair daqui assim, precisamos conversar direito, mas não posso te negar o descanso diante de tudo que passou hoje. Vamos falar amanhã, tudo bem?

— Se conseguirmos, podemos conversar. Mas não podemos ser vistos juntos a sós.

— Darei um jeito.

Afasto-me dela, na direção da porta, e Duda me acompanha, os braços cruzados na altura dos seios, os olhos baixos, evitando me encarar, em uma postura ensaiada de indiferença.

Ela não pode ter deixado os sentimentos que nutria por mim em poucos dias. Isso não seria possível, seria? Não quando só consigo pensar em tê-la em meus braços outra vez, beijar seus lábios e me perder em seu aroma fresco.

— Boa noite, minha lady...

Seus olhos se estreitam, como que irritados por ouvir minha fala.

— Boa noite, Vossa Alteza.

Duda fecha a porta atrás de mim, impondo um limite que há muito havia sido quebrado, voltando à formalidade que não deveria mais existir entre nós.

Duda

Pegar no sono depois de tudo foi uma tarefa difícil.

Apesar da raiva que ainda sinto, do ciúmes por ter que o ver passeando na minha cara com sua noiva, não pude evitar retribuir seu abraço, não quando tudo em mim ainda pulsa de desejo pelo contato.

Por um instante, me permiti respirar seu cheiro e sentir sua presença e, ali, naquele abraço, enterrei minhas esperanças e me fortaleci para o que precisava ser feito.

Menti sobre saber como ir embora, mas não permitiria que Alex soubesse que vim disposta a ficar, talvez para sempre. Nem que, se o encontrasse à minha espera, teria abdicado todo o resto por uma possibilidade. Não quando Alex manteve os planos de casamento, não quando ficou tão bem sem mim.

E agora, como vou partir? Terei que descobrir um modo, mas nem em sonho estarei aqui quando ele se casar.

— Milady não parece muito contente. — Lourdes prende meus cabelos com umas florzinhas amarelas que combinam muito com o vestido para o dia que Serafine me emprestou.

— Apenas pensando em coisas sem importância — respondo, evasiva.

— Prontinho... — Ela aponta para que eu veja minha imagem no espelho. — Chegou um convite para a senhorita.

— Um convite? — Por um instante temo que Alex tenha cometido a insensatez de enviar alguma coisa.

— Sim, a rainha a convidou para um chá em seus aposentos. Outras damas também irão.

— A rainha, é? — Eu não deveria ir, não quando posso ser desmascarada tão facilmente.

Ainda assim, estou curiosa para conhecer melhor a mulher que é a mãe de Alexandros, e minha alma de leitora romântica também não aceitaria bem perder um chá na corte.

— Sim, acho que já está pronta.

— É agora? — A informação gera um descompasso em meu peito. De repente não pareço mais tão ansiosa por ir.

— É o desjejum. Vamos, vou conduzi-la.

Levanto-me a contragosto, ainda que curiosa, e sigo-a porta afora, mas sou surpreendida ao me deparar com lady Lauren do outro lado.

— Bom dia, lady Solares! — O cumprimento jovial parece forçado de alguma maneira, mas claro, essa sou eu implicando com minha rival, que nem mesmo sabe de seu papel na minha história.

— Bom dia, lady Demerara. — Imito a reverência que ela faz. Acho que estou pegando o jeito da coisa.

— Pedi que a rainha lhe estendesse convite para o desjejum, para que pudesse me acompanhar.

— Oh, é mesmo? — Eu me faço de afetada, entrando na onda dela.

— Claro, uma amiga de meu futuro cunhado também é minha amiga.

Cunhado. Eu não sei o que dizer ou fazer, não sou o tipo de mulher que deseja o que é dos outros ou que tem raiva de outra pessoa por ter aquilo que não pode ser meu, mas é exatamente o que sinto

— Venha comigo — convida e, com um gesto com a mão, dispensa Lourdes.

Caminho ao seu lado, sem deixar de notar seu vestido branco impecável e os lábios rosados que ela parece tentar fingir que são naturais, mas aposto minha pele que tem um *rougezinho* ali.

Subimos dois lances de escada e, quando finalmente chegamos à torre mais alta, estou suando sob as trezentas camadas de roupas que me obrigaram a colocar e sentindo como nunca quantas costelas tenho. Lady Lauren segue plena, como a dama que é.

Ela para diante de uma porta e faço o mesmo. Sua mão enluvada se fecha em um punho delicado e então bate duas vezes na madeira, tão baixo que eu duvido que alguém a escute.

Mas claro que a escutam.

Um criado abre e nos concede passagem para dentro de uma sala luxuosa.

Não é um lugar imenso como o salão de baile e tampouco se parece com uma sala de jantar. É mais como uma sala... de mulheres.

Acho que é o cômodo particular da rainha, a decoração é toda em rosa e dourado e muitas flores estão dispostas por todo lado. Um piano branco está sendo tocado em um dos cantos por uma moça.

Várias outras mulheres estão sentadas, conversando animadamente e as criadas servem o chá em xícaras delicadas, direto de bules de porcelana. A cena por si só é como uma pintura e, no centro de tudo, como tema do quadro, está a rainha Cícera.

Sentada em uma cadeira dourada, toda almofadada, e que, apesar da elegância, parece muito confortável, sua majestade beberica o próprio chá, sorrindo educadamente para a mulher a seu lado.

Os olhos da rainha se erguem ao nos ver e ela abre um sorriso, agora direcionado a nós.

— Que bom que chegaram...

Lady Demerara a reverencia, e isso serve para me lembrar de que devo fazer o mesmo.

— Cheguem mais perto — a nobre convida.

Lauren parece considerar o convite uma honra e imagino que seja mesmo, então aproveito a oportunidade e a sigo.

— Sente-se aqui, lady Solares — a rainha pede, e me surpreendo ao ver que se lembra do meu nome, coisa que nem eu lembrava.

Tomo o assento do seu lado direito, e Lauren se senta do outro lado, junto à mulher que lhe dirige um olhar caloroso. Não é necessário que a apresentem, as duas são extremamente parecidas, apesar da diferença de idade, mas claro que ainda assim o fazem, educadamente.

— Lady Lauriana Demerara, esta é lady Maria Eduarda Solares, uma amiga querida de meus filhos.

— Oh, é mesmo? É um prazer conhecê-la, querida — a mulher responde, mas seus olhos não parecem dizer o mesmo.

— O prazer é todo meu, milady.

— Então, lady Solares, o que achou de seus aposentos? — A rainha se vira para mim, parecendo mesmo interessada na resposta.

— São excelentes, dormi como uma princesa.

Os olhos de lady Lauriana parecem que vão saltar das órbitas, e Lauren fecha a cara, até a rainha parece de repente muito concentrada no chá, e finalmente percebo o quanto a frase soou estranha.

— Perdoem-me — eu me apresso a dizer. — Não foi o que quis dizer, sinto muito se soou esquisito.

— Não tem razão para se desculpar — a rainha dispensa meu pedido. — O príncipe Alexandros contou-me sobre os infortúnios que a conduziram até aqui. Espero que esteja sendo uma viagem revigorante.

— Ah sim, estou gostando muito.

— O príncipe Alexandros? — lady Lauriana interrompe, de repente fiquei interessante para a madame. Além disso, tenho quase certeza de que é falta de educação interromper a rainha, mas ela não parece se importar. — Então se conhecem, milady? — insiste.

— Hum, vagamente. — E eu sou idiota? Sei muito bem o que as mães casamenteiras fazem nessas histórias, e não vou dar motivo para que me joguem do alto da torre.

A rainha me encara com o cenho franzido, provavelmente admirada por Alex saber tanto a meu respeito.

— Deve saber que ele nos deu um terrível susto no último mês — lady Lauriana comenta. — Desapareceu repentinamente e todos tememos pelo pior. O castelo todo entrou em luto e então, assim como partiu, um dia fomos agraciados com seu retorno.

A rainha fita a xícara em suas mãos e parece perdida em pensamentos. Deve ter sido difícil para ela ter ficado sem notícias do filho.

— É verdade? — questiono, como se não soubesse de nada. — Ouvi falar, mas não sabia que haviam ficado de luto, deve ter sido difícil.

— Ainda é — a futura nora da rainha concorda. — Alex voltou há alguns dias, mas não soube explicar onde esteve, ou o que aconteceu. Imaginamos que tenha sido torturado, ou ainda pior.

Sua majestade segura com força a xícara, mas noto o tremor em seus dedos. Sinto que o assunto não é nada agradável para ela e posso imaginar as milhares de coisas horríveis que se passam por sua cabeça, e a dupla Lauren e Lauriana — quase uma dupla sertaneja — não está ajudando.

Toco sua mão levemente, e ela volta os olhos para mim, assustada com o contato. Droga, Duda! Não pode sair segurando a mão da rainha assim...

— Majestade — começo, agora que já fiz a cena —, tenho certeza de que seu filho esteve bem. E que não aconteceu nada de mais grave com ele.

Seus olhos parecem curiosos com minha resposta e trinco os dentes ao perceber o quanto estou sendo expansiva.

— Por que diz isso? — lady Lauren questiona. — O príncipe foi ferido e sumiu, tudo leva a crer que alguém o raptou.

— Mas ele voltou bem e a salvo, não foi? Lúcido e inteiro — respondo, enumerando. — Não foi assim, majestade?

Ela inclina a cabeça para o lado, pensativa.

— Creio que sim. Me disse umas coisas estranhas no primeiro dia, pareciam sandices, mas depois, não sei... Parece o mesmo de sempre.

Abro um sorriso ao ouvir a frase. Claro que Alex não esconderia a verdade; assim como me disse que havia viajado do passado, lógico que contaria aos pais onde esteve.

— Sabe — a rainha prossegue —, Alex disse que uma donzela o ajudou.

— Uma donzela? — Lady Lauriana parece não gostar nada da ideia.

— Sim, alguém que o salvou e o ajudou com o ferimento. O alimentou enquanto esteve fraco e sem forças. Não sei todos os detalhes, mas, se meu filho retornou, devo muito a essa pessoa.

— Não me parece uma boa história, majestade. — A emproada lady Lauriana franze o cenho. — Ele é noivo e pode parecer estranho dizer isso por aí, melhor que mantenham a história do príncipe guerreiro que escapou dos inimigos e voltou para casa. Essa versão, com a donzela, não é uma história muito nobre, considerando o compromisso dele com minha filha.

— Ah, é sim! — Não consigo segurar a língua. — Acho uma história excelente. E essa donzela? Nossa, já a admiro muito — respondo, fazendo o meu melhor para não atirar o chá quente na cabeça desta mulher idiota.

— Como disse? — Lady Lauriana tem um olhar mortal dirigido a mim.

A rainha também me encara com curiosidade, mas parece haver um brilho diferente em seus olhos, parece estar se divertindo agora. Espero não ter dado muita bandeira.

— Se a moça o salvou, isso é algo bom, certo? Assim ele pôde retornar e vai poder... se casar com sua filha.

— Oh, sim — ela concorda. — Não há dúvidas de que a resolução do caso foi excelente. E a senhorita, lady Solares? Há um lorde em vista?

As três me fitam com interesse. Francamente! Nem a rainha disfarça a curiosidade e parece que até mesmo a conversa entre as outras mulheres diminui de intensidade.

— Sabem — ostento minha melhor cara de riqueza —, meu pai rejeitou alguns pedidos quando era vivo, pois os pretendentes não eram cavalheiros adequados à minha classe social. E depois que ele faleceu, perdi um pouco o rumo, só tenho me preocupado com a dor da perda.

— Deveras, muito triste perder os pais tão jovem, milady — Lauriana concorda. — Ontem a vi no baile com o príncipe Arthur e pareciam próximos... — Os olhos dela se desviam para a rainha, sondando a reação da mulher, e lady Lauren se concentra ainda mais em mim.

— Oh, de maneira alguma — respondo, sacudindo as mãos, agitada. — Somos apenas bons amigos.

— E se conheceram como? — É lady Lauren quem pergunta.

— Nós? Hum, foi na modista.

— Na modista? — as três perguntam juntas.

Que merda o príncipe teria ido fazer na modista?

— Eu estava comprando tecido... para um dos meus vestidos de luto, e o príncipe apareceu para... Bom, não sei o que ele foi fazer lá.

— Ah, posso imaginar... — lady Lauriana comenta com desdém, e aproveito a deixa.

A rainha não parece feliz por saber da ida do filho à modista, mas ninguém acha estranho.

— Eu havia comprado muitos tecidos, porque sabem, tenho uma fortuna — sigo divagando, e agora ainda pareço arrogante —, e o príncipe me ajudou a carregar as coisas até a carruagem.

— Só isso? — Lauren parece desacreditar um pouco.

— Foi... Inacreditável, não é? E olhem como tudo é estranho. Eu tinha muitas roupas, inúmeros vestidos e tecidos para outros mais. E, chegando em Brahvendell, me perdi na mata e minha carruagem desapareceu. Assim que desci para procurar ajuda, não a encontrei mais... Minha bagagem estava dentro e, agora, não tenho roupas!

As mulheres me encaram com tanta piedade que suspiro aliviada. Ao menos consegui desviar o assunto com jeitinho.

Capítulo 21

Duda

Jamais imaginei que fosse participar de um piquenique no campo, organizado pela própria nobreza de Brahvendell e coordenado pela rainha Cícera, e agora cá estou eu, caminhando pela grama bem aparada, na direção em que outros convidados estão reunidos.

A ideia partiu de lady Blossom, uma senhora muito animada, que preparou todo um discurso sobre aproveitarmos que os convidados do baile ainda não haviam partido, para nos reunirmos mais uma vez.

A rainha pareceu se empolgar com a sugestão e tratou de organizar tudo para mais tarde, e pouco depois de me despedir das mulheres no chá, uma trupe de criados se infiltrou em meus aposentos. Eles carregavam vestidos, roupas de baixo e sapatos, diversos presentes da rainha, que ficou muito comovida ao saber da minha bagagem desaparecida. Talvez eu tenha tido que mentir um pouquinho, mas não vou me arrepender agora, porque não tinha mesmo o que vestir.

— Lady Solares. — A voz do príncipe Arthur me alcança e me volto para ele, cobrindo os olhos por conta do sol forte.

— Já te disse que esse nome não é legal, né? — questiono em tom mordaz. — De repente olhou para o Sol e teve a brilhante ideia de me chamar assim?

Ele começa a rir enquanto caminha mais rápido, chegando logo até onde estou.

— Admito que foi algo assim...

Arthur oferece o braço para me acompanhar e, mesmo sabendo que isso vai deixar Alex furioso, talvez principalmente por isso, eu aceito.

— Quem teve essa ideia abominável de promover um piquenique nesse sol horrendo? — Arthur faz uma careta ao ver as tendas montadas um pouco abaixo. — Foi lady Lauriana?

— Não. Foi sugestão de uma tal de lady Blossom, hoje pela manhã — respondo, me lembrando da ideia que surgiu mais cedo.

— Claro que foi, aquela matrona descarada.

— Como assim? — Arrumo melhor meus cabelos, prendendo atrás da orelha alguns fios que teimam em se soltar.

— Aposto que vai dar um jeito de abandonar o pobre lorde Blossom durante o evento e fugir para... Bom, para fazer outra coisa.

A história então me vem à memória e me lembro do que Alex me contou sobre esse casal e o cavalariço do palácio.

— Ah! É a que trai o marido!

— Fale baixo — ele repreende. — O Alex te contou isso?

— Contou. Ele me disse muitas coisas sobre Brahvendell.

Com esse pensamento, me lembro das coisas que Alex mencionou e imagino que, talvez, tenha alguém aqui que possa me ajudar a descobrir o que aconteceu e como resolver.

— Onde posso encontrar o mago daqui? Talvez o oráculo...

— Nosso oráculo anda meio desacreditado — Arthur menciona.

— É uma mulher, não é? Alex me disse que era ótima em previsões.

— Deveras. Mas um oráculo precisa de alguns pré-requisitos se quiser manter o poder.

— Ah, não! Ela... Deixou de ser virgem? — Agora eu é que estou sussurrando.

O príncipe chega a estacar, assustado com minhas palavras diretas.

— Algo assim.

— Quem faria isso? Sabendo que é o oráculo do seu povo!

— Bom, ela é muito bonita... — Ele desvia o olhar, focando no sol. No sol! O que torna óbvia a tentativa de fugir de mim.

— Arthur! Foi você? Não acredito que fez isso.

— Devo dizer que me sinto muito desconfortável com o rumo que esta conversa está tomando.

— É, né? Alex me alertou sobre você. *"Fique longe de meu irmão se um dia for a Brahvendell, ele é um libertino."*

— Ele disse, não foi? — Arthur sorri, achando graça. — Sabe que adoro meu irmão?

— É mesmo? Me parece que está gostando de fazer pirraça.

— Pirraça?

— É, gostando de irritá-lo.

Chegamos sob a tenda e Arthur me conduz para um dos cantos, onde, numa manta ao lado, várias outras pessoas já conversam animadamente. Lady Lauren está à nossa frente, do outro lado, e Alex está sentado à sua direita, e logo nos vê.

Arthur sorri, o cumprimentando, mas ele não corresponde.

— Fiquem à vontade para se servirem — a rainha fala, colocando-se de pé. Seus cabelos castanhos estão presos em uma trança longa e seu sorriso é um incentivo aos convidados. — Hoje não temos a criadagem para servi-los, é um piquenique e, como tal, não haverá tamanha formalidade.

Como que para enfatizar as próprias palavras, a rainha se senta sobre uma almofada vermelha e um garotinho que está posicionado atrás dela, vestido de modo tão formal que não me restam dúvidas de quem seja, a abraça pelo pescoço.

— Oh, querido, que bom que se juntou a nós... — Ela toca as mãos do menino e depois mostra a almofada ao seu lado, para que ele se sente.

— É seu irmão? — pergunto a Arthur, discretamente.

— Sim, o príncipe Henri.

— Fico feliz em ver que está bem. Alex ficou tão preocupado com ele...

— Nós o encontramos rápido, depois que Alex sumiu. Acho que o inimigo nem se deu conta de que Henri estava ali.

— Graças a Deus por isso. Mas escuta... — Olhando ao redor, percebo que não vou matar ainda minha curiosidade sobre as figuras excêntricas de Brahvendell. — Estávamos falando sobre a fatalidade que sucedeu ao oráculo, mas e o mago?

— Ah, o velho Garone. Ele é incrível, milady. As pessoas aqui não lhe dão muita credibilidade, porque não o veem fazendo magia de fato. Mas sempre achei que havia verdade nas coisas que ele dizia, e quando Alex voltou e contou tudo que aconteceu... Tenho certeza de que Garone saberia algo sobre essa magia poderosa.

— É uma possibilidade. E onde ele está?

Olho ao redor e me sinto mais aliviada ao perceber que os convidados entretidos em suas próprias conversas não estão atentos a nós. A não ser por Alex e lady Lauren.

— Não sei, ele faz as coisas a seu próprio modo. Construímos um local para seus experimentos abaixo do castelo, no lugar onde, em tempos antigos, ficavam as masmorras, e ele vive ali. Mas desde que Alex voltou está tentando falar com o mago e não o encontramos em canto algum.

— Acha que ele saberia mesmo de alguma coisa? Talvez conheça um modo para que eu possa voltar para casa.

— E por que voltaria? — indaga, alheio aos meus motivos.

Arthur captura um morango da bandeja prateada à nossa frente e o estende para mim, que o pego com os dedos. Posso sentir a raiva de Alex do outro lado, quase perfurando a fruta com sua fúria silenciosa.

— Não precisa fazer isso, está o provocando outra vez — repreendo.

— Sei que estou. É proposital, caso não tenha ficado claro.

— Ficou sim. Inclusive não acha que está exagerando com todas essas mulheres? — pergunto, em tom de deboche. — Se envolveu com o oráculo, também tem a cantora, e fica fingindo interesse por mim. Você tem o quê? Vinte e um anos? Vai acabar morrendo em um duelo se não se cuidar.

— Alex te falou dos duelos?

— Não. Mas li muitas histórias antigas.
— Sei. E como sabe sobre mim e Serafine?
— Ela me contou.
— Entendo. Bom, é a minha natureza. — Ele dá de ombros, como se não tivesse como lutar contra um instinto tão arraigado. Aff!
— Comigo esse papinho machista não cola, Arthur.
— O que disse? Em alguns momentos, não entendo metade do que diz.
— *Papinho* é o mesmo que conversa fiada. E machista, sim, porque vocês aqui menosprezam as mulheres e acham que podem fazer o que quiserem.
— Nós? De modo algum — discorda.
— Sim, vocês. Você aí, com todo rabo de saia que aparece na sua frente, e seu irmão também não é nenhum santo.
— O que tem ele? Não são apenas amigos? — ele me provoca, mas no fundo sabe que não é bem assim. — Eles vão se casar logo. Olhe para eles, milady... Formam um casal lindo, não acha?

Desvio os olhos para o outro lado e me deparo com lady Lauren apoiando a mão sobre o braço de Alex, enquanto sorri de algo que ele diz.

— E agora eu sou obrigada a ficar assistindo a essa safadeza?
— Imagino que não seja — Arthur concorda. — Por que não mostra a ele que não é obrigada a vê-lo flertando com a noiva? É só abandonar o piquenique. Vai ser uma cena e tanto — completa, parecendo debochar de mim, ao mesmo tempo em que me instiga.

Não consigo entender ainda suas motivações ou por que me ajuda e provoca Alex. Ele age de uma maneira gentil, mas que, no fundo, é muito esquisita.

— Sabe, você é cruel, príncipe. — A bendita Demerara serve um pedaço de torta em um prato para que Alex coma. Só falta dar na boca dele, a bandida! — Quer saber? Não vou mesmo assistir a isso! Passar bem, Arthur.

Levanto-me e direciono um olhar de nojo para Alex, que ergue a sobrancelha diante da minha reação. Faço uma mesura para a rainha, que também encara a cena sem compreender o que estou fazendo.

— Peço licença a todos, estou a ponto de vomitar.

Um murmúrio coletivo se ergue e, pelos olhares de todos, presumo que tenha cometido uma grosseria.

— Indisposta. Desculpem por isso, quis dizer que estou indisposta.

Segurando a saia do vestido, deixo o piquenique o mais rápido que posso e sigo para dentro do palácio. Dessa vez, entro pela porta da frente e me vejo em uma galeria enorme. O pé direito alto termina em um teto abobadado, todo pintado com figuras angelicais, maravilhoso.

Nas paredes, vários quadros estão pendurados, e me pego analisando as famílias reais, os ancestrais de Alex. É impossível não sofrer ao imaginar que, em pouco tempo, ele e a Demerara enfeitarão essa parede. Ridículos!

Ouço passos atrás de mim, mas não me viro. Só mesmo ele teria coragem de me seguir sabendo que todos vão falar sobre isso.

— O que você tem? — Sua voz me faz fechar os olhos.

Queria que ele não causasse tantas reações emocionais em mim.

— Tenho vontade de vomitar, já disse.

— Comeu algo que lhe fez mal? — Alex insiste.

— Não — respondo, ainda de costas. — Ver você e sua prometida, tão apaixonados, me deu nojo.

— Apaixonados? — Seu riso é puro escárnio. — Está brincando comigo, Duda? Eu mal a suporto!

— Não parece, já que estão sempre juntos e ela não para de rir e mostrar todos aqueles dentes amarelos que tem na boca.

— Duda, isso não é justo! — Seu tom é baixo, mas transmite exasperação.

Viro-me por fim, encarando seus olhos escuros e permitindo que Alex veja toda a raiva que estou sentindo.

— Não é justo? Você queria que eu mentisse? Dissesse que tudo bem vir até aqui e descobrir que ainda vai se casar com ela? Perceber que, no momento em que sumiu, em um piscar de olhos, eu deixei de importar para você?

— Isso não é verdade. — A seriedade em seus olhos escuros quase me faz acreditar. — Você é a única que importa.

— Fala sério, Alex! — Minhas mãos estão agitadas, em uma tentativa de demonstrar se não pelas palavras, pelos gestos, o quanto estou frustrada. — Nós somos literalmente de mundos diferentes, e essa sua noiva é... perfeita! Não sei nem por que estamos tendo essa discussão.

— Porque, de repente, você acha justo me acusar de coisas que sempre estiveram claras entre nós, afinal te falei sobre o noivado, nunca menti. A senhorita, por outro lado, chegou aqui e passou a flertar com meu irmão, debaixo dos meus olhos.

— Flertar com seu irmão? Faça-me o favor, ele só está me ajudando.

— E por que precisa da ajuda dele? Nós é que... Vem aqui.

Alex abre uma porta atrás de mim e me puxa para dentro, agarrando meu braço. Uma passagem secreta! Mal tenho tempo de registrar a surpresa ao constatar o cômodo pequeno e luxuoso, porque ele já retoma o assunto.

— Arthur não ajuda donzelas, Duda. Não é isso que ele faz e você está caindo nos encantos dele.

— Deixa de ser besta, Alex! Arthur não deu em cima de mim nenhuma vez, ele só gosta de te irritar, por algum motivo idiota. Coisa de irmão, acho.
— Duvido muito disso. Vejo como ele fica te olhando.
— E como é?
— De modo lascivo.
— Ah, se for isso também, e daí? Sou solteira e ele também é. O único com um compromisso aqui é você e esse compromisso, claramente, não é comigo.
— E daí? — repete, surpreso. — Você tem prazer em me deixar furioso? Primeiro preciso que fique claro de uma vez por todas que não escolhi esse compromisso. E, em segundo lugar, se ficasse calada por um momento e me ouvisse, eu já teria explicado que ainda não rompi com o compromisso porque cheguei e logo decidiram fazer um baile, com centenas de convidados e, por gentileza, apenas por isso, não quis que lady Lauren e sua família enfrentassem o constrangimento diante de toda essa gente. Só estava esperando que as festividades terminassem para findar esse ardil de uma vez por todas. Mas então você chegou e fez com que me arrependesse de agir com sensatez. E agora fica me provocando, andando com Arthur por aí, e só em pensar que ele possa...
— Possa o quê? — interrompo seu longo discurso. — Acha que vou ficar com seu irmão?
— E se ele a seduzir?
— Cai na real, Alex! Eu não sou desse século e com certeza não sou uma donzela em apuros; sei muito bem quem eu quero. Você é que precisa se decidir, ou acha que é agradável me lembrar de como você me beijou antes e agora imaginar que anda pelos jardins beijando outra pessoa?
— Nunca beijei lady Lauren.
— Claro, porque ela é uma... O que disse? Nunca?
— Não — repete, abrindo um sorrisinho que acaba aliviando um pouco o clima —, e não é porque ela é uma santa; eu só não quero beijá-la.
— Não quer?
— Não. — Alex aproxima o corpo do meu e sinto minhas costas se chocarem contra a porta. — A única boca que desejo é a sua, milady.

Alex sorri, apoiando a mão na porta atrás de mim. Seus olhos negros brilham com anseio, e umedeço os lábios com a ponta da língua, antecipando o contato.

Ele inclina o rosto para mais perto do meu, e mando a culpa que sinto pelos ares.

Se os dois nunca se beijaram, então cheguei primeiro, mesmo que cronologicamente falando não seja assim. O que eles possuem não é nada mais que um compromisso firmado por outras pessoas e que nunca passou disso. Palavras.

Ainda que as dúvidas cheguem depois, nesse instante tenho absoluta certeza de que Alex é meu e de que sou dele. Agarro as lapelas de sua camisa branca, puxando-o para nos aproximar ainda mais.

Sua boca toma a minha em um beijo afoito e, em instantes, sua língua desliza por entre meus lábios. É completamente diferente do nosso primeiro beijo, agora há desejo, fogo, e a sensação de que percorremos uma distância incalculável para chegarmos até aqui.

Minhas mãos estão em suas costas, e quando Alex morde meu lábio levemente, um gemido suave me escapa.

Ele interrompe o beijo e apoia a testa na minha, respirando com dificuldade.

— Não está claro ainda? — questiona. — Vou romper este compromisso tolo e viver sozinho em Brahvendell, porque meu coração é seu, Duda, e se não pode ser minha, então não terei outra pessoa em seu lugar.

— Alex...

— Alex! — outra voz faz eco à minha.

Abro a boca, apavorada de que nos descubram aqui, e quase tenho um AVC ao perceber que estão forçando a entrada atrás de mim.

— Calma. — Ele sorri e me afasta da porta, com gentileza. — O que foi, Henri?

O menino enfia a cabeça por baixo do braço dele e me vê.

— O que estão fazendo aí dentro?

Alex puxa o garoto para dentro da passagem e a fecha em seguida.

— Nada de mais. Essa é lady Maria Eduarda, já a conheceu?

Henri faz que não e continua a me olhar com curiosidade.

— Ela é alguém muito especial para mim e, como estava passando mal no piquenique, vim ver se estava tudo bem.

— Eu vi você sair correndo e saí logo depois, mas primeiro tive que comer uma maçã...

— Maçã? — pergunto, tentando entender a lógica da criança.

O menino assente, os cabelos pretos e lisos caindo sobre os olhos.

— Minha mãe disse que eu só podia sair se comesse...

— Ah, claro. Pra você ficar bem forte.

Ele afirma outra vez.

— E eu não gosto desses eventos, nenhum de nós gosta — confidencia. — Arthur saiu também. — E, se virando para o irmão, completa: — Mamãe vai brigar depois, porque todos nós fugimos.

— E onde o Arthur foi? — Alex parece irritado outra vez.

— Não sei, mas acho que lady Lauren também saiu para te procurar.

Por Deus, se ela nos encontrar aqui estou frita! Literalmente, imagino, porque tenho certeza de que dessa vez não vou escapar da fogueira.

— Vou indo, então — falo, tentando parecer casual. — Já estou me sentindo melhor, alteza. Obrigada por se preocupar.

— Tudo bem. Espero que fique um pouco mais em Brahvendell, milady. Prometo que vou resolver aquele assunto.

Afirmo com um gesto, sem poder dizer que não tenho como ir a lugar algum. Mesmo que eu quisesse, o que já não é mais o caso. Alex abre a passagem secreta e deixo o pequeno cômodo, olhando para os lados e confirmando que não estou sendo vista.

Como ele e o príncipe Henri permanecem dentro da parede, me distancio a passos rápidos.

Tento encontrar a direção do meu quarto, mas são tantas escadas e corredores que não sei se estou no caminho certo.

Após mais um lance de escadas perturbadoramente longo, viro à direita, entrando em um corredor que não me lembro de ter percorrido. No entanto, quando estou prestes a virar outra vez à direita, seguindo para o lado que imagino ser o correto, ouço a voz de Arthur.

— Onde você estava indo?

Abro a boca para responder, mas outra voz o faz antes de mim.

— Procurar seu irmão. Sabe onde ele está? — É lady Lauren, e eles estão do outro lado do corredor.

Olho para todos os cantos, procurando algum lugar em que possa me esconder, mas antes que consiga encontrar algo, a voz de Arthur chega até mim outra vez. Seu tom agora transmite um desespero que nunca ouvi antes.

— Não se cansa de me torturar? Por que manter esse arranjo, se sabe muito bem que é a mim que você quer?

— Arthur... aqui não. — O tom dela deixa claro que tiveram essa discussão antes.

— Não? Tem medo de que nos vejam? Vai se casar com Alex sabendo que ele não te ama e desprezar o que nós vivemos?

— Vou honrar o compromisso que nossos pais fizeram. Eu não escolhi isso, Arthur, e não é como se estivesse no direito de ficar enciumado, não quando não tira os olhos daquela lady Solares.

— Tem certeza de que é comigo que está preocupada? Não te incomoda saber que seu noivo abandonou o piquenique correndo, para vê-la?

— Não sabe se ele foi atrás dela. Está instigando um relacionamento entre os dois? Por que faria isso comigo?

— Eu faria tudo, Lauren. Absolutamente tudo, se isso a trouxesse para mim.

Que porcaria é essa? Arthur fica pagando de mulherengo quando está completamente de quatro pela Demerara! Ao que parece, formamos um quarteto fantástico.

Infelizmente, essa é apenas a primeira constatação que me vem à mente. A segunda é muito pior, abominável de uma forma surreal, que nem quero dar crédito.

Ninguém descobriu o responsável pela tentativa de assassinato, não sabem ainda quem ordenou que atacassem Alex na mata, e Arthur sabia exatamente onde o irmão estava e, pelo que agora vejo, teria razões mais do que suficientes para querer se livrar dele. Razões que vão bem além da coroa.

Capítulo 22

Alexandros

Termino de abotoar o colete azul-marinho e confiro minha aparência no espelho, que me oferece uma imagem de corpo todo. Preciso estar em minha melhor forma se quiser causar uma boa impressão em minha mãe e trazê-la para meu lado. A rainha não é facilmente influenciável.

Ouço dois toques na porta e então ela se abre, revelando meu lacaio, Gilbert.

— Bom dia, alteza. Vejo que se aprontou para o desjejum sem meu auxílio, outra vez. — O tom de tristeza do homem não deixa dúvidas de que minha proatividade o tem incomodado.

— Gilbert, perdoe-me se não o esperei, não é culpa sua. O tempo que passei fora me ensinou muitas coisas, dentre elas a cuidar mais de mim mesmo, não havia quem escolhesse minhas roupas ou me ajudasse nas tarefas cotidianas, então perdi o hábito, compreende? Não se sinta relegado por minhas atitudes.

— Mas, alteza… Não se mantém um criado inútil. Não há serventia em quem não serve.

Sorrio de sua frase ensaiada; pelo modo com que a diz, repetiu-a para si várias vezes.

— Fique tranquilo, estou com alguns planos para o futuro e logo terei muito trabalho para você. Tudo bem assim?

O homem ainda não parece contente, mas não tem a ousadia de discordar de mim.

Deixo-o lustrando minhas botas, um trabalho que insiste em fazer e em que, a bem da verdade, não sou de fato muito bom, e sigo para os aposentos da rainha. A justa planejada por ela ocorrerá mais tarde e sei que o dia será cheio de preparativos, mas não quero postergar o assunto. Não quando isso entristece Duda e permite a aproximação de meu irmão Arthur.

Um criado abre a porta, anunciando minha presença, e então concede espaço para que eu entre.

Minha mãe está sentada em uma poltrona ao lado da cama, lendo algumas cartas. Ainda está vestida com um penhoar branco e toma o cuidado de amarrá-lo mais forte quando adentro o recinto.

— Bom dia, mãe. — Curvo-me diante dela. — Podemos conversar por alguns instantes?

— Bom dia, querido. Sempre estou disponível para ouvi-lo, mas seria mais agradável se me avisasse quando virá, para que eu possa me vestir apropriadamente. Como não o fez, isso me leva a crer que é o tipo de conversa que não pode esperar e, por isso mesmo, merecia uma vestimenta mais austera... — aponta, seu tom deixando óbvia a intenção de fazer uma brincadeira.

Desvio os olhos na direção da porta que se comunica com os aposentos do rei e a vejo aberta.

— Onde está o rei?

— Seu pai saiu para resolver algo a respeito da justa. Estou empolgada para te ver vencendo todos os oponentes.

— Que bom que meu pai não está. O assunto que quero tratar não é dos mais agradáveis.

— Imaginei. E o dia parecia destinado à perfeição... — Suspira, com pesar. — Ande, estrague logo tudo com os agouros que me traz.

— Não são agouros. — Sorrio ao escutar sua voz de amargura, de fato exagerada. — Mas são complicações, em absoluto.

— Alexandros, por obséquio — insiste, impaciente.

Suas mãos apontam para a beirada da cama, indicando que devo me sentar, mas estou nervoso demais para fazê-lo.

— Me desculpe, mãe, mas não posso me casar com lady Lauren. Sei bem que a união era vantajosa para o reino e que os Demerara possuem uma fortuna inestimável e isso faria com que Brahvendell crescesse ainda mais. Aceitei esse arranjo a contragosto antes porque não havia nada a perder, mas as coisas não são mais assim.

O rosto da rainha transmite espanto e ela me fita, inerte por alguns segundos, prorrogando minha angústia e então explode, como era esperado.

— Alex! Como me atira uma coisa dessas antes do desjejum? Céus! Já sinto minhas entranhas se revirarem.

— Mãe...

— Não, espere. Disse que não havia nada a perder antes e que agora há. A que se refere?

Sob o escrutínio de seus olhos, não sou capaz de verter-me em mentiras, então escolho outra vez a verdade.

— Eu me refiro à dama por quem estou apaixonado. Não posso me casar com uma mulher se meu coração pertence a outra, minha rainha. Compreende o que estou dizendo?

Seu rosto, bastante corado desde que retornei, agora está pálido.

— Está afirmando que ama outra? Mas... Alex, você mal voltou para casa! Como pode já ter encontrado outra pessoa? Ainda mais considerando que lady Lauren não permite nem mesmo que respire em público.

— Não a encontrei aqui, estou me referindo à mulher que me salvou, mãe. Aquela que esteve ao meu lado nos momentos de infortúnios. Nós construímos uma relação, nas circunstâncias em que estávamos seria difícil que fosse diferente, mas não posso me casar com outra pessoa se todos os meus pensamentos se voltam a ela.

— Filho — a rainha se levanta, as mãos unidas em frente ao rosto, tentando compreender meu lado e, obviamente, pensando em me fazer desistir dos meus planos —, essa dama por quem nutre tamanha estima, disse que ela vive no... hum, no futuro, certo? — questiona, sua expressão demonstrando o quanto odeia minha afirmação.

— Sim, no ano de 2022, mas não vamos falar sobre isso, mãe. Sei que te faz temer que tenha perdido o filho para uma mente atormentada.

— Por um momento, Alex, vamos agir como se o que diz fosse possível. Então, se sua amada vive em outro século e você não sabe como foi até lá, não existe chance de que fiquem juntos. Mesmo ciente disso, prefere romper o compromisso?

Sua lógica é perfeita, mas ainda que não existisse a possibilidade de me casar com Duda, eu não poderia me unir à lady Lauren, não depois de tudo que hoje sei sobre o amor. Mas, graças aos céus, não é o caso.

— Nós vamos ficar juntos. Ela pode viver comigo em Brahvendell, sei bem que não vem de uma família nobre e que nossa união pode não contribuir financeiramente com o bem do reino, ao menos não de imediato. Mas um soberano feliz com certeza faz seu povo feliz, não pode discordar. Além disso, vamos unir nossos conhecimentos sobre o futuro e instaurar muitas mudanças, coisas que vão facilitar a vida do nosso povo, eu garanto que, a longo prazo, não poderia haver união que mais beneficiasse Brahvendell.

— Não é simples assim, Alex. As coisas que você diz que viu, essa moça... Nada disso é real. — Sua mão alcança a minha em um gesto de conforto e seu rosto está contrito.

— Seus deveres para com o reino são mais importantes que a felicidade do seu filho? — Eu me sinto mal por aplicar esse estratagema emocional, mas jamais irei convencer o rei sem o apoio dela.

— Filho, mesmo que tudo o que diz seja verdadeiro, seu pai não aceitará bem essa mudança nos planos, e lady Lauriana cortará relações conosco para sempre. Quebraremos uma promessa, Alex. Tem noção da gravidade disso?

Aquiesço, com mais certeza do que deveria ter em uma decisão tão séria.

— Não pediria se não tivesse. Eu conheço as consequências, mãe, e farei o possível para lidar com elas. Desde que eu possa ficar com Duda...

— Duda?

Duda

Sempre que me coloco diante de uma situação chata, faço listas de prós e contras. Geralmente, tenho Cátia e Pedro ao meu lado, me ajudando a decidir, mas hoje terei que ser eu e meu instinto apurado.

Remoí a conversa que escutei entre Arthur e Lauren a noite toda, pensando sobre o que deveria fazer. Contar ou não?

A verdade é que as listas não estão me ajudando. Sei bem que Alex pretende terminar o noivado, independentemente dessa nova informação, e que não é bem uma traição da parte de Arthur, porque ele, assim como eu e todo o reino de Brahvendell, sabe que Alex e Lauren nunca foram um casal no sentido literal da palavra, ele nem ao menos gosta dela.

O que complica toda a questão é que estou aqui com planos para ficar e, desde que cheguei, Arthur me apoiou muito e, mesmo que de um jeito torto e talvez com alguns interesses, me ajudou a ver as coisas com mais clareza e a me resolver com Alex. Então não estou ansiosa para causar uma intriga entre os irmãos, porque essa não seria a melhor maneira de causar boa impressão.

Mas não é simples assim. Porque o que ouvi pode ter algo a ver com a tentativa de assassinato, Arthur pode ter relação com o ataque e tem todos os motivos para isso, por mais improvável e surreal que pareça. Ele também pode ser apenas um bom irmão que se apaixonou pela pessoa errada, e não vou me perdoar por plantar suspeitas na cabeça de Alex sem fundamentos.

Droga. Não sei o que fazer com essas informações.

Remexo a comida no meu prato, refletindo ainda sobre todos os prós e contras. O desjejum foi servido em um grande salão e, à mesa, estão presentes várias pessoas importantes. Todos os lordes e ladies que conheci antes, no piquenique, no baile ou ainda no chá da rainha, mas a família real não compareceu.

Lady Lauren sentou-se ao lado dos pais e apenas dirigiu a mim um aceno discreto, pelo que sou muito grata.

Como os ovos em meu prato e também algumas frutas. Não existem biscoitos recheados nesse reino e, lógico, nada de cafeteiras, mas tudo que servem é muito bem temperado, o que deixa tudo delicioso.

Espero que alguns convidados deixem a mesa e então me retiro também, sem rumo, decidida a conhecer um pouco do castelo e, talvez depois, do vilarejo de Brahvendell.

Caso me estabeleça, não poderei ficar no castelo, então terei que arrumar um lugar para morar e um trabalho também.

Preciso ser esperta e usar meus conhecimentos do futuro a meu favor, se quiser ter uma vida boa. Quem sabe eu possa criar alguma coisa que me gere uma renda? Porque é óbvio que viver em 1807, e pobre como sempre fui, não vai ser muito fácil.

Os sapatos de saltos baixos batem no chão de pedra, e o som ecoa pelas paredes altas. Sigo pelo corredor, analisando todos os cômodos que vejo no caminho.

Talvez eu jamais conheça esse lugar todo, mesmo que fique andando aqui por anos, porque, além das dezenas de cômodos, ainda existem passagens secretas.

Um dos quadros na parede me chama atenção e paro a fim de observar melhor. Não sei dizer de primeira se é Alex ou Arthur montado a cavalo e empunhando um arco e flecha.

Chego mais perto e analiso os traços. Tenho quase certeza de que é Alex, mas como são pinturas, não é uma reprodução fiel.

Ouço o som de passos no corredor e me viro.

Seguindo lentamente, arrastando os pés em minha direção, caminha um senhor. Os cabelos brancos rentes ao queixo, um par de óculos de aros largos e uma túnica longa e colorida.

Ele tem os braços cruzados nas costas e o corpo um pouco curvado.

Observo-o se aproximar e então me toco do quanto estou sendo sem noção, encarando assim, e volto a olhar o quadro como se não estivesse curiosa com a figura excêntrica.

— Bom dia, milady — cumprimenta, passando por mim.

Volto o olhar e aquiesço, fazendo uma mesura rapidamente.

— Bom dia... — respondo apenas, sem saber como me referir ao homem.

É um lorde, um sir? Como vou saber se ninguém me apresentou, não é?

Seus olhos muito azuis me fitam, e o velhinho abre um sorriso estranho.

— É um belo retrato do príncipe herdeiro.

Olho para o quadro outra vez. Sabia que era Alex! Agora que tenho certeza disso, posso ver claramente que o cavalo escuro é Intempérie, aquela carinha de equino de estimação e muito mimado não nega.

— Lindo... — concordo, arregalando os olhos ao perceber o jeito informal com que respondi. — O talento do pintor, muito lindo.

Apesar dos meus esforços em disfarçar minha falta de senso, quando me viro para encarar o velho e me explicar, ele desapareceu. Procuro mais ao fim do corredor e chego a olhar dentro do cômodo que há mais à frente, mas não noto sequer um sinal de que ele realmente tenha estado aqui.

Será que se enfurnou em outra passagem secreta? Talvez, mas ao observar os arredores não percebo nada que sugira uma porta oculta. E aquele olhar me lembrou algo, já as roupas e o modo como se comportava me pareceram tão estranhos. Quem era ele?

— Duda? — Reconheço a voz de Alex e deixo minha busca pelo desaparecido, voltando-me para o príncipe.

Vejo-o caminhando em minha direção e perco a voz por um momento. Alex é como os príncipes dos contos de fadas, como se o próprio príncipe Alexandre III, do meu amado livro, se materializasse à minha frente, feito sob medida pra mim.

Seu colete azul-escuro ajustado ao corpo, bordado em tons de dourado, as calças escuras e o par de botas pretas. Tudo isso somado ao conjunto que ele mesmo é, todo forte e bonito, com seus olhos fascinantes e a boca que...

— Milady? — chama outra vez, agora mais perto. — Acho que não me ouviu na primeira vez que chamei.

— Ah, desculpe... Me distraí.

— Se distraiu? — Ele estreita os olhos, sondando.

— Claro, você andando assim, todo majestoso — brinco. — Parece ter saído de um sonho... — confesso na cara de pau, e isso arranca um sorriso dele.

— Posso supor que isso seja um elogio? Está encantadoramente perigosa nesta manhã, lady Duda.

— Encantadoramente perigosa? Posso saber por quê? — Olho para o vestido verde que estou usando e não vejo nada de assustador. Pelo contrário, é bem bonito e meigo. — Acho que estou vestida até demais, inclusive, foi sua mãe quem me deu essas roupas.

Alex faz uma careta ao me ouvir.

— Bom, sempre que me ouvir tecer elogios maliciosos, saiba que são reflexos de uma mente que não a abandona nem por um momento e nesses instantes, quando meus impulsos vencerem a honra, por favor, me lembre de que as roupas que está usando foram um presente de minha mãe.

— Do que você está falando?

Alex sorri e uma parte de mim perde o rumo, outra vez.

— A ideia de arrancar suas vestes vai desaparecer sempre que me lembrar que foram outrora de minha mãe. Vou providenciar um guarda-roupas adequado para você.

Começo a rir, ignorando a ideia de roupas novas, porque a lógica dele é horrorosa e, ainda assim, faz total sentido.

— Então chegamos a esse ponto? Falando sobre vestes retiradas sem que você fique vermelho feito um tomate, quando antes tudo parecia ser escandaloso demais.

— É a consequência da intimidade e do matrimônio, não? Uma vantagem, dentre outras.

Matrimônio? Tento sorrir por falta de resposta, mas acabo engolindo a saliva pelo buraco errado e engasgo. Uma crise de tosse se sucede e, por fim, quando me acalmo, Alex está rindo abertamente, porque ficou muito claro o quanto a palavra me desestruturou.

— Por que está assustada? Já passou e muito da idade de se casar, poderia ser uma viúva.

Sei que está brincando porque ele mal contém o risinho ao me encarar com um brilho de malícia nos olhos.

— Olha só, já te falei que ninguém no Brasil se casa com 19 anos. Aliás, casam, se quiserem, mas não é o comum.

— Então acostume-se à ideia, milady. Não estamos no Brasil. Agora venha, quero te mostrar uma coisa — ele muda de assunto e me sinto aliviada por me ver livre de responder à provocação.

Alex segura minha mão e eu a puxo, o repreendendo.

— Ficou doido? E se nos virem?

Ele revira os olhos pra mim, tão abusado que mal o reconheço. Definitivamente ele está em casa.

— Então vem logo... — chama outra vez, e começo a andar ao lado dele, sem saber para onde.

— O que quer me mostrar? Espero que não esteja mais na *vibe* de safadeza, querendo que eu conheça seu quarto, por exemplo.

— Ah, eu quero. — Ele sorri outra vez. — Mas não é isso, vou te levar nas masmorras — diz, como se isso fosse o mesmo que dizer que vai me levar ao mercado.

— Masmorra, é? Não curto correntes e essa coisa de BDSM, não.

Alex me fita com o cenho franzido. Não entendeu a piada, claro.

— As masmorras foram convertidas em um centro de pesquisas para o mago. Tem diversos apetrechos que ele tenta desenvolver, sob o castelo, e várias ideias inovadoras. — Alex se cala por um momento e meneia a cabeça. — Inovadoras para 1807.

No final do corredor, abre uma porta pequena à direita, e me vejo diante de uma escadaria que desce para o subterrâneo. Alex a fecha atrás de nós e enfim segura minha mão, me dando um beijo rápido nos lábios em seguida.

— Aqui ninguém vai nos ver...

Ele estica o braço e alcança um pequeno lampião atrás de mim e então, me arrastando, começa a descer os degraus, caminhando à frente para iluminar o caminho.

Descemos vinte, trinta, quarenta degraus na penumbra, enxergando apenas por causa da chama nas mãos de Alex.

Quando chegamos ao subsolo, sou surpreendida ao me deparar com um ambiente mais antigo que todo o castelo. É quase como se agora estivéssemos na Idade Média.

As vigas largas de madeira, o chão que parece de terra batida e a escuridão assustadora.

— Está muito escuro aqui... E deve ter ratos — comento, apreensiva.

— Só os do mago.

— Ele tem ratos? Não tô gostando daqui, Alex.

— Você vai adorar, Duda. Calma aí.

Alex solta minha mão e guincho baixinho, apavorada. Mas quando uma outra chama ilumina um pouco o ambiente e depois outra e mais uma, percebo que ele se afastou porque está acendendo vários lampiões.

Tudo fica mais claro e consigo ver as coisas facilmente.

— Uau! O que é isso tudo? — Por onde quer que eu olhe, encontro objetos estranhos, outros nem tanto, mas tudo modificado.

O lugar está completamente entulhado e, por mais que haja espaço para andar e trabalhar, as paredes estão lotadas de coisas estranhas. Invenções, acredito.

— Ferramentas de trabalho do mago. Arthur adora, vive enfurnado aqui embaixo, perturbando o mago.

— Por falar em mago — porque sobre Arthur ainda não quero falar —, acho que o vi mais cedo... Pouco antes de você aparecer.

— O Garone? Estou tentando falar com esse velho há dias! Tem certeza de que era ele? Não o vejo desde que retornei de São Paulo.

— Não tenho certeza, mas ele usava uma túnica longa e colorida, tinha os cabelos brancos na altura do queixo e desapareceu do nada...

— Ah! Era mesmo ele — concorda, achando graça na minha descrição. — Onde ele foi se meter, se não está aqui embaixo?

— Acha que ele pode saber como funciona tudo o que aconteceu com você e depois comigo? As viagens no tempo?

— É uma possibilidade, mas por que iria querer saber? Você disse que descobriu.

— Disse, não foi? Posso ter mentido. Sinto muito, mas eu não queria admitir que vim até aqui disposta a ficar. Não quando cheguei e o encontrei com a Demerara.

— Não sei por quê, mas sempre que fala o sobrenome dela soa como um insulto. — Alex está rindo e mexendo em uma coisa que se parece muito com uma câmera fotográfica. — Então veio para ficar comigo? — Ele deixa o objeto sobre a mesa e se vira, aproximando-se com um sorrisinho diabólico. — Nunca soube como voltar? — Mas então seu sorriso morre. — Veio propositalmente, não veio?

Dou dois passos para trás, fugindo da proximidade, e esbarro em um círculo metálico enorme, fazendo um barulho alto.

— Sim, eu vim de propósito e não sei como voltar. Mas é bom ficar esperto, porque se não der um jeito na sua vida, posso mudar de ideia e, a julgar por aquilo — aponto para a câmera —, seu mago sabe muito bem como viajar de volta para o meu mundo.

— De jeito nenhum, Duda. Veio ficar comigo e é isso que vai acontecer. Dei início aos trâmites antes de nos encontrarmos. Falei com a minha mãe e disse que vou romper o noivado.

— E ela?

— Não considerou hoje um dos melhores dias da sua vida, mas, apesar de achar um descalabro, prometeu falar com meu pai ainda hoje, depois da justa.

— É, pelo jeito vai ser uma batalha e tanto...

Capítulo 23

Duda

— E então, lady Solares? Penso que vá torcer por mim na disputa e, quem sabe, possa ofertar-me uma prenda — Arthur provoca, aproveitando que estamos rodeados por outras pessoas e Alex não pode intervir.

Agora que sei de sua relação com lady Lauren, compreendo que suas motivações são mais voltadas para perturbar Alex e fazer com que ele tome uma atitude relacionada a mim, se afastando de lady Lauren definitivamente, mas Alex não sabe disso e o encara com fúria.

— Hum, eu não pensei em tomar partido nesse jogo, príncipe. Vossa Alteza vai disputar a justa com seu irmão, e, como ambos me acolheram tão bem, não seria educado escolher um lado.

— Oh, claro que seria! — exclama lady Lauren, sentada entre mim e a rainha Cícera. — O príncipe Alexandros já irá receber uma prenda minha, seria bom que o príncipe Arthur também tivesse alguém torcendo em seu favor.

Estamos todos no camarote montado para a família real. Arthur insistiu que fosse convidada e só posso agradecer, porque não sei onde me encaixaria se não fosse aqui.

Mas passar o tempo mentindo para o rei e a rainha, e tendo lady Lauren por companhia não é a maneira que eu escolheria para passar a tarde. Entretanto, após ser instigada pela amante de Arthur a dar a ele uma prenda, não sei quem fica mais surpreso. Se sou eu, por vê-la me incentivando assim sendo que mantém uma relação às escondidas com ele, se é Arthur, que obviamente não fica nada satisfeito, ou se é Alex, que não sabe como reagir ante à declaração de que ela pretende oferecer-lhe uma prenda.

— Exato — Arthur recupera-se mais rápido —, o pente em suas madeixas será um adorno encantador para minha armadura.

A contragosto e diante do olhar atento do rei Adrian e da rainha, não me resta saída a não ser soltar o pente dos meus cabelos e entregar a ele.

Alex tem os dentes trincados; mesmo daqui posso ver a força que coloca neles, forçando-se a permanecer quieto.

Lady Lauren sorri, satisfeita — eu não consigo entender essa daí — e retira o bracelete que está usando, oferecendo-o a Alexandros.

Ele segura a peça nas mãos e me olha disfarçadamente, como que pedindo desculpas. A verdade é que, por mais que me irrite vê-lo ostentar a prenda dada por ela, nós dois fomos pegos de surpresa e não deveríamos, era de se esperar que a noiva fizesse isso.

— Bom, tomem cuidado, meninos — a rainha instrui —, não quero que um dos dois termine ferido. Deixem a diversão para os outros homens, e o prêmio também.

Alex havia me explicado mais cedo que as justas eram famosas em torneios antigos, mas que perderam a força com o passar dos anos. Ainda assim, sempre que festejam algo em Brahvendell, realizam uma justa como entretenimento, oferecendo um rico prêmio para o vencedor e proibindo a morte do adversário — ainda que ferimentos graves ocorram ocasionalmente.

Os príncipes se despedem com a benção da rainha Cícera e do rei Adrian e seguem em direção à arena. Nas arquibancadas, abaixo de nós, as pessoas vão à loucura, ansiosas para vê-los em combate.

Alex surge pelo lado esquerdo do campo de areia, montado em Intempérie e usando sua armadura prata dos pés à cabeça, enquanto Arthur aparece pelo lado direito, em um alazão robusto, também devidamente protegido. Com os elmos baixados, as prendas dadas por mim e lady Lauren são a única forma de distingui-los.

Os dois empunham lanças e, quando o arauto toca um clarim — ou ao menos acho que é esse o nome do instrumento — anunciando o início da partida, um silêncio recai sobre os espectadores.

O som termina, e vejo os dois irmãos instigarem os animais para seguirem em frente.

Alex avança ao mesmo tempo que Arthur, e eles se encontram no centro da arena. Meu coração bate completamente fora do compasso e cruzo os dedos pedindo que nenhum deles se machuque.

O barulho das lanças se chocando ecoa e, então, passam a desferir golpes um contra o outro. Ouço os gritos deles, como brados de guerra, e isso deixa tudo ainda mais real.

Alex acerta a lança no capacete de Arthur, que titubeia com a força do impacto. Logo, no entanto, ele firma o corpo sobre o cavalo e desfere um golpe contra Alex, acertando-o com força no peito.

— Ai, meu Deus! — Só percebo o quão audível foi meu desespero ao ver o rei, a rainha e lady Lauren me encararem com expressões intrigadas. — Desculpem, não estou acostumada a isto. Eles não vão se machucar de verdade, não é?

— Os dois são ótimos com as armas. — O rei aponta, orgulhoso. — Não vão se machucar, é só uma apresentação para entretenimento e para mostrarem suas habilidades.

Assinto, tentando ficar mais calma, e volto a olhar a briga.

Arthur consegue arrancar a lança de Alex, mas então ele alcança de algum lugar — preso à armadura ou pendurado no lombo do cavalo — um machado, e a luta continua.

Quando Alexandros acerta o irmão no peito com o machado, levanto-me apavorada, vendo Arthur cair de cima do cavalo, lentamente.

A multidão vai à loucura, gritando e aplaudindo e eu tento enxergar o que ocorre lá embaixo, me certificar de que Arthur está respirando.

Alex se abaixa na altura do irmão e arranca meu pente que estava amarrado precariamente na armadura prata dele.

Todos que estão concentrados na disputa veem isso e de repente me sinto consciente demais dos olhares sobre mim. Lady Lauren está completamente vermelha e me encara atirando fagulhas pelos olhos. A rainha alterna entre olhar para os filhos e para mim, parecendo não compreender nada, mas o rei... Este me encara com um largo sorriso, se divertindo com a tensão.

— Viu, lady Solares? Não tinha com o que se preocupar. Seu príncipe está intacto.

Finjo não perceber o tom irônico, que deixa claro para todos que ele se refere a Alex e não a Arthur, e levo a mão ao peito.

— O príncipe Arthur está bem?

Mas antes que alguém responda, ele se levanta do chão e abraça o irmão de um jeito distante, por conta das roupas que usam.

Os dois deixam a arena lado a lado e outros competidores tomam seus lugares. Eu, honestamente, não quero assistir a mais nada, é muito desesperador.

Deixo o camarote e retorno ao castelo, sem saber o que me desestabilizou mais. Se foi o ato de Alex, pegando o pente como se me reivindicasse diante de todos, ou vê-lo derrubar o irmão do cavalo e temer que um deles se ferisse.

Hoje Lourdes me fez usar um vestido mais chamativo, rodado e cheio de flores bordadas em rosa e dourado, o que o torna mais pesado, então ergo as saias e apresso o passo, distanciando-me da algazarra. Graças a Deus, Alex realmente enviou a modista até meu quarto, com ordens de fazer roupas para eu ter o que vestir em todas as ocasiões, então logo vou ficar mais à vontade, já que escolhi tecidos mais leves.

Entro pelas portas principais e sigo pelos corredores, buscando as escadas que conduzem ao meu quarto. Só preciso ficar quieta e passar um tempinho com Efigênia para me acalmar.

Mas então, quando estou prestes a iniciar a subida do lance de escadas, eu o vejo. O mesmo homem de antes, usando as mesmas roupas e com aquele sorrisinho de deboche.

— Bom dia, amiguinha... — diz, aproximando-se de mim.

— Seu Agenor? — Só agora percebo seus traços com clareza.

O cumprimento dele me traz à memória o homem com quem convivi e arregalo os olhos ao fitar com mais atenção suas feições.

— O senhor é... — Seus traços, os olhos e principalmente a forma de me chamar, não deixam dúvidas. — O que está fazendo aqui?

Ele ri, parecendo se divertir às custas do horror que me alcança.

— Espero que esteja gostando de Brahvendell. — Ele se inclina e me dá as costas, como se planejasse sair.

— Espera aí! Isso é uma pegadinha? Como você pode estar aqui? E lá?

Seu Agenor para e se vira para mim outra vez.

— Do mesmo modo que você esteve lá e hoje está aqui, não é óbvio? Aqui sou o mago Garone e, no seu mundo, o velho Agenor, seu amiguinho.

— Mas... O mago! Jesus Cristo... O senhor é de lá ou daqui? — questiono, tentando ordenar minha surpresa e minha curiosidade.

— Nasci em Brahvendell, mas hoje posso dizer que sou dos dois mundos. Não resisto a um shopping lotado em um domingo à tarde, seu reino é muito rico e temo que eu não vá viver o bastante para conhecer os outros países que o compõem, mas ao menos seu Brasil conheço inteiro.

— Inteiro? Quantas vezes esteve lá? *Eu* não conheço o país inteiro... — admito, um pouco chateada com a revelação.

— Bom, amo as praias do Nordeste, o frio do Sul e adoro as comidas do Sudeste... Ainda tem um ou outro lugar que quero conhecer, mas tenho tempo.

Ouço um barulho atrás de mim e me viro a tempo de ver uma das criadas passando com um carrinho entulhado de toalhas e roupas de cama.

— Será que podemos conversar em um lugar mais discreto? Nas suas masmorras, talvez.

— É claro que podemos, amiguinha, mas melhor trazer seu príncipe, ele deve estar querendo arrancar minha cabeça por conta do meu sumiço.

— Hum, é... Então quando foi à livraria e o viu no evento, o senhor sabia quem era ele. — Eu me lembro dos conselhos que o velho safado me deu, sem dizer a verdade.

— Claro que sim, fui eu quem o enviei para lá. Mas só conto os detalhes aos dois mais tarde nas masmorras. E tragam comida, vai ser ótimo ver a cara de vocês descobrindo tudo! — Ele esfrega as mãos uma na outra e dessa vez realmente vai embora, achando muito divertida a bagunça que criou.

O que ele quis dizer com ter enviado Alex para São Paulo? Como foi que fez isso?

Subo agora as escadas, mais apressada que antes e com uma nova motivação. Passo pela porta do meu quarto e sigo até o final do corredor, pegando o acesso à escada dos criados, que conheci antes.

Subo alguns degraus, bastante espremida pelo vestido, que ocupa todo o espaço entre as paredes e me impede de ser mais rápida, e chego ao andar de cima, onde imagino que fiquem os aposentos dos príncipes. Me lembro de Lourdes ter dito que os convidados ficavam no de baixo. Ainda que pela lógica seja isso, não faço ideia de qual é o quarto de Alex.

Caminho pelo corredor conferindo as portas e tentando encontrar algo que identifique a dele, mas são todas iguais. Por sorte, uma delas está aberta e consigo bisbilhotar.

Um escudo está pendurado na parede e há uma enorme cama, com dossel preto e cortinas pesadas que a cercam. Também vejo uma mesa de madeira, com uma poltrona estofada e papéis espalhados por cima dela toda, além do espelho grande, emoldurado em algo muito semelhante a ouro.

Não vejo roupas aparentes e nem nada muito pessoal que me afirme qualquer coisa, mas parece com o que imagino quando penso no quarto de Alex.

Dou um passo à frente, passando pelo batente da porta e chamo em tom baixo.

— Alex? Está aí? — Meu sussurro não poderia ser ouvido de longe, mas se ele estiver, vai escutar.

Ouço os sons de passos e então Arthur aparece na minha frente, usando apenas calças, despido da armadura e da camisa.

— Lady Solares — cumprimenta em tom de deboche —, não imaginei que fosse adentrar meus aposentos assim, no meio do dia.

— Eu... Só me perdi, acho. Com licença, alteza.

— Acho que se perdeu um pouco para a esquerda. O que estava procurando fica no quarto ao lado.

Seu tom conspiratório me mostra que ouviu perfeitamente quando chamei por Alexandros. Balanço a cabeça, agradecendo silenciosamente, mas a porta à direita se abre, revelando Alex nos mesmos trajes do irmão — ou na falta deles.

Seu olhar recai sobre mim e depois sobre Arthur, e então ele caminha furioso até nós. Eu deveria começar a me explicar agora, mas Alex fica tão maravilhoso assim, tão bravo, que apenas suspiro admirando a cena.

— O que significa isso? — Seus olhos negros cintilam olhando para Arthur, que sorri diabolicamente. Mas é uma peste mesmo!

— Sua lady veio até os meus aposentos, apenas abri a porta, irmão.

Alex abre a boca para retrucar, mas coloco a mão sobre seu braço, atraindo sua atenção.

— Estava te procurando. Precisamos conversar, mas não sabia qual era seu quarto... Seu irmão aqui, sempre prestativo, me disse que era a porta ao lado. — Então me viro para Arthur. — Sabe, você me ajudou muito quando cheguei e sou grata por isso, mas essa provocação que fica fazendo não é legal.

Arthur olha para mim e depois desvia os olhos para Alex, que continua de cara feia. Por algum motivo, ele parece perceber que a brincadeira não está sendo bem recebida.

— Desculpe — diz, parecendo sincero. Sua mão vai para os cabelos e ele demonstra algum constrangimento. — Desculpe, Alex. Estou fazendo pilhérias, mas sei que se gostam. Eu não faria algo assim a sério.

Ah, faria sim. Toda minha vontade de evitar a contenda entre os irmãos se esvai e decido contar o que ouvi a Alex e deixar que os dois se entendam. Mesmo que Arthur não esteja roubando a amada do irmão, ao menos deveria ser mais honesto e contar a verdade.

— Perfeito, agora nós já vamos indo. Imagino que não preciso dizer que não deve contar a ninguém sobre isso — falo, já arrastando um Alex mais calmo para longe.

— Não vou dizer nada, mas... vai resolver isso, Alex? — Arthur questiona, e outra vez fica claro o quanto quer ficar com a Demerara, que com certeza deve ter açúcar mesmo. Como Alexandros não percebeu ainda que tem algo entre eles?

— Já estou resolvendo. Sou um homem de honra, Arthur.

O outro assente abrindo um sorriso, e então volta para dentro, fechando a porta do quarto.

Alex faz o mesmo e ficamos a sós dentro de um ambiente bem diferente do que eu havia imaginado.

Apesar do mesmo cortinado pesado do cômodo ao lado e da tapeçaria cheia de desenhos intrincados, a cama possui lençóis sedosos e brancos, convidativos, e está cheia de travesseiros de aparência fofinha.

Nas paredes, alguns quadros com imagens de família, ele e o rei, os três irmãos na sala do trono — que inclusive não vi ainda — e um retrato da rainha, com a coroa e tudo. Sobre a mesa que fica ao lado da cama, estão várias plantas das mais variadas espécies, que dão uma aparência mais romântica ao lugar. É mais pessoal que o quarto de Arthur, mais família, mais Alex.

— E então? — questiona, ao ver que não estou dizendo nada.

— Precisamos conversar a sério sobre muitas coisas, Alex. Eu encontrei o mago Garone agora há pouco e ele disse para irmos às masmorras porque vai nos contar tudo.

— Então ele realmente sabe.

— Sim, e ainda disse que foi ele quem te enviou para o Brasil.

— O quê? — Alex agora parece espantado. — Por que o mago faria isso?

Apenas dou de ombros, não sei bem a motivação do velho.

— Então vamos logo, vou só vestir uma camisa.

Qual a necessidade em me lembrar de que estamos sozinhos no quarto e que o abdômen esculpido pelos deuses está ao alcance das minhas mãos? Nenhuma, com certeza isso é algum tipo de tortura de época.

— Que foi? — Alex se depara com meu olhar apreciativo.

Mas o momento não é adequado, teremos muito tempo depois. Então caminho até sua cama e me sento na beirada, planejando iniciar o outro assunto, muito mais complexo.

— Quero te contar outra coisa, acho que precisa saber disso antes de irmos até o mago.

Alexandros se senta ao meu lado, seu olhar preso em cada movimento meu enquanto aguarda que eu me explique.

— Você podia vestir uma camisa antes. Não consigo me concentrar...

Ele ri e chega um pouco mais perto.

— E agora? — provoca.

Eu me remexo, desconfortável, e ele finalmente percebe que o assunto é sério.

Alex se levanta e passa por uma porta lateral, que imagino que seja a sala de banho, e volta instantes depois, passando uma camisa branca pela cabeça. Sentando-se ao meu lado, volta a me encarar mais compenetrado que antes.

— Pronto. Diga-me agora o que tem assombrado seus pensamentos, porque estou começando a ficar deveras preocupado.

Assinto, porque também estou.

— Quando deixei você e Henri naquela sala, dentro da passagem secreta, saí procurando o caminho para o meu quarto e, por coincidência, acabei encontrando outra coisa. Escutei a voz de Arthur e achei que estivesse falando comigo, mas então outra pessoa respondeu e percebi que ele não estava sozinho. Eles não me viram, mas escutei a conversa toda...

— Isso não está parecendo bom.

— E não é. Era lady Lauren e estavam falando sobre vocês, sobre ela levar a ideia do casamento adiante sendo que na verdade gostava dele. Seu irmão estava tentando explicar que não deveria se casar com você sendo apaixonada por ele.

A expressão de Alex não entrega muita coisa, ele não parece irritado, mas bastante surpreso.

— Está dizendo que os dois têm uma relação?

— Estou. Eu sei que me disse que Arthur é mulherengo e tudo mais, mas sinto que não é o caso. Acredito que ele gosta mesmo dela, não que tenha defesa ficar com a noiva do irmão, mas acho que ele tem sentimentos fortes por lady Lauren e que é correspondido.

— Duda, eu não me importo com isso, seria até mais fácil se os dois decidissem ficar juntos, todo mundo sairia dessa história feliz, mas não faz muito sentido, considerando que ela não para de me perseguir e tentar uma aproximação. Olha isso... — Alex aponta para uma bandeja com chá e biscoitos sobre a mesa. — Ela me mandou chá para que eu me recuperasse da batalha. Nem mesmo era uma batalha real!

— Foi ela quem mandou, é? — A criança que habita em minha alma não resiste. Levanto e caminho até onde estão as coisas e simplesmente viro o chá na terra da plantinha ao lado. — Não acha que essa plantinha estava precisando de água?

— Talvez — ele sorri, percebendo minha reação enciumada —, mas não de chá.

— Será que... Será que vai fazer mal à planta? — Não pensei nisso nem por um momento.

— Por sorte o chá esfriou bastante. Não vai alterar a temperatura da pobrezinha... Mas precisa controlar esse gênio forte, milady. A natureza não tem culpa do seu ciúme.

Volto a me sentar ao lado dele, ignorando a provocação. O momento não é apropriado para ataques de ciúme, Maria Eduarda! Por Deus...

— Sobre o que dizia — continuo —, aí é que vem a parte complicada. Ela não concordou em se afastar de você ou romper o noivado, disse que foi uma promessa feita por seus pais e os dela e que iria cumprir independentemente do que os dois viverem juntos.

— Talvez apenas esteja ligada ao dever, como eu estive antes. Acredita que tenha que cumprir a promessa por uma questão de honra.

— Sim, imagino que seja algo nesse sentido. Mas, Alex, agora vem a pior parte e, ouça bem, eu não queria dizer isso ou pensar. Então, por favor, não me odeie por cogitar a possibilidade, mas não podia ficar escondendo isso de você...

— O que pode ser pior do que meu irmão apaixonado por minha noiva? Não que eu me sinta muito traído, mas ele podia me dizer que gostava dela, não acha?

— Quando ela disse que ficaria com você, o Arthur sugeriu que nós estivéssemos juntos, você e eu, e Lauren disse que ele estava basicamente nos atirando um para o outro apenas para atrapalhar o noivado e então... Então ele disse que faria tudo, absolutamente tudo para ficar com ela.

Alex fica calado por um momento longo demais, absorvendo minhas palavras, mas não parece entender as implicações do que eu disse e apenas dá de ombros.

— Isso me parece algo que um homem apaixonado diria. Eu, por exemplo, faria de tudo para ficar com você.

— Você não entende? Bom, eu não queria ter que explicar.

— Explique.

— Não quero — insisto. Agora que comecei, não sei se deveria dizer o que planejei, é complicado demais. — Olha, Alex, eu já te disse que não tenho pais, lembra? Não cresci com uma família, sempre fui sozinha... Não tive irmãos e as únicas pessoas que me deram algum tipo de amor e carinho foram Adelaide, Cátia e Pedro, e por isso eu os amo tanto. Então, pra mim, família significa muito e não quero plantar esse tipo de dúvida no seu coração, mas, infelizmente, não pude evitar que essas ideias se infiltrassem no meu.

Ele aninha minha mão na sua, entrelaçando nossos dedos.

— Não teve pais? Então foi por isso que certa vez me disse que não tinha aniversários? Que não sabia exatamente a data em que nasceu?

— Sim — concordo, me lembrando que, na ocasião, não quis entrar em detalhes. — Fui deixada num abrigo ainda um bebê recém-nascido, meu aniversário é no mês de dezembro, isso considerando como eu era pequenininha... Foi o que me disse a diretora do lugar, mas o dia certo não tenho como saber.

— Vai ter uma família agora, Duda, e muito amor, todo amor do mundo.

Suas palavras lindas parecem uma faca afiada em meu peito e não o alento que seriam em outras circunstâncias.

— Não se eu estragar tudo pra vocês.

— Como assim?

Mordo o lábio, tentando controlar a língua, mas não posso deixar de alertá-lo. E se for mesmo Arthur o culpado? E se eu não disser nada e, por nem desconfiar, Alex cair em alguma armadilha?

— Quando você foi atacado na floresta, Arthur era um dos que sabia onde você estava e não acharam até agora o responsável. Com as revelações sobre o envolvimento dele com Lauren, não pude deixar de imaginar que seu irmão tenha motivos mais que suficientes para querer se livrar de você... — Abaixo os olhos, porque é difícil demais o encarar, ver a dor refletida em seus olhos quando ele compreender o que estou dizendo.

— Você acha que Arthur fez isso? Mas... Por que meu irmão tentaria me matar? Pra ficar com lady Lauren? Eu nem gosto dela, por Deus! Era só dizer o que sentia, eu me afastaria sem sombra de dúvidas, mesmo que você não existisse. Não... Eu entendo o que quer dizer, Duda. Mas Arthur não faria isso por uma mulher. Pode não parecer, mas somos muito próximos.

— Também tem a coroa, Alex. Ele seria o rei se você morresse, mas escuta... Eu vejo muitos filmes antigos, leio romances sempre que posso e estou acostumada à ficção, às traições inescrupulosas e acho que acabo fantasiando demais. Arthur foi gentil comigo desde que cheguei e me ajudou muito, não quero desconfiar dele e não acho de verdade que tenha feito isso, mas ainda assim precisava te contar...

— Eu entendo sua preocupação, Duda. Mas vamos descobrir quem me atacou. E quanto a Arthur e lady Lauren, tenho a solução perfeita. Já falei com minha mãe sobre o rompimento e estou aguardando que ela fale com o rei, mas as coisas serão muito mais fáceis com essa reviravolta.

— Vai contar sobre os dois?

— Ela vai entender. Nosso noivado foi um arranjo e Arthur passou muito mais tempo ao lado de lady Lauren, vou contar que os dois se apaixonaram e minha mãe vai até mesmo apreciar a solução. Os dois podem se casar, ser felizes e eu fico livre.

— Não tão livre assim, príncipe — brinco, apertando seus dedos entre os meus.

— Ah, Duda, não faz ideia de como me sinto livre ao seu lado.

Eu faço. Porque é um reflexo do que sinto quando estamos juntos.

Capítulo 24

Duda

Descemos as escadas para as masmorras de mãos dadas. É perfeito sentir o calor da mão de Alex, ainda que eu esteja de luvas.

Dessa vez, os lampiões estão acesos e o caminho, iluminado, então não temos dificuldades em chegar ao pé da escada e, tão logo alcançamos o último degrau, encontramos Garone nos esperando, sorridente e empolgado.

— Não trouxeram a comida? — é sua primeira pergunta. — Ainda bem que não os esperei e comprei pizza.

— Pizza? — questiono, sem entender.

— É, dei um pulinho naquela pizzaria boa que tem perto da sua casa.

— Tá de brincadeira comigo? Agora fica indo e voltando? — Observo as caixas redondas com a logo da minha pizzaria preferida nas mãos do mago.

— Então quer dizer que tudo isso é culpa sua, Garone? A Duda me disse que confessou ter me mandado para o futuro. — Alex o encara com os olhos semicerrados.

O homem caminha à nossa frente, seguindo até uma mesa, e deposita as caixas sobre ela.

— Vossa Alteza está agindo com ingratidão. Se pensar bem, vai se lembrar de que estava sendo perseguido por um assassino e foi ferido, logo, não tive escolha a não ser abrir um portal para que fugisse.

— E como exatamente fez isso? — questiono, porque sua resposta é incontestável.

— Sou um mago, oras! Tenho poder para isso.

— O Alex me disse que as pessoas aqui não dão muita credibilidade ao seu poder.

— Vou explicar de maneira que compreendam. Por certo ouviram falar de Merlin, o grande mago do qual todos os magos descendem.

— O do rei Arthur? — É o único que me vem à mente.

— Esse mesmo. Os poderes dele traçaram uma linha por toda sua descendência e, ainda que tenham chegado até mim com menos força, tendo em vista a dissolução no sangue dos meus antepassados, fato é que chegaram.

— Está dizendo que descende de Merlin? — questiono, tentando acompanhar.

— Isso ele sempre disse e até certo ponto é bem crível, considerando o que se sabe do seu passado, ou seja, nada — Alex diz em tom acusatório.

— Mas se Merlin existiu, seria um habitante do meu mundo, não? Ou de que maneira eu também teria ouvido falar dele? — Essa coisa de mundos diferentes e realidades paralelas está fazendo voltas no meu cérebro.

— Seu mundo, este mundo, Avalon... Ainda não entendeu que estão todos interligados? Se podemos viajar no tempo e no espaço, não existe mais distância, mas sim mundos que se convergem e se misturam. O poder de Merlin e, consequentemente da linhagem dele, sempre veio da força dos elementos. Do fogo, da terra, do ar, da água, e quanto mais energia vinda da natureza consigo canalizar, mais fortes são os meus feitos.

— E por que nunca vimos sua magia? — Alex ainda parece desconfiado, mas as caixas de pizza não deixam dúvidas.

— Infelizmente esse poder foi se perdendo com o tempo e, quando nasci, havia apenas uma fagulha dele em meu âmago, mal podia me afirmar como mago. Quando descobri a fonte, a maneira de me reconectar com essa energia, não podia desperdiçá-la. Durante muito tempo reuni forças para um grande feito, algo que pudesse impactar Brahvendell. Mas então nosso oráculo teve uma visão que mudou tudo...

— Nosso oráculo não tem mais visões, graças ao Arthur.

Alex e eu estamos de pé, fitando o mago que nos encara com aquele ar de quem detém todo o conhecimento.

— Até então ela ainda preservava seus poderes. Mariah viu sua morte na floresta e toda a desgraça que veio dela, e então eu soube que minha hora havia chegado.

— Mariah previu o ataque?

— Sim. Você morria ferido e Arthur assumiria o trono futuramente, se casando com lady Demerara. Mas, por algum motivo, ele não governava, padecia doente em uma cama e sua rainha, sem capacidade para a tarefa que lhe fora imposta, afundava nosso belo reino em ruínas e pobreza.

— Isso é... Isso é ridículo, Garone.

— Também achei que fosse. Mas no dia em que ela disse que aconteceria o atentado, me embrenhei na floresta por precaução e vi quando o cavaleiro o atacou, exatamente como o oráculo disse que aconteceria. Estava chovendo e os raios e trovões serviram de combustível para que eu abrisse uma brecha no tempo e o enviasse para o futuro, a um lugar seguro, o qual eu mesmo havia visitado tantas vezes antes.

— Então foi mesmo o raio! — Alex exulta ao meu lado.

— Naquela ocasião, sim. Eu não preciso deles em todo o tempo, afinal, a natureza e os elementos estão em mim, mas fica mais fácil quando o externo me auxilia.

— E foi você também quem me fez voltar?

— Aí entra a situação estranha. — O mago destampa a caixa e pega uma fatia gordurosa de pizza na mão. — Fui até você para ter certeza de que estava bem e então os vi juntos. Vocês pareciam se dar tão bem e eu pude perceber os sentimentos surgindo. Duda me tratou de modo tão gentil em todas as vezes que estive na livraria, educada e doce, e pensei que não seria um problema permitir que sua alteza ficasse por lá mais um tempo.

— Então todas as vezes em que foi à livraria, estava nos sondando? — Não sei se me sinto feliz com sua interferência ou insultada por ter sido feita de boba.

— Não fique brava, amiguinha, fiz tudo pensando no bem de vocês e de Brahvendell. As coisas estavam indo bem e vocês pareciam se gostar, mas então eu vi Arthur e lady Lauren juntos e percebi que, se o príncipe Alexandros não retornasse, o mesmo futuro ainda aguardava nosso reino. O príncipe Arthur ainda se tornaria rei e provavelmente se casaria com lady Demerara e sua ida ao futuro teria sido em vão.

— Então me seguiu outra vez e me trouxe de volta — Alex conclui.

— Naquela noite também estava chovendo, então foi fácil abrir outro portal e te enviar de volta. Mas eu fiquei por mais uns dias, na esperança de que a relação que vocês construíram, os sentimentos que nasceram durante sua estadia, fossem fortes o bastante para que minha amiguinha decidisse vir a Brahvendell. Eu podia simplesmente abrir um portal que a sugasse, mas não queria que você, Duda, viesse sem ter certeza de suas vontades. Queria que refletisse e tivesse certeza da decisão.

— Por isso foi falar comigo na livraria.

— Eu fui. Seus amigos te amam e, claro, estão um pouco preocupados, mas logo que puder escrever e contar a eles que está bem, vão ficar felizes por você. Os livros são sua grande paixão, não são? Eles também existem aqui, não havia nenhuma razão para que abrisse mão de um amor tão bonito.

— Então, quando sentiu que eu estava pronta, abriu um portal no meu estacionamento? — Tudo ainda parece bizarro demais, mas ao menos consigo encontrar lógica na ordem dos fatos.

— Abri. Mas vai se lembrar de que, diferente do príncipe, que não teve escolha e logo já se viu no meio do portal, te dei espaço para que se decidisse.

— E não estava chovendo naquela noite — lembro.

— Não. Foi bem mais difícil, não havia terra por perto e o ar não ventila naquele lugar, nem mesmo podia sair acendendo uma fogueira. Canalizar a energia à minha volta e dentro de mim, não de uma fonte direta e clara, é bem mais difícil.

— E agora? Será que a visão do oráculo mudou? Alex voltou são e salvo e eu estou aqui.

— Não se sabe. O príncipe Arthur afastou as visões para sempre.

— Garone, vim decidida a ficar, mas preciso da sua ajuda com duas coisas — digo, tentando ser prática e me preocupar agora com o que está ao meu alcance. — Quero escrever cartas aos meus amigos, você poderia levar até eles?

O mago aquiesce, animado.

— Claro, minha futura rainha. Ao seu dispor.

Se eu tivesse o poder dele, com certeza abriria um buraco no chão e me enfiaria nele. Não olho pra Alex, porque não consigo encarar sua expressão diante da fala do mago, mas ouço seu risinho ao meu lado.

— Isso é um pouco demais — respondo e em seguida mudo de assunto. — Acha que consegue trazer uns livros quando for até lá? Eu preciso de algumas coisas por aqui. Invenções que acredito que você dê conta de reproduzir.

— Será um prazer, milady.

— Essa é uma das coisas que eu queria tratar com você, Garone — Alex se adianta, também pegando uma fatia de pizza da caixa, antes de retornar para o meu lado. — Imagino que, como já viajou dezenas de vezes para o reino de lady Duda, está familiarizado com o quão avançado ele é.

— Sim, alteza. Talvez seja cedo para pensarmos em um shopping em Brahvendell, mas algumas coisas podem e serão muito úteis se inseridas em nossa sociedade.

— A energia elétrica, por exemplo. Vai propiciar diversas melhorias para nosso povo, sei que pode levar anos até conseguir de fato aplicar a teoria e torná-la prática, mas se começarmos agora, logo faremos avanços — o príncipe discursa, animado. — Não quero que Duda precise se privar de conforto por sua decisão de ficar aqui.

— Não sei até que ponto é possível que façamos avanços, alteza. Precisa se lembrar de que pode alterar o curso das coisas em Brahvendell se mexer muito com aquilo que ainda não foi descoberto, mas fique tranquilo, nesse caso é apenas uma questão de tempo, algumas tentativas já estão sendo feitas nesta mesma época em que estamos. Não como viu no outro reino, é algo mais rudimentar... — Garone explica pacientemente.

— Não precisa se preocupar, Alex — concordo com a explicação do bruxo. — Eu e Garone, que na época era Agenor — encaro o mago com os olhos estreitos —, inclusive falamos sobre isso. Minha decisão em vir para cá foi consciente, pensei muito bem nas consequências dessa escolha e decidi vir assim mesmo, não estou preocupada com o conforto.

Alex passa o braço ao redor dos meus ombros, me puxando para perto. Sinto o calor que vem de seu corpo e suspiro, deliciada. Internet, celular, televisão... Nada vale o prazer que sinto quando estou assim, aninhada ao peito dele.

— Sei que pensou bem, Duda, mas sinto que teve que escolher entre mim e seu mundo e vou fazer tudo ao meu alcance para tornar seus dias mais fáceis, para que não se torne uma escolha pesada. E pode ficar tranquilo, Garone, entendo o que quer dizer.

— Sabem que visualizei isso desde o início? — Garone nos encara, com as sobrancelhas erguidas, mastigando um pedaço da pizza enquanto fala com a boca cheia. — Desde que os vi juntos, na livraria, soube que se dariam bem.

— Você é um espertinho — brinco. — Andando por lá, fingindo ter uma quedinha pela Adelaide, enquanto sondava a mim e ao Alex.

— A coisa é mais complexa do que parece. Um paradoxo, eu diria, mas prefiro que descubra no tempo certo. Vocês dois estavam destinados a se encontrar. Vislumbrei o futuro em que isso não acontecia e não foi bonito, ao menos não aqui em Brahvendell e não em sua vida solitária, amiguinha. Mas, ao que parece, estava escrito que eu veria as coisas desse modo e faria o possível para alterar esse destino terrível, porque algumas peças estavam sobre o tabuleiro, apenas aguardando o encaixe perfeito.

— Do que você está falando agora?

— Ele adora esses enigmas — Alex desdenha.

— Vai descobrir e, quando isso acontecer, vai ser estupendo. Estou ansioso por vê-la descendo essas escadas para me contar suas descobertas.

— Também não entendo metade do que ele diz, Duda — Alex me fita com o cenho franzido —, mas preciso ser prático nesse momento, então vou deixá-los conversando e vou tratar de um assunto importante com a rainha. Nos vemos depois, Duda?

— Claro. Me dê notícias.

— Será a primeira a saber... — ele diz, hesitando por um instante, antes de subir as escadas para resolver de uma vez por todas o problema do noivado.

Alexandros

Cerca de vinte minutos se passaram desde que adentrei os aposentos de minha mãe. A princípio, deduzi que estivesse se trocando, após o final da justa, mas depois fui informado de que ela e o rei estavam do outro lado da porta de comunicação, conversando, provavelmente decidindo meu futuro.

Finalmente, depois do que parecem horas, a porta se abre e os dois saem, trajando ainda suas vestes formais de antes.

— Alexandros, sua mãe me informou que deseja romper com o compromisso que firmamos com os Demerara — meu pai brada, indo direto ao ponto.

— Sim, meu rei.

— Sabe como essa situação é complicada? Podemos destruir a amizade entre as duas famílias e conquistar inimigos com isso.

— Sei disso e tudo seria deveras complicado, mas neste meio tempo fiz algumas descobertas e, talvez, haja uma maneira de encerrarmos o compromisso sem de fato ofender aos nossos amigos — conto, preparando-os para a grande notícia.

— E de que maneira isso seria possível? — Ele se senta na poltrona da rainha, que se coloca de pé ao lado dele. Os dois são assim desde que me lembro, uma frente unida diante de tudo e todos, até mesmo dos filhos.

Meu pai coça o queixo, oculto pela barba escura e espessa, aguardando.

— Alguém me confidenciou uma conversa que ouviu entre Arthur e lady Lauren, na qual ficavam muito claros os sentimentos amorosos que ambos nutrem um pelo outro. Um casamento entre mim e lady Lauren magoaria não apenas a mim, mas também à jovem e ao meu irmão, que a ama em segredo.

Minha mãe agora tem os olhos muito abertos, completamente surpresa com a revelação.

— Está certo disso? Arthur costuma ser volúvel em suas paixões — o rei diz, lembrando as muitas paixões de meu irmão mais novo.

— Ele parecia disposto a ir contra nossa união para desposá-la. Então, sim, acredito que sejam sentimentos fortes, mas não cheguei a confrontá-lo antes de trazer o assunto direto até aqui. Penso que se sinta repelido quanto a tomar uma atitude, por se tratar da mulher com quem eu deveria me casar e, por isso, nada disse.

— Cícera, ordene que o chamem agora. — Meu pai lança um olhar na direção da rainha, que caminha apressada até a porta, dando as ordens ao guarda na entrada dos aposentos.

Aguardamos em absoluto silêncio até que Arthur chegue. Ele entra acompanhado de um dos guardas e sorri ao nos ver todos juntos.

— Reunião de família? O que foi que eu perdi? — brinca, alheio à seriedade do momento.

O rei espera que o guarda nos deixe a sós e apenas então volta a falar.

— Arthur, estamos tratando de algo muito sério e preciso que seja honesto conosco. Seu irmão deseja romper o compromisso com lady Demerara. Pode me dizer o que pensa disso?

Arthur olha do rei para mim e, então, age com o máximo de naturalidade que consegue, mas percebo pelo tremor de suas mãos o quanto está nervoso.

— Acho que ninguém deveria ser obrigado a se casar com alguém que não ama, e Alex não ama lady Lauren.

— E você ama? — o rei indaga, sem rodeios.

Arthur abre a boca, estupefato, e me encara, tentando compreender até que ponto estamos cientes de seu envolvimento com lady Lauren.

— Se eu a amo? — pergunta, tentando ganhar tempo.

— Filho — nossa mãe começa a falar, dando um passo à frente —, não estamos aqui para crucificá-lo, queremos que seja sincero para que possamos resolver esta situação da melhor maneira possível.

Ele assente e abaixa os olhos, as mãos unidas à frente do corpo. Quando volta a falar, se dirige a mim.

— Perdoe-me, Alex, não foi minha intenção. Nunca tive inveja ou tentei usurpar aquilo que era seu. Mas, quando você desapareceu, lady Lauren e eu nos aproximamos, passamos muito tempo juntos e nos apaixonamos. Não foi planejado.

Caminho até estar ao lado dele e apoio a mão em seu ombro, até que Arthur erga os olhos para me encarar.

— Não precisa pedir perdão, sabe que não tenho sentimentos por ela. A questão aqui é se você estaria disposto a assumir esse compromisso em meu lugar e desposá-la. Até que ponto seu amor vai?

— Até o fim. Seria um prazer assumir esse compromisso, não o faria por obrigação de modo algum.

Ambos fitamos o rei, que nos encara, pensativo.

— Pois bem — fala, por fim —, resta agora saber o que lady Lauren pensa disso. Por mim, nada me faria mais feliz que manter a amizade dos Demerara e zelar pela felicidade de meus dois filhos, mas a dama tem a decisão final.

— Então, se lady Lauren aceitar se casar com Arthur, estarei livre desse arranjo e poderei me casar com quem quiser?

— Independentemente do que lady Lauren tenha a dizer, não vou forçá-lo a se casar com a moça e nem seu irmão a assistir a isso. Imagino que lady Solares, caso seja mesmo esse o nome dela, tenha decidido permanecer em Brahvendell?

A rainha encara o marido, o cenho franzido, e tento conter o sorriso ao perceber que, mais uma vez, a astúcia já conhecida do rei levou a melhor.

— Do que é que você está falando, Adrian? O que lady Solares tem a ver com isso?

— Não me disse que Alex se declarou apaixonado por uma jovem chamada Duda? Se esqueceu que a apresentaram como lady Maria Eduarda Solares, Cícera?

— Oh, céus! — Minha mãe busca confirmação em meus olhos e, como apenas sorrio, compreende toda a situação e busca apoio, sentando-se na cama. — Como foi que não percebi?

— Não viu mais cedo? O desespero dela ao pensar que Alex havia se ferido na justa? Precisa ser mais atenta aos detalhes, querida.

— Então quer dizer... Ela foi a pessoa que cuidou de você, meu filho? Que tratou seu ferimento e o salvou?

— Foi ela, minha mãe. Maria Eduarda é a donzela que esteve ao meu lado em todo o período em que me vi sozinho e sem saída. Também é por ela que meu coração bate.

— E ela é aquela que você alega ter vindo do futuro... — a rainha conclui.

— Já disse que não precisam acreditar em mim. Venha de onde for, o que importa é que Duda vai ficar em Brahvendell, comigo.

— Em outras circunstâncias, o fato de ela ser uma jovem plebeia poderia fazer diferença para nós. Mas não quando se trata da pessoa que o salvou para que pudesse voltar para sua família. Tem nossa benção — minha mãe declara, e vejo meu pai fechar a cara.

— Então agora minha decisão não vale de nada?

— Ela salvou seu filho, cuidou dele enquanto acreditávamos que estivesse morto. Vai mesmo implicar com a falta de um título? Eu mesma crio um para ela, caso ache necessário.

— Não vou implicar. Se esquece de que fui eu quem compreendi tudo? Ainda assim você poderia ao menos me consultar e fingir que a minha decisão tem relevância.

— Claro, meu rei. O que acha quanto ao desejo de nosso filho de se casar com sua salvadora, a mulher que merece sua gratidão eterna?

— Hum, não tenho objeções a isso.

Sorrio, vendo-os brincar com algo que uma hora atrás me causava agonia. Agora me sinto ansioso, mas para compartilhar as novidades com Duda. Claro que não a respeito do casamento, não quero assustá-la, mas quero contar como tudo se resolveu.

Infelizmente, ainda preciso aguardar a resolução formal.

Passamos à sala do trono, nos preparando para um momento mais solene, porque de acordo com meus pais, lady Demerara merece essa atenção em um momento tão atípico.

Os tronos reais estão ocupados pelo rei e pela rainha, que agora ostentam suas coroas. Arthur e eu permanecemos embaixo, não tomamos nossos assentos para não tornar o momento ridiculamente ostentoso.

Quando lady Lauren entra, não está acompanhada pela mãe ou pelo pai. A rainha preferiu trazê-la sozinha, para que, apenas depois de tudo resolvido, pudéssemos chamar seus pais e levar a eles a informação definida.

Lady Lauren faz uma reverência perfeita diante do trono do rei e em seguida diante da rainha. Ela se coloca então de pé, a cabeça baixa, aguardando.

— Lady Lauren, chamei-a aqui para questioná-la e sugerir decisões as quais lhe dizem respeito, e que necessitam de sua atenção.

— Pois não, majestade — ela responde ao rei.

— Sua alteza, o príncipe Arthur, declarou diante de nós que possui sentimentos fortes e verdadeiros pela senhorita.

Ela ergue o rosto e procura pelo olhar de Arthur, claramente aflita.

— Como acreditamos que esse sentimento seja recíproco, e obviamente seria até desumano obrigá-la a se casar com o príncipe Alexandros, decidimos romper com o compromisso firmado, deixando-os livres para fazerem suas escolhas.

— Ro-Romper? Quer dizer que não vai mais haver casamento?

— Esta é a questão que depende de sua decisão. O príncipe Arthur gostaria de desposá-la, mas queremos saber o que a senhorita pensa disso, se sente o mesmo desejo que ele.

— Me casar com o príncipe Arthur? — pergunta, a voz um pouco mais alta.

— Sim, milady — Arthur se adianta, dando alguns passos na direção dela. — Gostaria de se casar comigo?

A expressão dela muda visivelmente, de surpresa para furiosa.

— Casar com você? Eu não fui clara quando disse que queria honrar o compromisso feito por nossos pais?

— Foi, mas... Está sendo liberta do compromisso.

— E quem te disse que eu queria ser liberta?

Meus pais e eu assistimos a tudo, abismados. A doce lady Lauren, sempre delicada e dócil, parece ter se transformado em outra pessoa.

— Mas... Você disse que me amava, que não sentia nada pelo Alex.

— Não estou falando de sentimentos, alteza. Realmente o estimo e, não, não possuo sentimentos por seu irmão, mas fui criada para ser rainha, portanto só me casarei se for com o futuro rei. Sinto muito, mas não quero me casar com um príncipe que jamais será algo além disso.

— Lauren... — Arthur chama, aproximando-se mais.

— Lady Demerara, por obséquio. — O tom dela é cortante. — Creio que Vossa Alteza tenha confundido minha amizade. Posso não ter opção quanto ao rompimento do noivado, haja visto que não fui consultada a respeito, e sim informada. Mas não vou acatar a sugestão de me casar com o outro irmão, não sou um peão em um tabuleiro de xadrez, sendo colocada na posição mais necessária para uma determinada jogada.

Lady Lauren simplesmente se curva em outra reverência, e em seguida nos dá as costas, afastando-se rumo à saída. Nos deixando boquiabertos com sua explosão.

Não consigo encarar Arthur, porque posso imaginar o nível de decepção que encontrarei em seus olhos, então, pouco depois da saída dela, enquanto meus pais o aconselham a se aquietar e a não procurá-la, deixo também a sala do trono e retorno para meus aposentos.

Quem diria que lady Lauren reagiria daquele modo? Se admitiu seus sentimentos por Arthur, por que insistir em se casar comigo? Fecho a porta do quarto e retiro as botas, deixando-as sobre o tapete.

Uma sensação incômoda se instala em meu peito, me dizendo que algo não está certo em tudo isso. Que inferno! Tinha tanta certeza de que era o que ela queria, de que aceitaria, exultante.

Encaro a bandeja com a xícara e o bule que ela me mandou mais cedo, considerando se existe alguma possibilidade de que lady Lauren tenha sentimentos por mim.

Demoro um tempo para perceber o que está errado, o que está me causando a sensação ruim desde que deixei a sala do trono e adentrei em meus aposentos. Só entendo o que é, quando meus olhos recaem sobre a planta ao lado da bandeja.

A mesma planta que duas horas antes estava verde, cheia de vida, agora está completamente ressequida, como se tivesse morrido há dias. A mesma planta em que Duda despejou o chá que lady Lauren me enviou.

Minha cabeça gira, com a quantidade de pensamentos absurdos e tão coerentes ao mesmo tempo.

O tempo todo ela esteve debaixo do nosso teto.

Capítulo 25

Alexandros

Não sou o tipo de pessoa que julga outrem sem motivos fortes para tal, no entanto, neste caso, a prova para minhas suspeitas está diante dos meus olhos, na forma de uma planta morta.

Desço para as masmorras, onde encontro Duda e Garone ainda comendo, conversando sem terem a mínima ideia da enormidade da desgraça que acaba de recair sobre mim.

— E então? — Duda questiona ao me ver. — O que o rei disse?

— Este problema está resolvido — digo, assimilando o fato de que, mesmo diante das circunstâncias, existe algo de bom. — Fui liberto do compromisso assumido com os Demerara, e meus pais sabem sobre nós.

Duda se levanta, os olhos cheios de apreensão.

— Sobre nós? E o que disseram?

— Eles a estimam muito por ter me ajudado e possibilitado que retornasse a Brahvendell em segurança.

Ela arregala os olhos, compreendendo que seu disfarce foi comprometido.

— Contou sobre meu mundo? Falou tudo?

Dou de ombros, porque na verdade isso não teve muita relevância na conversa.

— Contei. Se acreditam é outra história. Mas... outras coisas não foram tão bem.

— Arthur não quis assumir o compromisso? — Duda deduz erroneamente.

Nego com um gesto, lutando para não sair disparando tudo de uma vez, contando todos os fatos de maneira desconexa.

— Lady Lauren não quis. Disse que só se casaria com o futuro rei, mas não é o pior.

O mago também se levanta, pressentindo a desgraça colossal.

— O que poderia ser pior? — questiona, franzindo o sobrolho.

— Eu acho que... acho que foi ela, lady Lauren, quem ordenou que me matassem.

— O quê? — ambos questionam, em uníssono.

Passo a caminhar de um lado para o outro, tentando ordenar os pensamentos.

— Mais cedo ela enviou-me uma bandeja com chá, mas seu ciúme, Duda, foi bastante oportuno. Atirou o chá sobre a planta e agora, quando retornei, a pobre estava morta e necrosada. Acredito que o chá estivesse envenenado.

— Mas que... vaca! — Duda exclama com evidente surpresa.

— Onde? — De que maneira um animal foi entrar nas masmorras? Olho para os lados procurando por ela, mas não a encontro.

— Não, lady Lauren é uma vaca.

Tento compreender a lógica de Duda, mas não consigo, então prossigo na explicação de minhas suspeitas.

— Ouçam. Lady Lauren confessou ser apaixonada por Arthur, porém suas ambições são destinadas ao trono, então imagino que as razões para se livrar de mim sejam óbvias. Se eu morresse, Arthur seria o herdeiro e ela poderia ter as duas coisas, a relação que desejava e a coroa.

— Mas você não morreu — Duda declara o óbvio.

— Exato. Ela se aproximou de Arthur quando desapareci, mas mudou seus planos assim que retornei, se esforçando para manter ao menos a segurança quanto à coroa e, sutilmente, continuou suas tentativas de se livrar de mim. Bom, ao menos uma tentativa.

O mago está sério, pensativo, mas aquiesce, me dando razão.

— Faz muito sentido a meu ver, principalmente se considerarmos as visões do oráculo. O príncipe Arthur se casava com ela, mas não governava, adoecia... Certamente por alguma artimanha maligna dessa mulher para assumir o trono. E Brahvendell se afundava em horrores diversos, que é o que se pode esperar de soberanos com tal índole — finaliza, atestando sua sabedoria.

— Acho que faz mesmo muito sentido. Se ela te matasse, ficaria com Arthur sem abrir mão de ser rainha — Duda também concorda. — O problema, Alex, é que são acusações sem fundamento. Não pode afirmar que foi ela, ao menos não sem encontrar o capanga que foi enviado. Precisa achar o homem e fazer com que confesse.

— Vou falar com o rei e tentar resolver, sem levar o assunto a público por enquanto. Sem alertá-la.

— Faça isso — Garone concorda, caminhando para a escadaria —, vou aos seus aposentos pegar a planta e tentar descobrir o que foi usado no chá.

Duda e eu subimos em seguida, e a deixo em seu quarto, enquanto, outra vez, caminho para os aposentos reais, determinado a perturbar a paz de espírito de meus pais.

Talvez seja impressão minha, mas creio que até o guarda na entrada está cansado de me ver aqui.

— O rei retornou ao quarto?

— Está no escritório, com lorde Demerara — responde, solenemente.

Faço uma careta, imaginando a conversa nada agradável que estão tendo. Ao menos sei que, depois que confirmarmos as armadilhas de lady Lauren, não haverá maneira de se fazerem de vítimas.

— Minha mãe, então?

— A rainha foi procurar por lady Solares.

Abro um sorriso antes que possa me controlar. Ao menos minha mãe se preocupa em construir uma relação harmoniosa com Duda e, tão logo o agito das recentes descobertas se resolvam, vamos poder saborear o tempo em família.

— Tudo bem, volto mais tarde.

Decido então procurar por Arthur, ele merece saber a verdade sobre a pessoa por quem se apaixonou. Ainda que não seja algo agradável de ouvir.

Retorno para a ala em que ficam nossos quartos e o chamo, abrindo a porta de seus aposentos. Encontro-o deitado sobre a cama, ainda de botas, fitando o teto em evidente desalento.

— Precisamos conversar — digo, tomando assento ao seu lado.

— Não é irônico? — ele indaga. — Talvez seja o universo me punindo por me envolver com sua noiva. Ainda que você não a ame, não deveria ter me aproximado.

— Na verdade, quero falar sobre isso. Creio que lady Lauren não seja a pessoa que imaginamos, irmão. Pode ser uma enorme decepção para você, mas não posso poupá-lo. De todo modo, se estiver certo a esse respeito, logo todos saberão.

Ele cobre o rosto com as mãos e sua voz revela toda sua frustração.

— Do que está falando? Ficou muito óbvio que ela não tem coração. Como pode dizer que me estima e rejeitar meu pedido em uma mesma sentença? Acaso a coroa é mais valiosa do que eu? Francamente, não consigo compreender.

— Sim, Arthur. A coroa é mais valiosa para alguém como ela, e sinto muito por isso. Se te consola, parece que ela realmente gosta de você, de um jeito cruel e diabólico.

— Diabólico? Talvez não seja para tanto. Mesquinho, suponho.

— Hoje, mais cedo, lady Lauren enviou até meus aposentos uma bandeja com chá. Felizmente, Duda chegou antes que eu tomasse e em um rompante, despejou o líquido em uma das minhas plantas.

— Ciumenta, sua lady do futuro — Arthur brinca, ainda que não haja muito humor em seu tom.

— Quando retornei para o quarto, a planta estava morta.

— Como assim, morta?

— Garone está examinando o chá, tentando encontrar vestígios, mas creio que a bebida estava envenenada.

— Envenenada? Mas quem... Espere, está me dizendo que acredita que Lauren enviou um bule de chá envenenado para que você bebesse?

— Ainda não tenho certeza, mas, considerando isso e somando a outros fatos, presumo que sim.

— Irmão — Arthur se senta na cama —, aceitei suas histórias sobre o futuro, ainda que fossem estranhas, mas isso... Compreende como é absurdo? Se ela queria tanto se casar com você, por que faria algo assim?

— Ela não queria se casar comigo, queria ser rainha, mas tem sentimentos por você. Logo, livrar-se de mim era a melhor forma de conseguir ter as duas coisas. Você seria o futuro rei e poderiam ficar juntos.

— Alex, ouça o que está dizendo! Não posso acreditar que realmente a tenha em tão baixa conta. Também pensa que Lauren ordenou que o atacassem na floresta?

— Já sabe que Duda ouviu vocês dois no corredor, outro dia? Ainda que se sentisse culpada por sequer sugerir isso, ela cogitou que fosse você. Por razões óbvias, pois, com minha morte, você se tornaria o herdeiro de nosso pai e se casaria com lady Lauren.

— Eu? Matar você? — Os olhos dele se arregalam, compreendendo a abrangência do problema.

— Jamais cogitei a possibilidade, Arthur. Conheço-o desde que nasceu, um bebê chorão que roubava toda a atenção de nossa ama. Mas quando vi o que o chá causou à planta, todos os pensamentos retornaram e compreendi que as motivações dela eram bem relevantes. O fato de ter rejeitado sua proposta e declarado abertamente o quanto queria ser rainha não ajudou.

— É uma acusação gravíssima. Quando dispõe os fatos à minha frente, me parecem muitas coincidências. Os Demerara estavam no palácio quando você foi atacado na floresta e lady Lauren se aproximou de mim após isso. Mas uma peça não se encaixa e é nela que deposito minha esperança de que esteja enganado.

— E qual é?

— Quando foi atacado, lady Lauren e eu não havíamos nos envolvido, portanto não haveria razão para que ela tentasse matá-lo.

— Tem razão — concordo. — Peço que guarde minhas suspeitas para si. Sei que está apaixonado, mas não diga nada a ela por enquanto, mesmo porque não queremos levantar suspeitas falsas. Se houver alguma verdade nisso, vamos descobrir.

Ouvimos passos no corredor e em seguida algumas batidas na porta.

— Arthur? Está aí? — É a voz do meu pai.

— Estou — meu irmão responde e então a porta se abre.

— Alexandros, estava procurando por você. Esteve em meu quarto?

Fito meu irmão antes de responder ao rei.

— Precisamos conversar, pai.

— Outra vez? O que é agora, em nome de Deus?

O relato dos fatos e das suspeitas surpreende ao rei, que declara jamais ter suspeitado de tais ardis e concorda com Arthur sobre termos certeza dos fatos antes de tomarmos quaisquer atitudes.

A guarda real é acionada e logo se inicia uma busca no vilarejo, à procura de qualquer notícia sobre o homem que me feriu ou informação sobre o ataque.

Apesar de não ser uma tarefa fácil, nossos homens estão empenhados em descobrir a verdade, ainda mais que agora há a promessa de uma recompensa por parte do rei.

Tentamos ser discretos, mas a movimentação no castelo chama atenção dos convidados, porém alegamos não haver motivos para preocupação e tentamos desviar o foco do que realmente está acontecendo.

Ainda que essa busca seja necessária, chegamos à conclusão de que, se o assassino estivesse no vilarejo, teria sido encontrado.

Com isso em mente, o rei decide reunir uma outra tropa para fazer uma varredura na floresta, ele próprio tomando a frente dos homens.

Desço então para as masmorras, procurando por Garone, a fim de obter informações sobre o chá e a planta, algo que pode nos dar mais discernimento sobre o caso.

Encontro-o debruçado sobre uma amostra da bebida e, a seu lado, Mariah, nosso antigo oráculo. A moça ruiva ergue os olhos ao me ouvir e então se inclina em uma reverência.

— Alteza...

— Boa tarde, Mariah. O que descobriram?

— Chamei Mariah para me ajudar. Sabe que ela tem ajudado com os doentes desde que as visões a abandonaram? É uma excelente curandeira e, como tal, conhece plantas como ninguém.

— É mesmo? E o que acha dessa, senhorita? O que aconteceu com ela?

— Cianureto. A dose de veneno foi deveras impressionante. Apesar do veneno por si mesmo não matar plantas, principalmente considerando que a principal fonte dele são justamente alguns vegetais e frutos, a acidez em sua fórmula alterou a composição do solo de forma drástica, e isso fez com que a planta necrosasse. E, alteza, esse chá o teria matado instantaneamente. Ainda mais rápido do que fez com a planta.

— A bem da verdade, caso meu algoz não seja encontrado, temos aqui uma maneira de comprovar o que aconteceu, Garone — aponto, tendo agora plena convicção da tentativa de assassinato.

— Onde está o rei? Talvez eu possa retornar até o dia do ataque e seguir o homem, assim com certeza saberemos o que aconteceu — o mago sugere.

— É perigoso, não acha? Mexer com o tempo dessa forma pode acabar alterando o rumo das coisas. Por enquanto temos ido e vindo entre os mundos, mas não retornamos a tempos passados, de maneira que possamos alterar o curso da vida como a conhecemos.

— Tem razão, certas coisas não deveriam ser possíveis.

— Vamos esperar que o rei retorne e então veremos o que pode ser feito. Sou grato por toda a ajuda, Garone, obrigado também, Mariah.

As horas se passam sem que haja notícias. Me reúno à rainha e à Duda, para juntos esperarmos pela resolução do caso.

As duas parecem estar se dando bem e, ainda que minha mãe mantenha o ceticismo no olhar, as explicações de Duda sobre o saneamento básico e a energia parecem ter surtido o efeito de desestabilizá-la de um jeito bom. Ela não parece mais tão convicta de minha confusão.

Aguardamos um pouco mais, conversamos sobre assuntos variados e ouço por quase uma hora minha mãe discorrer sobre as maravilhas de Brahvendell, tentando convencer Duda da preciosidade de nosso reino, ainda que o dela seja mais desenvolvido.

Os criados trazem o chá na hora de sempre, mas nenhum de nós toca nele, traumatizados com o ocorrido.

Quando a noite está prestes a cair, o rei e sua comitiva retornam, trazendo não apenas um, mas quatro suspeitos. Todos alegando inocência, de acordo com o que nos contam, mas desta vez estou em casa e posso reconhecer o culpado.

Com as masmorras inutilizadas para esse tipo de feito, nos reunimos na sala do trono, onde os homens, presos pelas mãos, aguardam nossa inspeção.

Não é preciso uma segunda olhada, reconheço-o de imediato. Os demais homens são libertos e ficamos apenas meu pai, eu e alguns homens da guarda real para interrogá-lo.

— Sabe por que está aqui, senhor? — pergunto, dando voz à autoridade que me foi dada por meu pai.

O homem fita o chão, sem ousar me encarar ou responder.

— Encontramo-nos na mata algum tempo atrás, e o senhor atirou uma flecha contra mim, em uma tentativa óbvia de assassinato. O senhor conhece a penalidade para o que fez?

Finalmente ele me encara e percebo algo que não estava em seus olhos antes: medo.

— Alteza, eu...

— A morte. A pena para o que fez é o enforcamento, como parece estar ciente. O senhor deseja ser enforcado?

— Não, alteza. Posso me redimir pelo que fiz.

— E vai ter uma única oportunidade de fazê-lo. Queremos saber quem ordenou o ataque, quem pagou para que me matasse. Se entregar o culpado, vamos permitir que cumpra uma pena razoável na prisão de Brahvendell e retorne para seus familiares depois de pagar por seus crimes.

— Alteza, eu sou um assassino, um mercenário se preferir chamar assim. Mas não por opção, preciso do dinheiro que ganho por esses crimes.

— Jamais me convenceria de que não teve alternativas, mas seus precedentes nesse momento não são importantes, vai pagar por eles em vida. O que é de extrema relevância aqui é o trabalho que foi incumbido de realizar, me matar, e quem o contratou.

— Sim, alteza — responde, abaixando a cabeça outra vez.

— Então? É verdade que lady Demerara contratou seus serviços visando pôr um fim a minha vida?

— É verdade, alteza. Ela e a mãe me pagaram por esse trabalho, mas, como não consegui concluir a tarefa, enviaram homens à minha casa e tomaram de volta o que havia sido pago.

— Está dizendo que lady Lauriana sabia disso? Lorde Demerara organizou a morte de meu filho em minha casa? — Meu pai se ergue do trono, o rosto vermelho e furioso.

— Não acredito que o homem soubesse dos planos de sua esposa e filha — o assassino conta. — Ele não estava presente quando nos encontramos e as duas pareciam aflitas para retornar antes que o lorde notasse a falta delas. Além disso, me pagaram com joias, porque não havia como levantar o dinheiro sem que ele soubesse.

— Tudo bem, obrigado por sua contribuição — digo, afinal não há nada mais a ser feito. — Guardas, podem levá-lo.

Nossos homens se aproximam e conduzem o mercenário para fora da sala do trono. Ficamos meu pai, eu e a certeza de que a balbúrdia é inevitável.

— O que faremos agora? — questiono, como um menino aguardando que o pai tome a frente de seus problemas.

A verdade é que me encontro apático diante de tamanha traição.

— Conversei com lorde Demerara mais cedo e ele foi muito compreensivo a respeito do rompimento do noivado. Se realmente não sabia das armações da esposa e da filha, creio que mereça um voto de consideração.

— Como o quê?

— Vou chamá-lo ao meu gabinete e colocá-lo a par do ocorrido. Enquanto isso, lidere a guarda real até as duas mulheres e prendam-nas. Cuidarei da execução depois.

Reflito sua decisão por um momento, me sentindo um tolo pelo que vou pedir, mas sem conseguir evitar.

— Pai, acha que seria muito brando de nossa parte condená-las à prisão e ao serviço braçal? Talvez pelo resto de suas vidas. Não consigo achar tolerável a ideia de enforcá-las, ainda que tenham feito o possível para se livrar de mim.

O rei batuca os dedos no braço do trono, refletindo sobre meu pedido por um minuto ou dois.

— Como rei, vai aprender que ser magnânimo é bom até certo ponto, Alexandros. Não se pode relevar algumas coisas.

— Concordo, meu pai. Mas se olharmos bem, a morte seria muito rápida. Não acha que o sofrimento duradouro será um castigo mais apropriado?

A verdade é que cresci em um mundo em que isso seria totalmente aceitável, dadas as circunstâncias, mas, por algum motivo, só consigo pensar em Duda e em sua reação a uma cerimônia de enforcamento. Ela não precisa ter essa visão em seus pesadelos e nós não precisamos do peso de duas mortes sobre nosso relacionamento recém-firmado e feliz.

— Tudo bem, Alex. Creio que deve mesmo tomar suas próprias decisões e se preparar para governar a seu próprio modo. Uma pena como essa pode ser deveras mais efetiva. Faça como lhe aprouver.

— Obrigado, meu pai.

Um pouco mais tarde, quando invadimos os aposentos em que repousam lady Lauriana e lady Lauren, não há em mim uma gota de hesitação. Sou um soldado que cumpre um dever.

Também não há sentimento de vitória ou de êxito, apenas a sensação de que, finalmente, as coisas são como deveriam ser desde o início.

— Lady Demerara, um momento... — chamo, quando um de meus guardas a conduz para fora do palácio. — Por que agiu assim? Imagino que tenha relação com seus sentimentos por Arthur, mas não consigo entender e ele também não, afinal, não estavam envolvidos quando armou a emboscada.

Apesar da derrota e de saber que não há chances de vitória, ela ostenta um sorriso cheio de malícia, como se estivesse orgulhosa por seus feitos.

— Não entende que para mim sempre foi ele? Talvez seu irmão pense que me seduziu e que me apaixonei quando se aproximou, mas, desde que coloquei os pés neste palácio, muito tempo atrás, fiquei fascinada por Arthur, mesmo quando ele se envolvia com toda mulher que surgisse à sua frente. O conquistei com tanta sutileza, com tanto cuidado, que ele nem mesmo percebeu que quem o seduziu fui eu.

Não quero levar adiante a conversa, mesmo porque não me serviria de absolutamente nada, mas Arthur merece uma explicação e, por isso, insisto.

— Quer dizer que sempre gostou dele? Do seu jeito doentio, fez isso porque queria ficar com meu irmão.

O sorriso agora morre em seus lábios e ela me fita com toda a fúria que escondeu tão bem.

— Eu queria. E por que deveria escolher entre o amor e a coroa? Desejava ter os dois e não sou tola ao ponto de ficar parada, vendo outras pessoas decidirem minha vida por mim.

— Nem eu... — Faço um sinal para que o guarda a leve e os sigo de perto.

Enquanto lady Lauren e a mãe são colocadas dentro do comboio, reflito sobre as últimas revelações. Ela o amou desde o início, e algumas pessoas são assim, apaixonam-se com apenas um olhar, instantaneamente, e corrompem o sentimento com suas próprias maldições.

Ver a carruagem levá-las presas para o cárcere não me causa prazer algum. Apenas a certeza de que nosso palácio voltou a ser um lugar seguro, e tristeza por saber que essa segurança irá nos custar as lágrimas de um irmão.

Capítulo 26

Alexandros

Arthur não derramou lágrimas. Apenas aquiesceu quando soube e se retirou em silêncio para seus aposentos, mas, quando caiu a noite, estava presente para o jantar e sua expressão não se parecia com a de alguém vertido em sofrimento e dor.

Quando o questionei sobre seu estado de espírito, respondeu que não havia razão para sofrer, afinal, compreendia que havia se apaixonado por uma mulher que não existia de fato, mas que fora uma criação de suas fantasias juvenis.

O quanto de verdade há nisso não sei, mas ao menos não parece inclinado a se afundar em comiseração.

Duda ficou feliz por ver o episódio solucionado e, se seus doces beijos forem indicativos de algo, posso deduzir que apreciou muitíssimo meu senso humanitário ao optar pelo não enforcamento.

Por ser ela a razão da minha felicidade, decidi entregar uma surpresa que vinha guardando há dias, duas para ser mais exato.

— Aonde estamos indo? — Ela caminha ao meu lado, animada e curiosa.

Passamos por algumas ladies no curto trajeto pelos corredores principais, e elas nos cumprimentam. Ainda não sei bem o que pensam sobre o que houve com lady Lauren e meu óbvio relacionamento com Duda tão imediatamente depois, mas em nada me importa.

— Já vai ver, milady. Não seja tão afoita...

Ela faz cara feia, como uma criança birrenta, mas me acompanha com o mesmo vigor, segurando meus dedos entre os seus.

Paramos diante das enormes portas de carvalho e faço um suspense, olhando em seus olhos dourados e cheios de expectativa.

— O que tem aí? — questiona, olhando das portas para mim.

— Veja por si mesma.

Abro-as revelando a biblioteca real, que, comparada à livraria em que Duda trabalhava, supera-a, e muito, em tamanho.

— Alex! Ah, meu Deus!

— Ora, sou apenas um príncipe — brinco, divertindo-me com sua empolgação.

Duda passa pela entrada correndo e gira no lugar, analisando tudo ao seu redor com evidente fascínio.

— Isso é incrível... Estou apaixonada!

Alcanço-a pela cintura, puxando seu corpo para mais perto e deposito um beijo em seu pescoço, sentindo-a se contorcer toda.

— Apaixonada por mim? — sussurro em seu ouvido, mordiscando sua orelha.

Duda gira o corpo e circunda meu pescoço com seus braços delicados. Seus olhos dourados brilham de alegria, isso mesmo sem ainda ver o que a espera. Sinto que, se conseguir arrancar esse sorriso e tiver seus olhos me fitando desse modo todos os dias, serei um homem que alcançou o sucesso.

— Abandonei um mundo inteiro por sua causa. Precisa que eu diga que te amo, príncipe?

— Evidente que preciso. Vai me fazer suplicar? Está aqui há dias e seus sentimentos se misturaram aos meus antes disso, mas nenhuma vez me declarou seu amor.

Duda então ergue a sobrancelha, divertindo-se às minhas custas.

— Eu te amo, Alex. Só não tanto quanto amo essa biblioteca.

— Verdade? Sabe que por aqui as mulheres não costumam ler tanto? Apenas romances, vez ou outra, por diversão.

— Elas não estudam?

— Não é proibido, mas poucas o fazem — respondo, sabendo muito bem que Duda não se enquadra nesse grupo.

— Pois eu vou ler e estudar muito! No restante do tempo, ficaremos juntos — fala, brincando comigo.

— Sinto muito informar que este lugar será fechado imediatamente, e os livros desaparecerão de Brahvendell, doados para outros reinos que careçam de cultura.

— De jeito nenhum! — Ela abre a boca, indignada, e desfere um tapa contra meu ombro.

— Sinto muito, mas não suportaria disputar seu amor com objetos inanimados.

A gargalhada de Duda toma conta do lugar e me delicio com a doce melodia do som.

— Não existe disputa, seu bobo. Nem todos os meus *crushes* literários juntos superariam a perfeição que você é, Alex. Você é a materialização de todos eles.

— Seus o quê? — Nossa comunicação tem melhorado a cada dia, mas, às vezes, Duda ainda diz coisas que não consigo compreender.

— *Crushes*, mas isso não vem ao caso. Não existe nada nem ninguém nesse mundo, ou em outro qualquer, que eu ame tanto quanto amo você, meu príncipe.

— Nadinha? — indago, apenas para ter certeza e porque, admito, é muito bom ouvir a declaração.

— A quem mais eu amaria? — ela devolve minha pergunta. — Você é o significado de amor no meu dicionário. Nunca conheci um sentimento tão puro, forte e verdadeiro. Você conheceu o amor de seus pais e irmãos, Alex, mas minha noção de afeto foi moldada por minhas amizades e ampliada por essa sensação de pertencimento que você trouxe pra minha vida.

— Eu a amo, minha Duda. Desde que coloquei os olhos em você, me rendi aos seus pés e aos seus encantos.

Percebo meu erro assim que as palavras deixam minha boca, Duda abre um sorriso cínico e me fita com malícia.

— Que mentira! Achou que eu fosse um rapaz, Alex!

Tento argumentar, mas a realidade é que não existem argumentos.

— E que culpa tenho se estava usando calças?

— E voltarei a usar, pode ter certeza — afirma, os olhos me desafiando a contestar —, a modista deixou as roupas que pediu hoje no meu quarto. Talvez eu tenha escandalizado a mulher pedindo uma calça ou duas...

— Pode vestir o que quiser. Vão te olhar estranho? Com certeza, mas quem se importa? Talvez seja melhor não usar nada, se for do seu agrado, pois do meu com certeza é.

Duda solta o ar dos pulmões, exasperada.

— Começou com essa coisa libertina outra vez. Não estrague meu príncipe cavalheiro, Alex.

— Mas eu sou cavalheiro! Só tomo liberdades com você por dois motivos.

Duda estreita os olhos, aguardando a explicação.

— Primeiro, porque a amo muito. E, segundo, porque é minha noiva.

— Eu não sou sua noiva! — A indignação é acompanhada por um olhar de dúvida. Creio que não seja mais tão cedo para falarmos de casamento.

— Ah, mas vai ser. Tão logo veja o presente que preparei.

— Presente, é?

Volto a caminhar, agora por entre as estantes altas e abarrotadas de volumes em capa dura, que parecem atrair Duda mais do que minha presença; arrasto-a entre meus braços, sem libertá-la, na direção da mesa mais aos fundos.

Quando paramos diante dela, posiciono Duda de frente, para que tenha uma visão perfeita.

— Ainda não é um computador, e logicamente não possui internet — começo a explicar. — Mas creio que sua mente fértil poderá fazer bom uso dela — digo, tirando o pano que a cobre e revelando a máquina de escrever sob ele.

— Ai, meu Deus! Alex, como foi que conseguiu uma? Eu já disse que você é perfeito?

— Algumas vezes, mas não me canso de ouvir.

— Se eu digo, é porque é verdade. Eu não gosto de mentiras, mas Alex! Isso é... Nem estou acreditando que conseguiu uma.

— Sabe o que pensei quando Garone conseguiu concluir a máquina? Que vai poder usá-la para escrever as cartas aos seus amigos, será uma bela forma de testá-la. O que acha?

— A melhor ideia do mundo! Vou amar escrever as cartas nela, colocar meus pensamentos no papel. Mas como?

— Bom, um italiano já havia desenvolvido o teclado em 1808, então fiz algumas pesquisas. Oficialmente, o modelo aperfeiçoado será conhecido em uns trinta anos, então, como não sou um inventor e não quero mudar o rumo do futuro, como Garone já nos preveniu a respeito, vamos mantê-la aqui, um segredo só nosso.

— Não vai ser um problema, prometo ficar quietinha.

— Perfeito, mas agora, que tal me agradecer com um beijo?

Ela sorri e se inclina em minha direção. Quando Duda encosta a boca na minha, sinto a mesma vontade absurda de me fundir a ela que tenho em todas as vezes, seus lábios se movem sobre os meus e aperto seu corpo contra meu peito, afundando-me nas sensações que tê-la assim tão perto me desperta.

Duda

Caminhamos de mãos dadas pelo vilarejo. É a primeira vez que deixo o palácio e me aventuro a conhecer um pouco mais do reino, mas é algo que desejei fazer desde que cheguei em Brahvendell.

Alex resmungou um pouco quando sugeri que caminhássemos e tentou de todos os jeitos me convencer de que devíamos pedir uma carruagem ou então irmos no Intempérie.

A verdade é que ainda conheço tão pouco do lugar que escolhi para viver e quero mudar isso logo. Conhecer Brahvendell inclui também as colinas e o campo aberto, todo o trajeto que desce as costas do palácio até a entrada do povoado.

Estamos com dois guardas como companhia, por segurança depois de tudo que aconteceu, e também uma acompanhante. Ainda vou me acostumar a essa ideia de ter uma mulher sempre nos seguindo por aí, ao menos publicamente, porque ninguém conhece nossas escapadinhas.

A cidadezinha é pequena, mas tão acolhedora que a cada passo me arranca um sorriso. Seja o padeiro colocando a fornada de pão na janela, o cheiro delicioso, ou o boticário que está aberto e cheio de clientes. A pequena igreja está fechada, mas soube por Alex que os sermões do reverendo são conhecidos por serem inestimáveis. Em alguns momentos bastante fervorosos e em outros carregados de exortação, uma igreja como as outras que existem por aí.

Por onde passamos, as pessoas nos cumprimentam e param para reverenciar o príncipe, que por sua vez é atencioso com todos. Por mais que não tenhamos revelado publicamente a natureza de nossa relação, é de conhecimento geral, já que ele não solta minha mão em nenhum instante.

Vejo moças jovens e bonitas usando seus vestidos rodados e elegantes. Não são tão chiques quanto os que se usa na corte, mas ainda assim são maravilhosos.

Os rapazes se vestem mais informalmente que os outros homens que conheci por aqui e muita gente usa aventais e botas, afinal é um dia de trabalho como qualquer outro. Apesar das diferenças, é tudo tão bonito, colorido e estimulante que me vejo extasiada.

— Se quiser alguma coisa, é só dizer.

— Hum, acho que quero passar no boticário — respondo, aceitando a oferta.

— É mesmo? E por quê?

— Preciso de alguma coisa pra lavar os cabelos. Essa ideia de sabão no corpo e no cabelo é horrorosa.

Alex começa a rir, mas não discorda e assim seguimos para a botica. Encontro alguns óleos perfumados e sabão em estado líquido; se a opção que tenho é misturar e ver o que acontece, então é isso que farei.

Quando retornamos ao palácio, estou com outra ideia pulsando em minha mente e não perco tempo. Saio correndo para colocar o mago a par do plano.

Descemos para as masmorras, que já é uma das minhas partes preferidas no palácio, e encontramos Garone mexendo em outra das suas invenções.

— Ainda não existe refrigerante em Brahvendell, certo? — questiono, assim que termino de descer as escadas.

O mago ergue os olhos ao me ver, seu rosto carregado de ceticismo.

— Tanta coisa para sentir falta... — ele desdenha. — Soube que muitos profissionais no seu reino alegam que essa bebida não faz nada bem.

— Eu não disse? — Alex concorda com o mago. — O que pode vir de bom de algo que explode daquele modo?

Reviro os olhos para os dois, apesar de não negar a nobre existência dos nutrólogos.

— Li que neste período, na Inglaterra, já existe água gaseificada e logo haverá comércio de refrescos, mas pela expressão de surpresa de Alex quando bebeu a primeira vez, imagino que não seja assim aqui.

— Deveras, me surpreendi demasiadamente com aquela bebida. Ainda não há nada semelhante em Brahvendell — o príncipe concorda, a expressão nostálgica.

— Pois bem, vamos criar algo assim, então. Talvez seja inclusive mais saudável, já que não conheço mesmo a fórmula. Mas se conseguirmos água gaseificada e misturarmos suco de frutas, deve ficar delicioso. O que acha, Garone?

O velho suspira, com um sorriso no rosto, achando graça da minha animação.

— Existe a água naturalmente carbonatada, não sei se vamos encontrar uma fonte aqui em Brahvendell, mas com certeza encontraremos nesse mundo. Pode não ser a mesma coisa... — ele conclui, como um aviso.

— Não tem problema, vou gostar de todo jeito.

Passamos o resto do dia mergulhados em livros, buscando algo a respeito da água, e mal vemos a hora passar.

Quando a noite cai, jantamos todos juntos e depois me despeço de Alex, seguindo para meus aposentos e para Efigênia. A pobre se sente negligenciada com tanta atividade.

Apenas depois que tenho certeza de que o castelo já dorme, deixo minha cama e saio para o corredor, com apenas uma vela por companhia. Lentamente e, evitando barulho a todo custo, sigo na direção da biblioteca.

O ar trepida à minha volta, ameaçando apagar minha fonte de luz, então tomo o cuidado de protegê-la com as mãos até chegar ao meu destino.

Fecho as portas atrás de mim e respiro aliviada ao perceber que não fui vista. Caminho então para a mesa dos fundos e finalmente me sento diante da máquina, para fazer aquilo que venho adiando há dias. Escrever.

A fita da máquina está na posição e as folhas, bastante amareladas, foram deixadas ao lado dela. Coloco uma no lugar e hesito antes de narrar toda a verdade fantástica e bastante inacreditável.

    Queridos Cátia e Pedro,
    Provavelmente devem estar em surto com o que aconteceu. Cátia deve ter enrolado pra te contar o que viu, Pedro, mas não fique bravo. Sabemos que, principalmente depois do que passamos com Alex, nenhum de nós gostaria de dar o braço a torcer e admitir que tudo foi real.
    Foi real e está tudo bem. Ouviu, Cátia? Tudo o que viu realmente ocorreu. Desculpe-me se com isso te faço perder o progresso que a terapeuta pode ter tido com você essa semana, mas não posso contar como estou bem sem dizer a verdade, que é esta: eu realmente atravessei um portal mágico e viajei no tempo e no espaço para Brahvendell.
    Bizarro, né? Agora entendo o que aconteceu e como o portal se abriu, mas contar isso a vocês não vai tornar a história mais crível, provavelmente vai só piorar tudo.

Então peço que ignorem o como e se atentem aos fatos.

Estou em Brahvendell, no ano de 1807 e é quase Natal. Quando cheguei, logo encontrei o irmão do Alex e graças a Deus ele me levou ao palácio — sim, é um castelo enorme.

Fiquei furiosa, porque, adivinhem só?! A tal noiva, lady Lauren, existia mesmo! Mas minha raiva não durou muito; conforme ele tinha dito que faria, Alex procurou os pais para que cancelassem o noivado e eles concordaram. O problema foi que... Bom, aí a coisa fica mesmo esquisita, então se preparem.

A boneca, que se chama Lauren Demerara, mas que de doce não tem nada, estava de rolo com o Arthur, irmão do Alex, e se dizia apaixonada. Eu escutei tudo!

Alex, que não é bobo, se aproveitou disso para sugerir que o irmão então se casasse com ela, mas a sirigaita não aceitou, disse a ele que queria se casar com o futuro rei e ponto.

Como se isso não fosse ruim o bastante, descobrimos que ela foi quem mandou matar Alexandros, para que assim Arthur pudesse ser rei e eles ficassem juntos. Imagine a decepção do pobre Arthur ao descobrir o demônio que ela é? Agora foi presa, graças a Deus.

Ah, o Alex fica falando de casamento e eu sei que vão pirar, que sou muito nova e tal, mas aqui não. Aqui as pessoas se casam jovens mesmo e não é como se eu tivesse deixado o Brasil na intenção de um dia terminar com ele, certo? Ele ainda não pediu, mas quando fizer, vou aceitar. Aceitem também.

Sinto muito a falta de vocês e, quando puder, vou até aí pra uma visita, tá bom? Não precisam se preocupar, porque estou bem e muito, muito feliz.

Amo vocês.

P.S.: Ah! Vou escrever também pra Adelaide, mas não vou dizer onde estou pra ela não ter um troço no coração. Então, se ela falar sobre mim, finjam que está certa.

Com amor,
Duda.

Finalizo a carta com um sorriso no rosto, imaginando a cara dos dois quando lerem. Vai ser hilário.

Coloco outro papel na máquina e começo a datilografar outra carta, bem diferente e cheia de meias verdades, mas fazer o quê? Preciso me preocupar com a saúde de Adelaide.

Minha amiga, Dê,

Primeiro, peço desculpas por ter sumido. Pode ser que a essa altura você tenha chamado a polícia, ou quem sabe esteja sem dormir de tanta preocupação. Por favor, fique calma, porque estou muito bem.

Lembra do Seu Agenor, que sempre ia na livraria e eu pensava que estivesse te paquerando? Pois eu estava errada. Na verdade, ele estava tentando se aproximar de mim e me contar que agora tenho uma família. Não são meus pais, claro que não, mas parentes vivos que queriam muito me conhecer.

Peguei um avião no mesmo dia e agora estou aqui, com eles. Pode imaginar a alegria que foi descobrir que tenho uma família? Então peço que me perdoe por abandonar o emprego.

Se não estiver com muita raiva, quero te pedir duas coisas. Primeiro, o que acha de dar meu emprego à Cátia? Sei que ela não é leitora voraz, mas pode se tornar uma. Além disso, vão ajudar uma à outra, com o café e a livraria.

Pedro também seria uma boa aquisição, talvez não como funcionário, mas para cuidar das redes sociais. Confie em mim, ele sabe o que faz e essa é a outra coisa que queria pedir. Busque novas formas para sempre avançar com o progresso, com a tecnologia. Não desista desse pedacinho de paraíso que você tem.

Obrigada por ter sido como uma mãe pra mim, por ter sempre se preocupado e cuidado de mim e por ser também uma grande amiga.

Com amor,

Duda.

Tomo o cuidado ainda de redigir outra carta, ao Seu Osvaldo, o dono do apartamento, dizendo a ele que não pretendo voltar e pedindo que dê fim aos meus móveis.

Finalmente, creio que depois de algumas horas, me levanto e volto a cobrir a máquina, escondendo o objeto em uma das prateleiras mais altas da última estante.

Depois, pego novamente a vela, que já queimou boa parte do pavio e deixo a biblioteca com as cartas nas mãos, voltando à segurança do meu quarto.

Já na cama, relembro cada palavra que escrevi e penso em meus amigos mais uma vez. Desejo que eles também se encontrem e sejam tão felizes quanto me sinto hoje.

Capítulo 27

Duda

Finalmente chegou o dia de mais um baile na corte. Passei a semana no quarto sendo apalpada por mulheres diferentes, que vieram tirar minhas medidas para mais um vestido e, depois, ver o tamanho dos meus pés para os sapatos. Também foi enviado um ourives para analisar minha tez em busca do tipo de joia que mais combina com ela. E existe isso?

Apesar da semana exaustiva e agitada que tive, estou realmente feliz por poder participar do evento sem as preocupações da primeira vez, contente por estar mais calma para apreciar a reunião social como se deve. Preciso honrar o sonho de todas as leitoras de romance de época do mundo, e me esbaldar na oportunidade que, com certeza, vai se tornar rotina logo, logo.

Passo o dia como a verdadeira princesa que ainda não sou. Experimento as roupas que chegaram da modista e me sento enquanto trabalham, escovando meus cabelos e depois arrumando-os em um penteado bonito. Também recebo bandejas de aperitivos e me divirto com as amigas que fiz e até mesmo com a rainha, que aparece de vez em quando para ver como estou me saindo.

A garota que era o oráculo acabou sendo convertida em minha acompanhante, agora que não pode mais viver de suas previsões e, com isso, pude fazer uma amiga que tem a mesma idade que eu. Mariah é divertida e adora me ouvir falar sobre meu mundo, também é bem menos inocente do que pensei a princípio.

Havia percebido isso por conta de suas respostas engraçadinhas, mas fiquei feliz quando me contou que perder sua virgindade foi algo planejado, que ela buscou para acabar com as visões de uma vez por todas e que Arthur, que de besta não tem nada, concordou em ajudar.

Meu futuro cunhado ganhou alguns pontos comigo, não pela safadeza, mas por ter ajudado a garota e principalmente por não tê-la entregado, deixando que todos pensassem que a culpa era dele.

E, claro, entendo Mariah e sua decisão. Não deve ser fácil acordar de madrugada com visões horrorosas de coisas que não têm nada a ver com você, mas que de repente se tornam sua responsabilidade. E se a saída para se ver livre era sexo com um cara que ela considerava atraente e que estava disposto, por que não?

Não que eu saiba muito a respeito, mas se as coisas entre mim e Alex continuarem evoluindo, vou acabar descobrindo em breve.

— Milady, o príncipe enviou um presente. — Mariah saltita na minha frente com uma caixa de joias nas mãos.

— Outro par de brincos? Alex parece achar que tenho umas oito orelhas... — comento, brincando. Ela se acostumou a me ouvir chamá-lo pelo primeiro nome e não se espanta como nos primeiros dias.

Mariah nega com a cabeça, com um sorrisinho brincando em seus lábios.

— Abre logo! — peço, já que minhas mãos estão agora mergulhadas em uma mistura pegajosa que promete as deixar macias. Para quê, se vou usar luvas?

Mas Mariah faz suspense, abrindo a caixa aveludada com uma lentidão torturante. Por fim, ela revela um colar lindo. O pingente é em formato de raio, o que toca profundamente meu coração.

Levo a mão ao peito e percebo que meus olhos estão lacrimejando. Não é um presente qualquer, é um lembrete de que o universo conspirou para que nós nos conhecêssemos, de que por causa de um raio Alex veio até mim.

— Pensei que fossem rubis. — Mariah parece decepcionada.

— É perfeito. Vou usar hoje, no baile.

— Hoje? Mas é simples, não acha? Você ganhou esmeraldas e um colar de safira! Pérolas também, lady Solares.

Ela aponta com um gesto de cabeça, como se estivesse tentando me convencer com uma mensagem subliminar, e seus cabelos ruivos tremulam ao redor do rosto pálido.

— Já disse que deve me chamar de Duda.

— E eu esclareci que não posso — fala, sussurrando, mas o tom é de quem está brigando comigo. — E se me ouvirem falar assim? Vão dizer que não a respeito! Você vai ser a rainha.

Reviro os olhos, porque já tivemos essa conversa umas quatro vezes nos últimos dias.

— Vou usar esse colar, Mariah. Independentemente de ser menos arregalado do que os outros.

— Arregalado? Você e suas falas estranhas.

— Não viu nada, eu não sou de falar gírias e palavrões, mas posso usar alguns se isso for te impressionar — brinco, erguendo as sobrancelhas.

— Como o quê?

— Huuum... — Penso no que pode ser chocante para alguém como ela, mas não muito, os palavrões a deixariam mortinha. — Esse colar é *dahora*.

— Da hora? Não é um relógio...
— Quer dizer que é fera.
— Um animal agora? Cada coisa que diz...

Começo a rir descontroladamente. Quando paro pra pensar nas expressões que são usadas no meu país, percebo que são mesmo bem estranhas. Não fazem muito sentido literal.

— Quer dizer que é maravilhoso, lindo, incrível. Não percebe que ele tem um significado?

— Se você diz...

Ainda sorrindo, fito meu vestido sobre a cama. Dessa vez optei pela cor lilás, feito de puro cetim na primeira camada e coberto com tule, o que confere ainda mais volume à saia; o decote é em formato de coração e as mangas são justas, deixando os ombros à mostra.

Sobre o tule, foram bordadas várias flores e, quando me visto, sinto como se eu retratasse um campo florido de lavanda. Por mais exagerado que seja, me sinto linda e extremamente feliz com a escolha.

Belisco as bochechas antes de deixar meus aposentos, como Mariah me ensinou, e mordo de leve os lábios para conferir alguma cor, sem que precise usar maquiagem. O que é bom, já que nunca gostei muito mesmo. Finalizo o look com o colar.

Sigo sozinha para o grande salão, ansiosa pelo momento em que vou poder dançar com Alex, mais uma diferença do que houve na outra vez. Ainda não sei valsar muito bem, mas não me importo em passar alguma vergonha se isso me permitir ficar nos braços dele por alguns minutos.

Quando o homenzinho anuncia minha entrada, desta vez é Alex quem me espera no último degrau, sorrindo ao me ver descer a escadaria. Ele toma minha mão entre as suas, antes de beijá-la de maneira casta, apesar do fogo que queima em seus olhos.

Seus cabelos pretos estão penteados para trás e os olhos escuros brilham, refletindo todos os sentimentos que sei que são visíveis também nos meus.

O sorriso de canto que ele tem nos lábios faz com que eu sinta as famosas borboletas no estômago, que sempre me reviram do avesso quando estamos juntos.

— Boa noite, minha Duda — ele sussurra, para que ninguém mais o escute.

Como todos estão nos olhando, respondo em tom mais audível e decente. Essa coisa de *minha* e *meu* é bastante possessiva e o pessoal daqui ainda é meio careta para isso, então tento não deixar todo mundo em estado de choque, ao menos quando consigo controlar a situação.

— Boa noite, alteza.

O príncipe me guia para o centro da pista de dança e a valsa tem início. Por alguma razão, o rei e a rainha não foram os primeiros a valsar dessa vez, mas logo depois que começamos a dançar, eles tomam suas posições na pista de dança e nos acompanham.

— Gostou do seu presente de aniversário? — ele questiona, apontando para o colar.

— Aniversário? Eu amei o colar — respondo, com o cenho franzido, sem entender o que ele quer dizer.

— Pensei que deveríamos instituir um dia para o seu aniversário oficial, e por que não hoje? Em poucos dias será Natal, não é bom que as datas convirjam, assim as duas têm o impacto necessário. Espero que goste de fazer aniversário em 18 de dezembro.

— Adorei a escolha e o presente... Não poderia ser mais perfeito. A menos que tenha bolo.

— Com certeza pedi que fizessem um bolo.

Alex apoia minha mão na sua e leva a outra para a base da minha coluna; sinto o calor de seus dedos atravessar o tecido do meu vestido e penetrar em minha pele, me aquecendo. Assim como a intensidade em seu olhar, que aquece tudo dentro de mim.

Um passo para o lado e de volta ao lugar, outro passo e retornamos de novo. Aos poucos vou me acalmando e pegando o jeito da dança.

— Este século lhe cai bem, milady — ele brinca, sorrindo outra vez.

— Diz isso porque gosta de me ver usando vestidos. — Encaro-o com os olhos semicerrados.

— Gosto de vê-la em quaisquer trajes, Duda. Mas você não gosta dos vestidos? Está lindíssima, deslumbrante. Se parece com o crepúsculo.

— Tenho dentes pontudos e muita palidez?

— O quê? — Alex franze a testa e me encara confuso. Só por isso percebo que não entendeu a brincadeira.

— Quando vi esse vestido, pensei em um campo de lavanda — admito —, e não poderia ter gostado mais da ideia. Adoro a praticidade das calças, mas não posso negar que essas saias enormes me deixam encantada.

— A mim também.

Sigo seu compasso e tento não perder a postura enquanto Alex me rodopia pela pista. Estou tão entretida em nossa conversa e em não errar os passos, que apenas perto do final da dança percebo que os outros dançarinos retornaram aos seus lugares e estamos sozinhos no centro do salão.

Não como naqueles filmes em que aumentam o som da trilha sonora e os atores ao redor desaparecem, para que o foco do expectador seja todo no casal protagonista. Não, estamos literalmente dançando sozinhos e, olhando para os lados, percebo que todos estão concentrados em nós, nos assistindo. Como se fôssemos um espetáculo.

— Então... A ideia deste baile hoje foi pelo meu novo aniversário?

— Não exatamente — ele responde. — Digamos que sejam duas comemorações hoje, caso esteja de acordo.

Apesar de suas palavras enigmáticas, estou mais preocupada com a dança e a quantidade de gente nos encarando.

— Alex, estão olhando demais. E se eu pisar no seu pé?

— Só não sapateie sobre meu orgulho, Duda.

— O quê? — Olho para ele sem compreender nada.

Entendo ainda menos quando Alex para de dançar, então também paro, mas ele não me conduz para fora da pista.

Com surpresa crescente, vejo quando ele se distancia alguns passos e se ajoelha diante de mim.

Alex retira a caixinha aveludada do bolso e sinto as batidas descompassadas do meu coração, tão fortes que ameaçam abrir meu peito.

— Lady Maria Eduarda *Solares* — começa a falar, a ênfase que dá ao sobrenome falso não me passa despercebida —, desde que cruzei seu caminho, como um raio...

Levo a mão ao pescoço, absorvendo a sugestão oculta em sua frase e Alex sorri, se calando por um segundo para dividirmos a lembrança.

— Talvez não exatamente desde que cruzei seu caminho — admite, com certeza lembrando do que falei antes sobre ele ter achado que eu era um rapaz —, porque não sei dizer o momento exato em que passei a amá-la. Se foi quando tão prontamente se dispôs a cuidar de mim, ou talvez tenha sido quando me permitiu entrar em sua vida e preencher espaços de que parecia sentir falta. Ou ainda nos pequenos instantes em que construíamos um laço tão forte que não pode ser desfeito jamais. Não creio que tenha me apaixonado em um momento específico, mas sim que o amor tenha surgido na soma das pequenas coisas.

Levo a mão aos olhos quando percebo a primeira lágrima escorrer por meu rosto. Alex é tudo que sempre sonhei, muito mais, e talvez ainda não se dê conta da importância que assumiu em meus dias, mas terei a vida inteira para mostrar.

— Eu poderia passar a noite narrando suas qualidades — continua, ignorando o que sua declaração está causando dentro de mim —, ou os motivos pelos quais a amo. Mas prefiro falar sobre os motivos pelos quais desejo que me aceite como seu noivo.

Ergo a sobrancelha, tentando compreender o rumo do pedido de casamento.

— Milady — Alex segura minha mão com a dele —, correndo o risco de ser mal interpretado aqui, preciso dizer que a principal razão é que não vamos mais precisar nos esconder se quisermos passar um tempo a sós. Pelo contrário, é exatamente o que se espera de recém-casados.

O comentário arranca risadas dos outros e sei que isso só acontece por ele ser o príncipe. Duvido que qualquer pessoa seria bem-vista na corte dizendo essas coisas.

— Alex — advirto, antes que ele diga algo mais indecente para os ouvidos deste século.

— Além disso, vamos ser uma família. Não apenas eu, você, meus pais e irmãos. Não. Também teremos sete filhos, e Efigênia e Intempérie.

Abro a boca, surpresa.

— Sete? Estou começando a desanimar. — Apesar de falar em tom sério, as pessoas percebem que estou brincando, porque outra vez começam a rir.

Não que eu pretenda ter sete filhos, mas não seria isso que me faria desistir de Alexandros.

— Mas principalmente, milady, porque um amor como o que sinto por você é capaz de vencer tempo, espaço e diferenças de todos os tipos. Por favor, dê-me a honra de mudar seu sobrenome. — E, bem baixinho, sussurra para que apenas eu escute: — Pelo amor de Deus, não pode usar Solares para sempre.

E então, enquanto ainda acho graça no comentário, ele ergue a caixinha, abrindo-a para revelar o diamante solitário no centro.

— Aceita se casar comigo?

Afirmo com um gesto de cabeça, porque nem mesmo tenho palavras para responder. Sinto-me tão feliz que poderia morrer naquele momento e me sentiria realizada, mas graças a Deus estou bem viva para aproveitar muitos anos ao lado do homem que amo. Compreendo o significado de se sentir plena quando Alex levanta do chão e me pega pela cintura, começando a girar comigo nos braços pelo salão.

A alegria que sinto é tão grande que não consigo conter a gargalhada; penso que talvez me achem indelicada, mas então os convidados começam a aplaudir e gritar, comemorando, e percebo que estão contentes por nós.

Danço com Alex mais algumas vezes e também com o rei. Arthur me convida para uma quadrilha e Alex não parece chateado quando sorri, esperando que eu responda.

Ofereço a mão a ele, que dança contente o tempo todo.

O dia já está quase amanhecendo quando o baile tem fim, o baile em que comemorei não apenas o meu aniversário, como também o pedido de casamento.

Sinto-me eufórica e empolgada com todas as novidades, além de ansiosa para que Garone retorne do Brasil e me traga notícias dos meus amigos, pois levou minhas cartas para entregar pessoalmente.

Não consigo dormir, então silenciosamente deixo o quarto, rumo à biblioteca mais uma noite. Abro as portas e as fecho atrás de mim depois de entrar; então sigo até a mesma mesa de sempre, deposito a vela sobre ela e utilizo a escada de madeira para subir e alcançar a última prateleira, onde guardei a máquina.

Retiro-a de seu esconderijo e desço com ela nas mãos, depositando-a sobre o tampo de madeira, antes de me sentar.

Pois bem. As cartas foram enviadas agora e não faz o menor sentido escrever outras antes que as respostas cheguem.

O que vou fazer, então? Talvez possa usar a máquina para relembrar minha própria história, que, com certeza, anda cada dia mais louca; usar a escrita como uma espécie de diário.

Satisfeita com a ideia, começo a digitar.

Era uma vez, uma jovem chamada Maria Eduarda, que morava em São Paulo, no Brasil...

Digito e digito, me lembrando de como consegui trabalho, apartamento, e conheci meus amigos. Escrevo tudo até chegar na parte em que Alex apareceu em minha vida e continuo até a fuga dele ao ver a ambulância. Estou bocejando, porque finalmente o sono chegou e por isso decido parar, deixar para continuar um outro dia.

E continuo. Todos as noites, pelo resto da semana, me esgueiro pelos corredores para escrever um pouco mais.

Durante o dia me distraio fazendo passeios com Alex, conversando e rindo com Mariah e tomando chá com a rainha.

Também venho treinando para ser uma princesa menos esquisita, coisas como etiqueta à mesa e reverências. Arthur insistiu em me ensinar arco e flecha e o pequeno príncipe Henri está me ensinando a pintar. Não que eu seja muito boa em qualquer uma das duas tarefas.

Alex e eu não marcamos a data para nosso casamento, planejando esperar mais um pouco. Ainda assim fui transferida para uma suíte maior e a rainha Cícera cuidou pessoalmente de encher meus armários com roupas novas, que ela encomenda toda semana. Ainda não uso coroa, claro, mas me sinto uma princesa em todos os aspectos.

Estamos agora sentados no gramado atrás do castelo, Alex e eu sobre uma manta que estendemos no chão. Ele pediu que preparassem um piquenique e saímos com a cesta, meio fugidos para que Mariah não se sentisse na obrigação de nos acompanhar.

Daqui do alto da colina, podemos ver as casas do vilarejo lá embaixo. É tão... lar. Brahvendell se tornou meu lar tão rapidamente, e as pessoas aqui, os pais e os irmãos de Alex, são mesmo como a família que nunca tive.

— Um morango por seus pensamentos... — Alex estende a fruta diante de mim.

— Estava pensando em nós, em como as coisas são diferentes de tudo que um dia imaginei, e ainda assim muito melhores.

— E é só o começo, meu amor. — Alex faz uma pausa, hesitando. — Duda, precisamos falar sobre uma coisa.

— O quê? Se for a história dos sete filhos, pode esquecer.

— Não é isso — responde, rindo da minha cara, e aproveito seu momento de distração para roubar o morango. — Um guarda me informou que você tem saído todas as noites às escondidas e se enfiado na biblioteca.

Ele ainda está rindo; eu, pelo contrário, estou passada. Pasma, no linguajar daqui...

— Ele estava me vigiando? Você não mandou ninguém me vigiar, não é, Alexandros? Porque, olha, se você fez isso...

— Evidente que não, por que eu faria algo tão ridículo assim? Acho que o pobre pensou que eu fosse gostar de saber. Mas estou curioso, se estivesse indo ler não precisaria escapar quando todos dormem, então imagino que esteja escrevendo alguma coisa. Como sei que não precisa mandar tantas cartas assim, fiquei tentando imaginar o que seria.

Dou de ombros, mais aliviada ao perceber que não fui seguida por ordem dele.

— É um tipo de diário, estou apenas me divertindo contando nossa história, é sobre como nos conhecemos e também escrevi algumas aventuras suas e minhas. Coisas que seus irmãos me contam... Uma bobagem.

— Não é tolice! Isso é incrível, Duda. Quando vou poder ler?

— Quando quiser, claro. Vou gostar de saber sua opinião.

— Contou sobre a noite que cheguei ao seu reino? — pergunta, colocando-se de joelhos sobre a manta.

— Contei sim, acho que está ficando bem legal.

— Escreveu que fugi da ambulância, não foi? — Agora ele parece nervoso. Mordo o lábio, controlando o riso ao ver sua expressão de desgosto ao relembrar a cena.

— Talvez.

— Acho que pode utilizar de licença poética em sua narrativa, Duda. Não precisa contar exatamente como foi, pode deixar mais emocionante, acrescentar detalhes e sofisticação.

— Mas aí não é um diário, príncipe. Vira uma obra de ficção.

Alex abre um sorriso enorme, gostando ainda mais do rumo do assunto.

— Eu sei, mas pense comigo, Duda. Caso alguém venha a ler um dia, não seria mais interessante que imaginasse um dragão que cospe fogo? Bom, qualquer homem sensato fugiria de um monstro desses. Agora uma máquina que pisca e grita nem faz muito sentido, pensando bem.

— Hum, vou pensar no seu caso, alteza. Mas não vai ficar se metendo na minha história...

— Claro que não, jamais. Mas pense com carinho, por favor.

Quando ficamos sabendo que Garone retornou, Alex e eu descemos imediatamente para as masmorras. Arrasto o príncipe escada abaixo, ansiosa por notícias.

— E então? Como foi? — pergunto assim que o vejo. — Encontrou todos eles?

Garone ergue os olhos do envelope em suas mãos e abre um sorriso para meu desespero.

— Com seus amigos foi fácil — responde. — Entreguei a carta para sua amiga e ela começou a fazer várias perguntas. Acho que, quando por fim leu tudo o que você escreveu, já tinha arrancado de mim todas as informações.

— É mesmo? — Sorrio, sabendo que Cátia ao menos deve estar mais tranquila agora que tem notícias. — E com a Dê? Como foi?

— Muito mais complicado.

— De que modo?

— Ela ficou desconfiada do que você explicou e queria chamar a polícia, alegando que sequestrei você. Aquela senhora tem grave dificuldade em aceitar o que foge à sua alçada.

— Ela é meio desconfiada mesmo e não está habituada a mudanças, não lida muito bem.

— Essa Adelaide, sempre cheia de manias — Alex suspira, sentando-se ao meu lado.

— Mas e aí? O que você fez? — questiono, retornando para o assunto principal.

— Disse que você tinha falado com seus amigos e que, se ela duvidava de mim, era para conversar com eles. Depois disso saí correndo, antes que ela desse um jeito de me prender por lá.

— Ela não tem como fazer isso, não é uma bruxa, Garone — falo, brincando. Afinal, mesmo que ele fosse parar na cadeia, era só abrir um portal e fugir.

— Ah, mas existem vários tipos de bruxas.

— E eu que um dia pensei que você gostasse dela — digo, me lembrando de como suspeitava que ele fosse lá apenas pra um flertezinho.

— E quem disse que não gosto? Eu adoro bruxas.

Rindo junto com eles, aqui nesta masmorra escura, sinto que a vida é como deveria ser e que estou no lugar ao qual pertenço. Amo o país e a cidade em que nasci e o quanto aprendi lá, mas amo mais as pessoas, a família que Deus, o universo e o destino me deram e é aqui que posso ficar ao lado deles. Meu coração sempre irá sentir falta daqueles que deixei para trás, mas se tenho um mago como meu amiguinho, então tenho passagem vitalícia para reencontros, certo?

Incrivelmente, eu, uma garota do futuro, não sei o que ele me reserva. Não posso precisar quando vou me casar com Alex, se não teremos filhos ou se teremos sete! Não sei se vou conseguir ver televisão um dia de novo ou se vou conseguir implementar a moda da calça feminina.

Mas de uma coisa estou certa...

Tenho tudo que há de mais precioso no mundo.

Epílogo

Cinco anos depois
Duda

Mais uma vez me sento em frente à máquina de escrever.

Desde que a ganhei de Alex, ela passou de um utensílio útil para diversão, e hoje é quase uma necessidade.

Não escrevi durante todo esse tempo, afinal tivemos momentos importantes, bons e ruins, e precisei viver cada um deles.

Coloco a coroa em cima da mesa. Não aguento ficar andando com ela o tempo todo sobre a cabeça, então uso apenas em público; do contrário, ela acaba pesando e me dando uma enxaqueca horrorosa.

Faz pouco mais de quatro anos que Alex e eu nos casamos e desde então a vida tem sido um sonho. Passamos tanto tempo juntos quanto podemos, talvez seja muito tempo realmente, já que a protuberância em minha barriga não me deixa mentir. Alex diz que é outro menino, mas não sei, talvez desta vez venha uma princesinha.

A vida ia muito bem quando nosso Adrian II nasceu, ficamos imensamente felizes, principalmente porque Garone foi um anjo e conseguiu traficar uma epidural de São Paulo para Brahvendell.

Ele também conseguiu transportar Cátia e Pedro, que puderam me visitar pela primeira vez. Claro que foi um choque e tanto para os dois, mas acredito que passaram alguns dias divertidos aqui.

Mas isso tem dois anos e, infelizmente, no último inverno, o rei faleceu. A idade já ia avançando e a gripe forte que pegou foi impiedosa, nem mesmo os remédios do futuro foram capazes de salvá-lo.

Com sua morte, Alex assumiu o trono de Brahvendell. Sua mãe passou a atender por rainha viúva e eu me tornei a rainha consorte.

Temos feito muito pelo reino, tudo ao nosso alcance. Conseguimos aos poucos trazer alguma evolução a Brahvendell, mesmo antes de passarmos a governar oficialmente, e isso tem sido benéfico tanto para o povo quanto para nós.

Ainda não usamos energia elétrica, afinal se adiantarmos muito a descoberta isso pode interferir no futuro, mas os lampiões a gás têm sido de grande utilidade. Por outro lado, pudemos levar adiante a construção de uma rede de esgoto. A novidade não terá impacto no futuro porque descobrimos que alguns povos faziam uso de tubos de cerâmica para conduzir os dejetos há muitos anos.

A vida andou bastante agitada nos últimos tempos, com o luto e a coroação, e por isso acabei deixando meus diários de lado.

Mesmo assim, considerando tudo o que escrevi, creio que possua milhares de aventuras arquivadas.

A que escrevo hoje, em particular, retrata apenas um dia comum em nossas vidas, uma tarde em que Alex saiu para cavalgar e voltou após o almoço. Lembro de ter um vislumbre de sua volta do alto da torre e coloco no papel.

Enquanto o nobre príncipe galopava por entre as planícies do reino, rumando para o castelo no alto da colina, ele avistou sua amada, que acenava da torre mais alta. Sua alteza instigou seu companheiro a seguir ainda mais velozmente, tamanho era o anseio de beijar sua doce princesa.

Se ele queria de fato me beijar, não sei. Mas aprendi com Alex que preciso florear um pouco as coisas.

Releio a frase e paro de escrever, confusa, uma sensação forte de déjà-vu. Parece que li isso em algum lugar. Onde foi?

Como em um estalo, relembro toda a cena em *O desígnio do príncipe* e sorrio. Talvez eu tenha lido tanto, me apegado tão fortemente, que a história tenha se infiltrado em minha mente.

Ouço um barulho na porta e me levanto para cobrir a máquina às pressas, mas reconheço a voz de Alex, procurando por mim.

— Amor, está aí?

— Aqui no fundo...

Ele surge pelo corredor, tão lindo como quando nos conhecemos. O rosto amadureceu um pouco com os anos e agora, perto dos trinta, Alexandros está ainda mais bonito do que aos 23.

A barba tomou forma e os músculos ficaram mais evidentes, mas seus olhos permaneceram os mesmos, gentis e amorosos, e a posse da coroa não mudou em nada sua personalidade. Ele é um rei fantástico.

— E então? Como vão nossas aventuras? — pergunta, sondando sobre meu ombro.

— Muito bem. Penso que tenho o equivalente a uns sete livros, não acha?

— Ou mais. Deveria publicar. Sabe disso, não é?

— Claro que não, Alex. Iam reconhecer seu nome, sua aparência e todas as garotas iriam querer meu marido.

Ele me abraça, sorrindo, enquanto pontua suas ideias.

— É só mudar alguns detalhes. Pode mudar a cor dos olhos ou do cabelo, colocar um outro nome e assinar a publicação com um pseudônimo. Talvez... Não, acho que é uma ideia ruim.

— O quê? — instigo, um pouco mais animada com a sugestão.

— Talvez pudesse levar para o Brasil, em vez de publicar as histórias aqui. Lembro que os clientes da livraria eram apaixonados por contos de fadas. Sei que você também era, amava aquela autora.

— Lady Queen.

— Isso — concorda. — Depois podia contar as histórias de Arthur, sei que ele gostaria de se ver como centro das atenções, suas aventuras românticas e os duelos. Dariam boas histórias.

— Não é uma ideia ruim. Quanto à nossa história, eu podia colocar seus olhos de outra cor mesmo, talvez dourados. Sugeriu assinar com um pseudônimo? — questiono e, de repente...

Um sorriso começa a crescer em meus lábios quando começo a entender o absurdo da revelação que se forma em minha mente.

Não acredito que demorei tanto para perceber.

— Eu devo mudar seu nome? Como, para Alexandre? — questiono, começando a rir abertamente.

Alex franze o cenho, começando a perceber as semelhanças, mas ainda sem entender.

— Pseudônimo ridículo esse de Lady Queen — falo, esperando que a ficha dele caia. — Vamos, precisamos falar com o Garone. Prometi que desceria correndo quando entendesse o paradoxo do qual ele tanto fala.

— E entendemos?

— Você não? Eu me apaixonei por esses livros quando ainda era muito jovem e nunca soube quem os escreveu, a autora sempre foi uma incógnita. O paradoxo aqui é que, se você não tivesse ido até mim, jamais poderia ter vindo para Brahvendell e nunca teria escrito as histórias que li em 2022.

— Você... Ah, por mil diabos! Você é a rainha, Lady Queen. Mas que... Que coisa mais incrivelmente estranha.

— Não é? Mas agora percebo que estou escrevendo tudo que li naqueles livros e ainda mais.

— É isso mesmo! Você leu e agora conta do mesmo modo, para que um dia, no futuro, os livros existam e você leia. Que coisa sem sentido e ao mesmo tempo coerente. — Alex está mais agitado que eu. — Qual o nome do livro, mesmo?

— *O desígnio do príncipe.*

Seu sorriso se amplia e, mais uma vez, aquece meu corpo e minha alma com uma intensidade que só o amor é capaz de produzir.

— Muito pertinente — conclui. — Meu desígnio sempre foi encontrá-la.

Agradecimentos

Agradeço, primeiramente, ao meu Deus, que me deu forças para lutar a cada adversidade e persistência para lidar com os obstáculos, e principalmente por ter me agraciado com a capacidade para criar e contar histórias.

Quero agradecer ao meu pai, por me ensinar a ter valores, me mostrar o caminho do amor e da perseverança, mas, com esta realização em mente, quero agradecer principalmente por ter me ensinado o amor aos livros, por apoiar meus escritos desde sempre. Obrigada por ler meus poemas desconexos aos seis anos e imprimir meu primeiro livro aos sete, *Samy, a maléfica*. Queria eu que todos tivessem pais como o senhor. Eu te amo.

Ao meu esposo, Gustavo, agradeço por todo incentivo, por se orgulhar de mim e contar minhas realizações para o mundo, por me amar sempre, descabelada ou em um dos meus 365 pijamas, e por ser sempre meu referencial de amor. Você é a razão pela qual eu acredito em romances e em finais felizes. Contos de fadas são reais!

Aos meus filhos, Enzo e Théo, por serem a luz que ilumina meus momentos sombrios e por completarem minha felicidade, amo vocês.

Agradeço a todos os meus familiares, por me ajudarem nos momentos em que necessitei, sou muito grata por todo apoio e por acreditarem em mim.

A cada um de vocês, leitores, porque isso não faria nenhum sentido se não estivessem ao meu lado, são como uma segunda família, aquela que me entende e acolhe. Obrigada por cada comentário de incentivo, foram vocês o meu combustível para chegar até o final. Aqui não vou citar nomes, mas vocês sabem quem são. Todos que estão nos grupos do WhatsApp e todos os outros, que em silêncio estão sempre ali. Agradeço porque, se não fosse pelo amor que demonstram sempre, eu não teria escrito este livro.

À minha agência, Increasy, por aceitar meu ritmo doido de trabalho e embarcar nele, especialmente à Grazi, pelas madrugadas e fins de semana em que se dedicou tanto a revisar este arquivo, e à Alba, pela preparação linda.

Maria Vitória, minha assessora, pelo material incrível de divulgação e pelo esforço para fazer tudo correr bem! Muito obrigada por se superar a cada novo trabalho, você é maravilhosa!

Aos amigos que de alguma forma fizeram parte desse processo, deixo aqui o meu muito obrigada também, pelo apoio, a divulgação e o ânimo de cada um, que sempre faz toda a diferença, mas neste caso quero citar alguns nomes em especial; desde já peço que me perdoem se esqueci alguém.

Fernanda Santana, agradeço por todas as palavras nos momentos difíceis que passei e por me ajudar a manter os pés no chão mesmo sem deixar de sonhar. Por ser uma amiga que vibra comigo e que já provou, mais de uma vez, estar aqui para o que der e vier. Durante a escrita desse livro, surgiram problemas pessoais e agradeço por você ter estado comigo e oferecido sua mão, sem que eu precisasse pedir.

Ju Barbosa, obrigada por sempre dizer as palavras certas quando preciso ouvir e pelos nossos papos madrugada adentro. Obrigada pela amizade e por torcer por mim tanto quanto eu torço pelo seu sucesso.

Letti Oliver. Meu Deus, não sei nem mesmo o que dizer de você, um presente que a vida me deu. Obrigada por ter me ajudado desde o início, por todas as dicas, por todo o trabalho gratuito. Obrigada por todo seu empenho para que hoje eu estivesse aqui.

Rose e Lidiane, por lerem este livro e se apaixonarem pelo Príncipe Alex e pela Duda junto comigo, bem antes que esta história pudesse chegar para todos os meus leitores. Obrigada por me ajudarem, apoiarem, por vibrarem e fofocarem comigo, pelo trabalho lindo no fã-clube, junto com a Vivi, e pelas canecas e camisetas infindáveis do Saraverso.

As parceiras, que me apoiam tanto, um muito obrigada a todas vocês: Anathielle, Anna Bia, Anny, Cláudia, Emilly, Hayane, Isabelle, Jessica, Laura, Majô, Rachel, Renata, Thálita e Vivi. Obrigada, Duda, por me ajudar e divulgar este livro até mais que eu — e, sim, desta vez é com você mesma. A personagem com seu nome finalmente saiu!

Bom, é isso. Se chegou até aqui, agradeço em particular a você, espero que tenha sido uma excelente leitura e que nos encontremos nas próximas histórias.

DADOS INTERNACIONAIS DE CATALOGAÇÃO NA PUBLICAÇÃO (CIP) DE ACORDO COM ISBD

F451e	Fidélis, Sara	
	Era uma vez no século XXI / Sara Fidélis. - São Paulo, SP : Editora Nacional, 2023.	
	256 p. : 16cm x 23cm.	
	ISBN: 978-65-5881-150-3	
	1. Literatura brasileira. 2. Romance. 3. Realeza. 4. Viagem no tempo. I. Galini, Marcos Evandro. II. Título.	
		CDD 869.89923
2022-3172		CDU 821.134.3(81)-31

Elaborado por Vagner Rodolfo da Silva - CRB-8/9410

Índice para catálogo sistemático:
1. Literatura brasileira : Romance 869.89923
2. Literatura brasileira : Romance 821.134.3(81)-31

Publicado em março de 2023 pela Editora Nacional.

Impressão e acabamento pela Gráfica Exklusiva.